世界から読む漱石『こころ』

アンジェラ・ユー
小林幸夫
長尾直茂
上智大学研究機構
［編］

勉誠出版

世界から読む漱石『こころ』

序言——世界から漱石を読むということ

アンジェラ・ユー
小林幸夫
長尾直茂（上智大学研究機構長）

漱石の多様性

二〇一四年四月、アメリカのミシガン大学において「漱石の多様性」という国際シンポジウムが開催された。一〇〇名を越える研究者や学生が集まって、一人の日本人作家をテーマとするシンポジウムを行うこと自体が異例のことであり、海外での漱石文学への関心の高まりを実感させる催しであった。期間中、世界各国から集まった四十六名の研究者がプレゼンテーションを行った。アンジェラ・ユーは、その一人としてシンポジウムに参加し、二十一世紀における漱石のグローバルな位置づけは、今後どのようなものになるのであろうかと考えた。

漱石が海外の研究者に注目されるようになったのは、故エドウィン・マクレラン氏の英訳本『こころ』が一九五七年に刊行されて以来のことと言って差し支えあるまい。これに続くかのようにアラン・ターニー氏による『草枕』、V・H・ヴィグリエルモ氏による『明暗』など、漱石の長編は次々と翻訳されて行った。近時もなお新しい英訳が続出しており、今ではアメリカの大学の日本文学の講義では、必ずと言っていいほど漱石の作品が取り上げられる状況となっている。かつて日本を代表する〝文豪〟として、日本のお札の中に閉じ込めていた漱石を、私たちはもう日本という埒内にだけ留めておくことはできないということである。世界は漱石文学の多様性を認めて、様々な視点からそれを再検討しようと動き始めている。

たとえば、右のシンポジウム「漱石の多様性」においても、同時代の東アジアに対する漱石の言説をテーマとする報告、あるいはクィア理論から捉えた漱石作品に見る曖昧なセクシャリティの表現をめぐる報告、翻訳論や物語論から作品構造と表現を分析するという古典的な報告など多岐にわたる研究発表が繰り広げられた。しかし、このように様々な読みの可能性を秘めた漱石文学にもかかわらず、世界的な位置づけはいまだ確立されていない状況にある。

一世紀後に読み直す漱石の『こころ』

『こころ』は大正三年（一九一四）四月二十日から八月十一日まで、朝日新聞に連載された。ゆえに二〇一四年は『こころ』がこの世に生み出されてから一世紀を経過した、記念すべき年であった。この百年という時間の推移の中で、国家の仕組みや政治システムも変われば、社会も変わり、文化も人のこころも大きく変わった。この未曾有ともいうべき世の中の変化にあって、『こころ』は現在もなお読み継がれ、新しい読者を獲得している稀有な作品である。日本の高等学校で国語教育を受けた人で、『こころ』を読んだことがない人はいないといわれる。つまり、必ず授業で学ぶべき必須の教材、いわゆる〝定番教材〟となっており、大人の階段を登り始めた若い人の切実な共感を今も得ている。このような漱石の代表作を、私たちは百年を経た過去の作品としてではなく、今も生き続けるナマの作品として再検討してみようと思い立った。

そこで私たちはキャンパスの北の端にある文学部の研究棟と、南の端にある国際教養学部の研究棟とを結ぶメインストリートを行ったり来たりしながら、何度も話し合いの場を持った。そして、『こころ』をめぐるシンポジウムを開催すること、さらにその後にシンポジウムの内容を補完するような書物を刊行することという二つの計画を立て、そのマネジメントを上智大学研究機構に依頼することにした。

二〇一四年十一月二十八日、上智大学研究機構主催で「一世紀後に読み直す漱石の『こころ』」と題するシンポジウムを開催した。私たちの中からアンジェラ・ユーと小林幸夫がパネリストとして登壇し、海外からのゲストとしてロンドン大学アジア・アフリカ研究学院のスティーブン・ドッド氏を招き、司会は上智大学国際教養学部の河野至恩氏に依頼した。多くの聴衆がつめかけて活況を呈する会場のうちに、文庫本の『こころ』を持参して内容を確認しながら、パネリストの話を聞く学生の姿がちらほらと見受けられ、改めてこの作品への関心の高さを確認し直した次第であった。

世界から漱石を読むということ

二〇一五年初春、私たちは本誌の編集に取りかかった。ふたたびキャンパスのメインストリートを行ったり来たりして、どのような角度から『こころ』に光を照射するかを検討した。その結果、『こころ』の〝小説〟としての構造を読み解くというテーマをたて糸とし（第一章「『こころ』の仕組み」）、作品の背後に隠された意図、あるいは新たな読みの可能性を探るというテーマをよこ糸として（第二章「『こころ』というテクストの行間」）、『こころ』の全体像の捕捉を試みることにした。そして、第三章として誕生後一世紀を経た現在から『こころ』を俯瞰することをテーマとして、マスメディアにおける取り扱いや、国語教材としての問題点の指摘、視覚芸術として漱石作品の再検討などの諸論を収めることにした。

こうして本誌のラインナップを決定したのであるが、そこで再三問題となったのがタイトルに、昨今ちまたで話題の「世界文学」という言葉を用いるかどうかということであった。紆余曲折を経て、結局のところ、この言葉をタイトルに用いないことにした。「世界文学」という看板をつけなかったのは、われわれが漱石作品を「世界文学」たりえないと判断したという理由からではない。単に「世界文学」という言葉の定義に見解の相違を生じ、これを用いることにためらいがあったというだけのことである。日本をもあわせ含めた、ひとつの世界という視点から漱石を読み直してみるとの意図は、「世界から読む」とすれば充分に伝わるであろうと考えた結果である。こうした意図を、本誌掲載の諸論より汲み取って頂ければ幸いである。

なお、巻末の英文要旨はアンジェラ・ユーが作成した。

第一章　『こころ』の仕組み

『こころ』と反復

アンジェラ・ユー

本論文は、プラトン、ニーチェ、キルケゴール、プルースト、ドゥルーズ、そしてJ・ヒリス＝ミラーの「反復論」を用いながら、『こころ』の反復の意図を探っていく。『こころ』を構成する多様性のある反復を調べる上で、作中人物と代々の読者による、読むという行為の反復を分析していく。

反復と追憶は、ほとんど同一の運動であるといってよいが、意識の方向だけが異なっている。つまり、これまでにあったことを後方に向かって反復するのが追憶であり、前方に向かって反復するのが、真の反復である。

人生とは反復である、と誰かがいうとき、それは今に至るまで存在していた事柄は、新たにやってきたものである、という意味合いが含まれている。

セーレン・キルケゴール『反復』(1)（一八四三年）

小説において二度もしくはそれ以上語られたことは真実ではないかもしれないが、読者はそのことが重要な意味をもつと考えてまず差し支えない。およそ小説は反復、反復のなかの反復、他の反復と鎖状に繋がった反復からなる複雑な薄織物である。

J・ヒリス＝ミラー『小説と反復：七つのイギリス小説』(2)

『こころ』ほど、反復が用いられた小説はないだろう。そ

Angela Yiu——上智大学国際教養学部教授。主な著書に、*Three-Dimensional Reading: Stories of Time and Space in Japanese Modernist Literature 1911-1932* (2013)、*Chaos and Order in the Works of Natsume Sōseki* (1998) などがある。

こには、言葉、イメージ、出来事、歴史・架空人物の反復のみならず、書くという行為、読むという行為の反復も顕著に見られる。さらに、朝日新聞の特別企画によって、二〇一四年四月二日より再連載された『こころ』のタイトルカットと日付は、一〇〇年前のものを忠実に再現している。二十一世紀の読者は、時空を超えて、当時の読者と同じように新聞連載で『こころ』を読むことが出来るようになった。なぜ『こころ』は、人物表現、小説の構造、語り法に謎・欠点があるにもかかわらず、一〇〇年経った現在でも読み継がれているのだろうか。本論文の趣旨は、一〇〇年前に連載された『こころ』を読み直すことで、反復の意味を探求しながら、『こころ』を生き直すことである。

様々な反復

J・ヒリス＝ミラーは『小説の反復』で、ジル・ドゥルーズの「二つの型の反復」を論じた。

ドゥルーズはニーチェの反復の概念とプラトンの反復の概念とを対比させている。（略）ドゥルーズが「プラトン的」反復と呼ぶものは、反復の結果に影響を受けない堅固な原型的モデルにもとづいている。他のすべての事例はこのモデルの複製である。（略）もう一方の、ニーチェ的反復は、差異にもとづく世界を仮定している。その理論が想定するところでは、あらゆるものは独自なものであり、本質的に他のすべてのものと異なっている。類似性はこの「根本的不同」を背景として生じる。それは複製の世界ではなく、ドゥルーズが「幻」あるいは「幻像」と呼ぶものの世界である。(3)

プラトン的反復は、「単純な反復」と言い換えてもよい。それは、私たちが日常生活に用いる書類のコピーや貨幣の鋳造のように、「停止」・「静止」したオリジンを再現（リプリゼンテーション）し、元の姿を繰り返すことを示している。一方、ニーチェ的反復は、原型のない反復であり、湯浅博雄はこのように説明している。

ニーチェは、この世界やあらゆる事象を「純粋に生成する」ものとして捉え、たえず差異してやまない「力たちの組み合わせ」と考える。（略）そのように「純粋に生成するもの」として存在する事象たちは、ただ「再来する」という様態においてしか存在しない。「再び来る」、「回帰する」ものとしてのみ存在する。(4)

一切の事象が「反復する」ということを、ニーチェは「永遠回帰」と呼んでいる。それはどういう反復なのだろうか。ニーチェは停止・静止したオリジンの存在を疑い、「真の存在」、本来の、永久不変の同一性も信じなかった。それまでの通念では、「神」は世界や一切事象のオリジンであり、人間は「神の良き似姿」と信じられたが、ニーチェは停止した「オリジン」・「始源の出来事」・「最初」の概念を疑った。「オリジン」のない「力たちの競い合い」の動きの中に、「変容する反復」が絶えず起こるのである。「反復」は「二次的、副次的、派生的」ではなく、いつも「もともと」のパロディなのであり、一次的なのである。(5)

私は『こころ』における反復を分類するつもりはない。なぜなら、そもそも反復は分類不可能であるからだ。例えば、「先生」の奥さんの「静」と、乃木夫人の「静」は、プラトン的要素を持ち合わせており、同時にニーチェ的反復である「変容した」部分や未知の部分も見受けられる。つまり『こころ』における反復は、単純にプラトン的かニーチェ的か(要するにAかBか)というものではなく、常に両義的(Aであり、Bでもある)なものである。この反復の両義をどのように理解するかによって、『こころ』の内容は変化していく。

作中人物の反復

物語は、まず登場さえしていない「鎌倉の友人」から始まる。「私」を鎌倉の海水浴場に誘った友人を、①「親の病気」②「電報」③「帰省」④「夏休み」⑤「縁談」というキーワードでまとめてみると、①〜④までは「私」と「先生」の青年期の展開は類似した形で再現されており、⑤縁談は「先生」の話で反復されていることがわかる。一見、脇役すら満たしていない人物の話だが、実は、漱石は冒頭の一頁で『こころ』における反復のパターンを設定しているのである。これを小説の反復の始まりと呼んでもよいが、決して反復の「オリジン」(=原型)とは言えない。なぜなら、この最初のパターンは、実体(substantiality)がない空洞の「オリジン」であるため、一種の幽霊のような予感に過ぎないからである。プラトン的反復の中に、ニーチェ的反復が潜んでいる。

この五つのキーワードのうち、特に①「親の病気」の反復は、作中にこだましている。「鎌倉の友人」の親がどのような病を患っているのか不明だが(そもそも本当に病気なのか)、「先生」の両親がチフスで亡くなっており、「私」の父親は腎不全であった。また、「先生」の義母と明治天皇も、同じ腎不全を罹っていた。「私」の父親以外は、病気を煩った全員

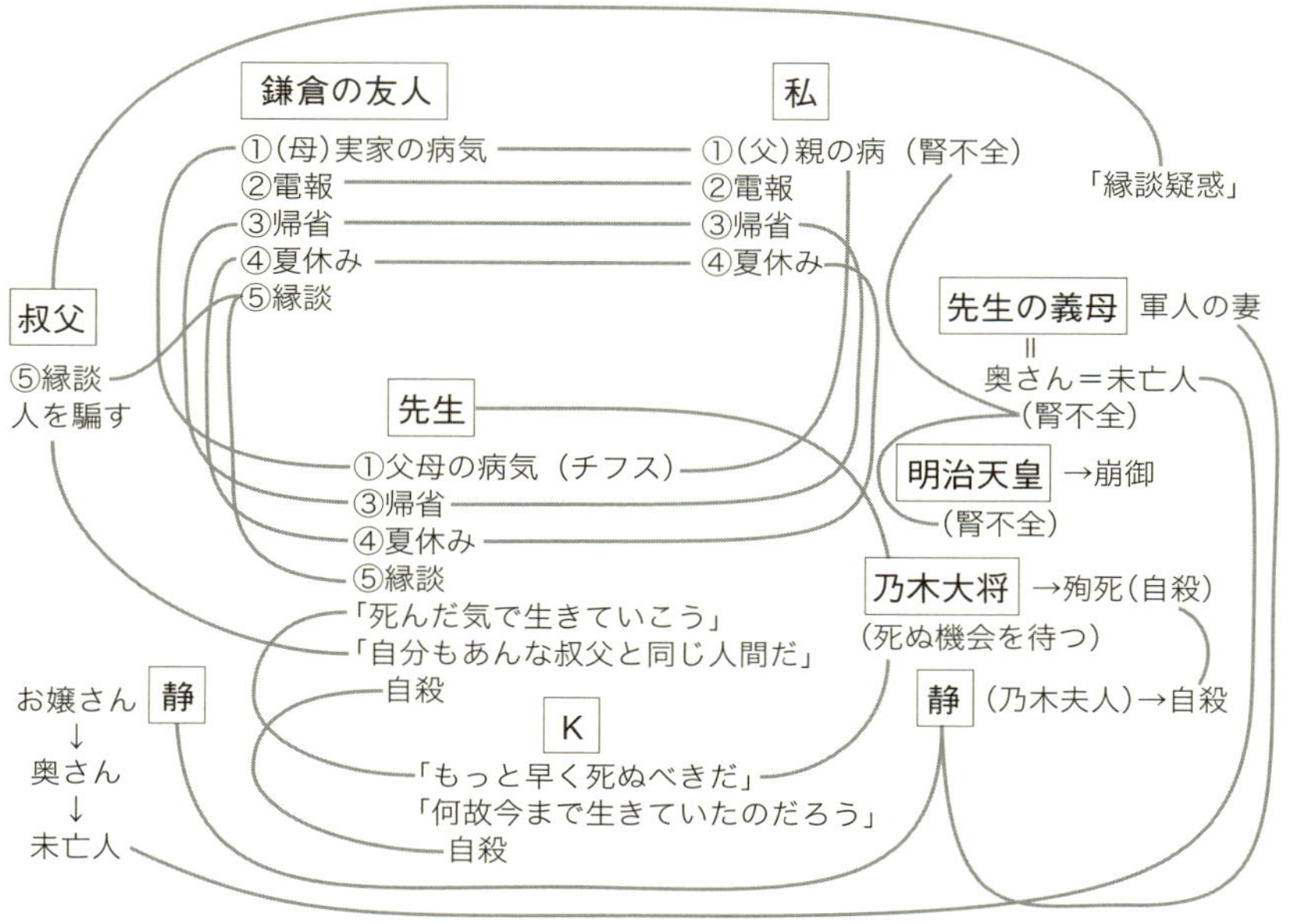

図1　反復のウェブ

（架空人物も歴史人物も）が作中で死亡している。

病死から自死まで、『こころ』の中で「死の反復」は、大きな輪を描く。明治天皇の崩御は、乃木大将の殉死のきっかけとなっており、乃木の殉死は先生の自殺のきっかけとなっている。同じ「殉死」という言葉を借りて、乃木の死と先生の死は、形式上一見プラトン的反復だが、実際には違う。「先生」は乃木の書き残したものを読み、「乃木さんはこの三十五年の間死のう死のうと思って、死ぬ機会を待っていた（らしいのです）」（『漱石全集　第六巻――心、道草』（岩波書店、一九七五年）下　五六章。以下、『こころ』の引用は全集に拠る）ということを知った。したがって、「先生」と乃木の共通点は、「殉死」ではなく、「死ぬ機会を待つ」ことなのである。もうひとりの「死ぬ機会を待つ」人物は、Kである。「もっと早く死ぬべきだのに何故今まで生きていたのだろう」とKの手紙の最後に「墨の余りで書き添えたらしく見える」（下　四八章）。その反復として、「先生」が「自分の胸の底に生まれた時から潜んでいるもの」に気づいた時、「自分で自分を殺すべきだという考が起こります。私は仕方がないから、死んだ気で生きて行こうと決心した。／私はそう決心してから今日まで何年になるでしょう」（下　五四章）。

作中の女性人物にも反復は反映されている。架空・歴史人物と同じく、「先生」の義母は腎不全で亡くなっている。作中では、「義母」という言葉は使われておらず、彼女の初登場には、「軍人の妻」／「未亡人」と表記され、後に「奥さん」と「妻の母」と呼ばれるようになった。「軍人の妻」／「未亡人」という表記は、乃木大将の殉死を追って心中した乃木夫人と重ねられている。「先生」の義母の表記は、物語が展開するなかで「未亡人」から「奥さん」に変更されたが、お嬢さんの場合は逆に「奥さん」から「未亡人」に転身する。『こころ』のなかで名前を与えられた人物は二人しかおらず、どちらも「未亡人」となる運命を待っている、「奥さん」役の「光」（「私」の母・田舎の父親の妻）と「先生」の妻の「静」である。「静」という名は、言うまでもなく乃木夫人の「静」の反復である。名前はプラトン的反復だが、「奥さん」は乃木夫人の静のように死を選ぶか、それとも生を選ぶか、作中では明確に示されていないので、純粋なコピーであるとは断言できない。

以上の反復（**図1　反復のウェブ**）を基に考えて見ると、作中人物には、常にフィクションか歴史の中に複数の分身、影、「原型らしいもの」、「コピーらしいもの」が存在しているように思える。それぞれの人物が取った行動も、架空・歴史人物の分身の行動を模倣していたり、反映していたり、抵抗していたりしている。数多くの病、複数の死、「殉死」、歴史的な静夫人と架空の静などがその例であり、これらはプラトン的反復だけでもなく、ニーチェ的反復だけでもない。反復の形が互いに類似している面ではプラトン的だが、反復の根本的な性質の違いを考えれば、ニーチェ的反復に近いといえる。『こころ』における反復は、二つの反復の境界がぼやけ、その裂け目に生まれた反復である。全体的な効果としては、一度発生したことは類似する形で再発するような予感を植え付けている。そのように、作中人物が反復の連鎖から脱出できないような圧迫感が形成されている。

「私」、「先生」、Kの反復

この三人の間からは、いくつかの反復と倒錯的反復を読み取れる。反復が、コピーや類似したものであるのならば、倒錯的反復はちょうどネガの画像のように、実体の反対に見えるが、実体の反復である。

「私」は、「先生」と鎌倉で出会った時、大学時代を過ごす二〇代前半の青年であった。それは東京で「先生」がKと同居し始めた頃と同じ年代と学生身分だった。三人揃って地方出身で、「先生」とKは新潟出身であり、「私」は明記されなかった。「私」と「先生」は裕福な環境に恵まれて、K

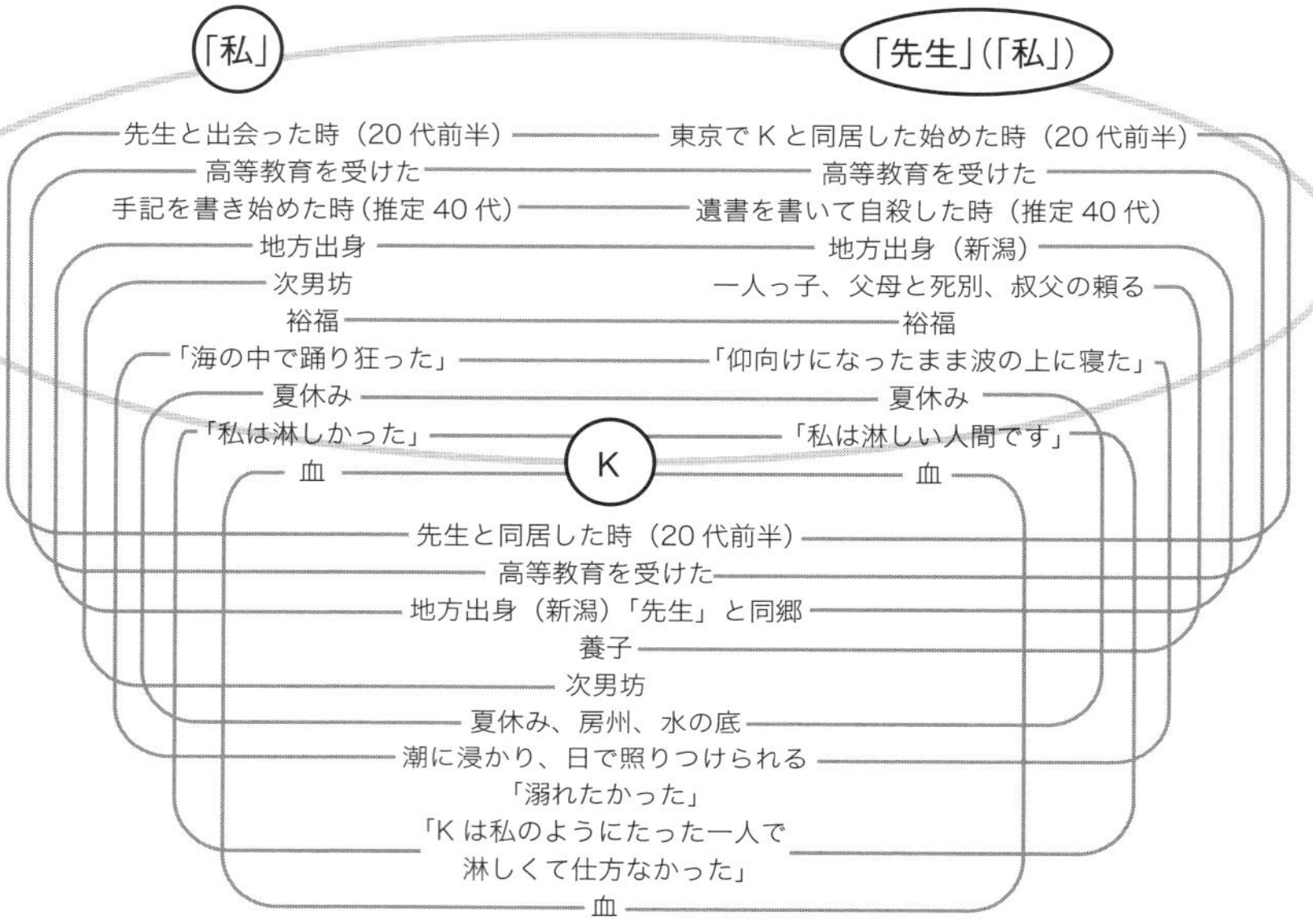

図2　「私」、「先生」、K

の家庭環境はその二人の倒錯的反復である。「私」とKは次男坊で、Kは養子に出されて、先生は未成年のうちに父母が死亡したため、叔父に頼った。三人はそれぞれの分身のようである。鎌倉の夏の海で、房州の夏の海岸で、「先生」は時空を超えて二人の青年と生死の意味を探ったかのようである。「海の中で躍り狂った」「私」と、「仰向けになったまま波の上に寝た」「先生」（上　三章）と、水の底を見詰め、「潮へ漬かり、日でてりつけられ（た）」（下　二九章）Kと、これらのシーンを並べて考えると、類似したものが何度も再生することによって、過去と現在が共存していることがわかる。反復の効果によって、海に浸かった「私」、「先生」、そしてKは、継起的な階層において、切り離せないように繋がっている。三人を浸す流体のイメージは海だけではなく、「淋しさ」と「血」という言葉にも表れている。

「淋しさ」という言葉の反復に関しては、他の評論でも言及されている。[6]「先生」は「さびしい」、「さむしい」という読み方を交代で使っており、一貫して「淋しい」という漢字で表現されている。[7]墓地での「先生」と「私」との会話で、「淋しい」という言葉は、計九回用いられた。一部だけ引用する。

「私は淋しい人間です」と先生はその晩またこの間の言葉を繰り返した。「私は淋しい人間ですが、ことによると貴方も淋しい人間じゃないですか。私は淋しくっても年を取っているから、動かずにいられるが、若いあなたはそうは行かないのでしょう。」（上　七章）

他には、このような例もある。

私は今より一層淋しい未来の私を我慢する代わりに、淋しい今の私を我慢したいのです。自由と独立と己れとに充ちた現代に生まれた我々は、その犠牲としてみんなこの淋しさを味わわなくてはならないでしょう。（上　一四章）

「先生」の「淋しい」という言葉の繰り返しによって、作品全体に一つの渦巻きが作り上げられている。最初「私はちっとも淋しく《さむしく》はありません」（上　七章）とわざと読みを換えて「先生」の人生観に抵抗する「私」は、「先生」と暫く別れ際、やはり「私は淋しかった」と感じて、「先生」が描いた言葉の渦の中に巻き込まれた。Kの死を、先生は強引に「淋しさ」という言葉でまとめた。「私は仕舞にKが私のようにたった一人で淋しくって《さむしくって》仕方がなくなった結果、急に所決したのではなかろうかと疑がい出しました」（下　五三章）。「淋しさ」の反復は、一個人の孤独感や不安だけではなく、故郷を失った現代人全体の生存形態の象徴である。「淋しさ」という漢字のイメージと、「さむしい」という読み方から、冷たいしずくが滴り落ちた林を連想せざるをえない。故郷を失った現代の都会人は、「現代」という厖大な構築の下で、冷たい雨に降られて、雨宿りのない林の中にいるのである。それは夏の太陽の下で海を泳いだ三人のイメージと対比されており、皮肉にも一種の倒錯的反復なのであろう。

「血」とそれに関連するイメージの反復も非常に目立つ。例えば、度々引用される「先生」の遺書の冒頭からの生々しい言葉である。

私は今自分で自分の心臓を破って、その血をあなたの顔に浴せかけようとしているのです。（下　二章）

この飛び散った血のイメージは、Kの自殺風景の差異がつくる反復に違いない。「そうして振り返って、襖に迸っている血潮を初めて見たのです」（下　四八章）と「先生」は書いた。ストーリーの時間（diegetic time）において、Kの自殺が先生の遺書より随分先に発生したので、Kの流血事件がオリジンをなす事件とすれば、血をめぐって反復する「先生」の衝動は、Ｋの自殺の言葉的模倣・再現であることがわかる。生物学的に血の続いた者に背向いた先生とＫは、血のメタファーに頼って、自らの精神的な存在を残そうとする。自ら肉体の存在を断ち切ったＫは、「迸っている血潮」によって、永遠に先生の胸に自分の影・分身を植え付けた。「私の後には何時でも黒い影が括ッ付いていました」（下　五五章）と先生は書いた。Ｋの血潮は先生の心の中には沁みることができるが、逆にはできない。先生はこう述べた。

彼の心臓の周囲は黒い漆で重く塗り固められたのも同然でした。私の注ぎ懸けようとする血潮は、一滴もその心臓の中へ入らないで、悉く弾き返されてしまうのです。（下　二九章）

やがて「私」との出会ったおかげで、「先生」は「私」の中に、自分の存在の記憶を植え付けようとする。「私の鼓動が停まった時、あなたの胸に新しい命が宿る事が出来るなら満足です」（下　二章）と「先生」は書いた。読み返してみれば、「先生」のことを回想しながら手記を書く「私」は、「先生と私」の部に既に「先生」の血を継承しているのである。「私は東京の事を考えた。そうして漲る心臓の血潮の奥に、活動々々と打ちつづける鼓動を聞いた。不思議にもその鼓動の音が、ある微妙な意識状態から、先生の力で強められているように感じた」（上　二三章）。そして、「肉のなかに先生の力が食い込んでいると云っても、血のなかに先生の命が流れていると云っても、その時の私には少しも誇張でないように思われた」（上　二三章）。「両親と私」の最終章に、「私」は生物学的に血のつづいた両親の元を去って、メタファー的に血を継承した「先生」の元へ駆けよる。つまり、ここで描かれているのは親類・故郷を捨てるという反復である。肉体の存在を捨てたＫと先生は、血のメタファー[8]を借りて、化け物や幽霊のように生きている人たちの元へ戻り、類似した行動・行為・選択を反復させている。

言葉の反復

作中に散らばった言葉の反復は多数あり、特に注目すべき例をいくつか挙げる。「先へ死ぬ」、「おれが死んだら」の繰り返しは「先生」の家での卒業祝いのシーン（上　三五章）から「私」の田舎の両親の家まで（中　二章）こだましている。また「Ｋの黒い影」、「黒い影法師」（下　四三章）、「恐ろしい影」（下 五四章）、「黒い影」（下 五五章）など、数多くの影が「先生の遺書」に出没している。「先生」はKの死に顔を眺めたときの恐怖を、このように表現した。

私はただ恐ろしかったのです。そうしてその恐ろしさは、眼の前の光景が官能を刺戟して起きる単調な恐ろしさばかりではありません。私は忽然と冷たくなったこの友達によって暗示された運命の恐ろしさを深くかんじたのです。

（下　四九章）

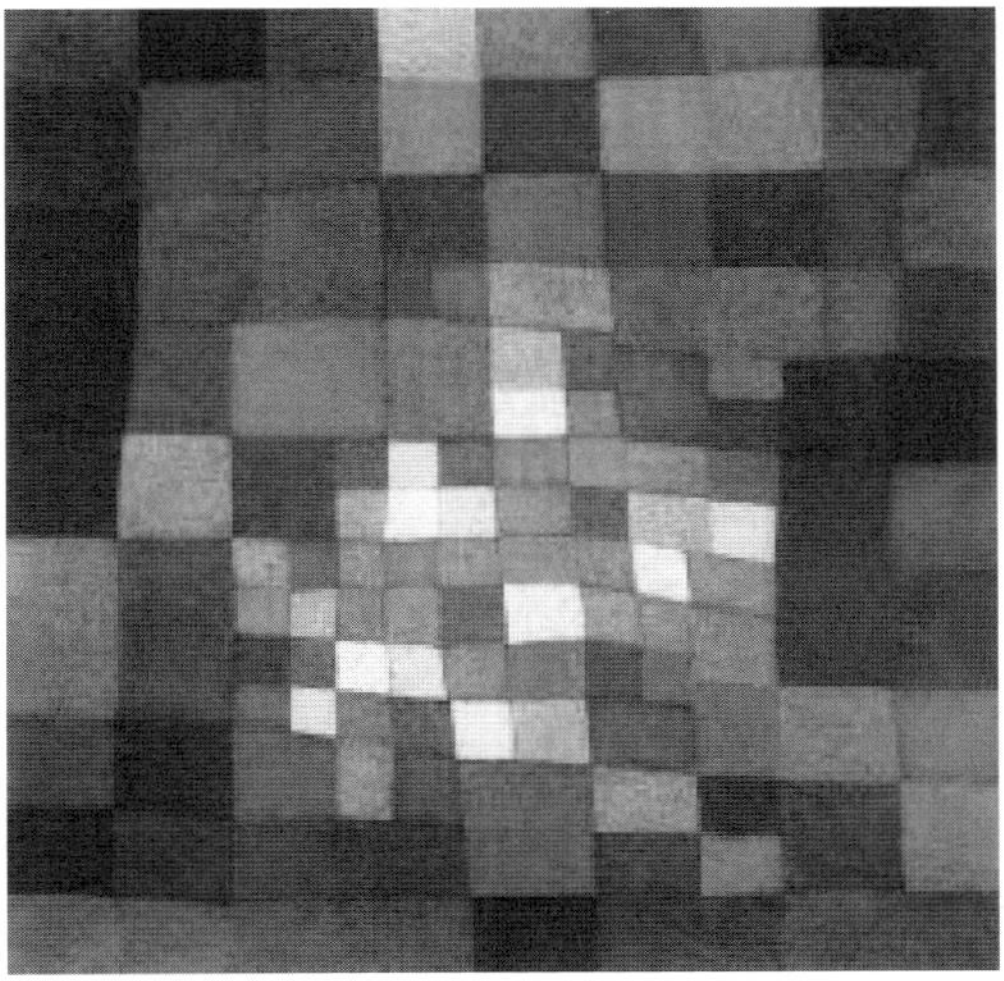

図3 パウル・クレーの「砂漠の中」（1914年）

これらの言葉の反復は、作品中無数の渦巻きを描き、作中人物が脱出できないように、深く吸い込んでいるのだ。多くの場合は、言葉の反復はイメージの反復でもある。一九一四年に描かれたパウル・クレーの「砂漠の中」を題した抽象絵画は参考となる。

「砂漠の中」は、色とりどりの大小不規則な四角形で構成された絵画である。一見、比較的色鮮やかで、四角形が凝縮している部分が中心部（内部）のように見えるが、中心部と周縁（外部）の境目は定まっておらず、内部を構成する赤の小さい四角形が外部へ飛び出しているように見える。内部と外部の四角形は絶え間なく反映し合って、呼び合って、一つの構図ができている。つまり、反復は反復を呼ぶということである。

『こころ』には、クレーの構図に類似して、反復の効果が表れている。リズム感の形成、巻き込む力、決められたパターンの再現、分身・影・ドッペルゲンガーの出現、物事についての予感、予言、予知、幻覚などが、『こころ』における反復に反映されている。波、潮、心臓の鼓動は全編のリズムとなっており、罪悪感の繰り返し、青年たちの夢探し、彷徨、幻滅など、類似した形で反復されている。オリジンとコピーの区別も付かなければ、境目も見えない。漱石の『夢十夜』の第八夜に床屋の話があった。その話では、床屋の椅子に座った語り手は、外部の世界を鏡の映りで見るしかない。鏡に映った十円札を数えていた女に振り返って、実像を確かめようとすると、「女も札も何も見えなかった」のである。漱石の世界に現れる反復は、まさに「オリジン」や「原型」が見つからない現象である。反復は、コピーのように「二次的、副次的、派生的」ではなく、一次的なものである。(9)

一九二〇年代から盛んになった日本のモダニズム文学には、漱石が実験的に用いた反復手法のさらなる展開があった。代表作としては、芥川龍之介の『歯車』（一九二七年）、横光利一の『街の底』（一九二五年）、川端康成の『雪国』（一九三七年）などがあげられる。そういう意味では、『こころ』はモダニズムの先駆となった書物であるといえる。

「先生」と反復

これまで、読者の視点から批判的な距離をおき、作中に現れた様々な反復を読んだが、これから「先生」の言動を考察しながら、「先生」から見た反復はどういうものなのかを考える。「先生」は言葉の反復に拘る。既に「淋しさ」、「死ぬ」、「恐ろしさ」などの言葉を例に挙げたが、注目すべき箇所は、「先生」が頻繁に登場する「先生と私」の部と、「先生の遺書」の部では、セリフの繰り返しが頻発することである（それに比べると、「先生」がほとんど登場しない「両親と私」において、文章の進み具合、テンポ、リズムは一変し、言葉の反復に支配されていない。反復しているのは、病人の世話と虫の声のみである）。例えば、「先生と私」に現れた言葉の反復を見てみると、上野で新婚の夫婦を見た「先生」は、「恋は罪悪です」「罪悪です」という言葉を八回も繰り返した。一部を引用する。


「恋は罪悪ですか」と私がその時突然聞いた。

「罪悪です。たしかに」と答えた時の先生の語気は前と同じように強かった。

（中略）

「又悪い事を云った。焦慮せるのが悪いと思って、説明しようとすると、その説明が又あなたを焦慮せるような結果になる。どうも仕方がない。この問題はこれで止めましょう。とにかく恋は罪悪ですよ、よござんすか。そうして神聖なものですよ」。（上　一三章）

スタカットのような短い語句の反復は「先生」のセリフと遺書によく現れるスタイルである。「先生」は同じ観念（「恋」、「罪悪」）に執着し、「始源の出来事」を探るように同じ言葉を繰り返す。同じ言葉を反復すると、常に「停止」や「静止」した状態の「原型」に戻って、永遠にその原型に止まり、時間や経験を生かして「変容する反復」を喚起することができない。言い換えれば、「先生」は「オリジンをなす事件・経験」に拘り、すべての反復は「同じもの」の反復を信じ、「原型」を疑うことも出来ないし、仮に「原型」があればそれを破ることも出来ない。「先生」はあくまでプラトン的反復しか理解していないのである。「先生」にとって、「オリジン」や「原型」の後に来るものは、すべてコピーであった。善も悪も、「恋は神聖なるものだ」という「原型」も、「恋は罪悪だ」という「原型」も。原型に抵抗することもなく、超えることもない。ニーチェは停止したオリジンのことを疑い、すべての反復は力の競い合いで生成するので、すべての事象は二次的ではない、と主張した。ニーチェは、「神」がすべての事象のオリジンだと主張した従来の哲学・宗教を覆した。ニーチェ的反復によると、「オリジン」の存在を否定することで、変えられない複写から解放される。すべての言葉、行い、選択は、「オリジン」の再現ではなく、オリジナルとなるものなのである。「先生」は、愛することの独創性を掴めないため、愛とは「信仰に近い」もの（下　一四章）と罪悪のプラトン的反復に捕われた。

「善悪」について、「先生」は叔父に騙された事件にもとづいて「原型」を作りあげている。「先生」は「私」に繰り返し言う。

> 平生はみんな善人なんです、すくなくともみんな普通の人間なんです。それが、いざという間際に、急に悪人に変わるんだから恐ろしいのです。（上　二八章）

さらに、遺書にも同じ事を記している。

> 私がいつか貴方に、造り付けの悪人が世の中にいるものではないと云った事を。多くの善人がいざという場合に突然悪人になるのだから油断しては不可ないと云った事を（下　八章）

「先生」は「善人」、「悪人」の個別な原型を拒否して、「何らかの利己関係や誘惑のために善人が悪人になる」という「原型」や「方程式」を作り上げた。したがって、我が懺悔として残した「遺書物語」は、「善人から悪人へ」という叔父の詐欺事件で始まるわけである。意識的にこの「原型」に抵抗した「先生」は、Kを裏切ったときに、自分はこの原型のコピーに過ぎない、という結論に達した。

世間はどうあろうともこの己は立派な人間だという信念が何処かにあったのです。それがKのために美事に破壊されてしまって、自分もあの叔父と同じ人間だと意識した時、私は急にふらふらしました。（下　五二章）

しかし、「先生」はあくまで叔父のコピーになる必然性があるのか。「先生」との関わりを除けば、背景も、意図も、内容も、状況も、人物も、「叔父詐欺事件」と「Kの事件」は全く異なる事件である。「叔父／善から悪へ」という「仮想的な原型」を破棄することが出来れば、「先生」は「原型」のパロディ的反復から解放され、創作性のある倫理的な選択が可能となるはずである。しかし、「先生」は「善から悪へ」の「原型」や「方程式」に拘っているため、「原型」に抵抗するか、「原型」をプラトン的反復することしかできないのだ。つまり「AかBか」の選択肢しか見えていない、ということである。「先生」には、「原型」や「オリジンをなす事件・経験」の存在を否定する、という選択肢はない。「善から悪へ」という叔父詐欺事件の「原型」を破ることができれば、倫理的な選択に面する際に、派生的な反復を避けることは可能ではないか。

先生の悲劇は、プラトン的反復である。次から次へ、「先生」は「原型」となるものを作り上げるが故に、それらの停止した状態・イメージから脱出できないのだ。これらの「原型」は、亡霊のように先生の世界に入り込んでいる（叔父からKに、Kから乃木大将に、というように）。

私もKの歩いた道を、Kと同じように辿っているのだという予覚が、折々風のように私の胸をよこぎり始めたからです。（下　五三章）

そして、先生は乃木の死からもう一つの「原型」を見つけた。

私は号外を手にして、思わず妻に殉死だ殉死だと云いました。（下　五六章）

最終的に、「先生」の死は「原型」たちのパロディーに過ぎないのである。「先生」はKの死から「淋しさ」の「原型」を抽出し、乃木の殉死から「死ぬ機会を待つ」という「原型」を抽出した。この二つの「原型」を組み合わせて、創作性のないアイデアとして、自分の死を計らったということだ。「先生」の選択は、一種の空想上のオリジンの模倣であり、空洞化したプラトン的反復なのである。

先生が生涯に手掛けたもう一つの「原型」作りは、女性（お嬢さん・奥さん）の純白無垢の範型である。

> 私はただ妻の記憶に暗黒な一点を印するに忍びなかったから打ち明けなかったのです。純白なものに一雫の印記でも容赦なく振り掛けるのは、私にとって大変な苦痛だったのだと解釈してください。（下　五三章）

食卓のリネンが真っ白だったように、先生の純白主義は、家中に反映されている。

> カラやカフスと同じ事さ。汚れたのを用いる位なら、一層始めから色の付いたものを使うが良い。白ければ純白でなくっちゃ。（上　三二章）

そして、有名な遺書の結びは、純白の「原型」を反復している。

> 妻が己の過去に対してもつ記憶を、なるべく純白に保存して置いて遣りたいのが私の唯一の希望なのですから、私死んだ後でも、妻が生きている以上は、あなた限りに打ち明けられた私の秘密として、凡てを腹の中にしまって置いて下さい。（下　五六章）

ここで強調したいのは、「先生」の「原型」作り、「原型」維持の衝動である。「先生」は、純白のイメージを借りて理想的な女性像を作り上げたが、静の実像とずれがある。琴や生け花などの艶かしい趣味を持っていたお嬢さんは、Kの部屋に出入りしたり、艶かしい笑いなどのコケティッシュな仕草で、若い男性同居人の気を引こうとしたりしたのは明らかだ。奥さんとなった彼女は、成熟した女性の魅力が増すことになる。手記を綴った「私」は、奥さんと二人きりで留守番した夜のことをこう回想した。

> 今しがた奥さんの美しい目のうちに溜まった涙の光と、それから黒い眉毛の根に寄せられた八の字を記憶していた私は、その変化を異常なものとして注意深く眺めた。（略）今までの奥さんの訴えは感傷《センチメント》を玩ぶためにとくに私を相手に拵えた、徒らな女性の遊戯ととれない事もなかった。（上　二〇章）

人を愛し、本質的に色彩豊かな一人の女性を、先生が執念深く「純白」な「原型」に嵌めて、最後まで彼女の本質と知る権利を奪って、「純白」のままに失わせた日々を反復させた。「原型」に拘り、「原型」のコピーとして「死んだ積もりで生きて」いく先生は、奥さんのことも停止・静止した「原型」に束縛し、今を生きる自由を奪うことだけでなく、前へ向かって生きる喜びや希望すらも取り上げたのだ。

読むという行為の反復

様々な反復の中で、読むという行為の反復は着目に値する。「読む人」とは、Kが書き残した手紙を読んだ「先生」、「先生」の遺書を読んだ「私」、そして一部始終を読んだ読者のことを指している。単行本として出版された『こころ』は、「上、中、下」の題名別で分けられていたが、朝日新聞で連載された当初は、三部分けではなく、はじめから「先生の遺書」と題されていた。ある意味で、連載を手にした読者と、作中の「私」は、最初から同じ読者の立場で長い「遺書物語」を読んでいたことになる。

読むという行為の反復は、最もニーチェ的反復ではないかと考えられる。同じテクストを読んでいても、読者の解釈によって、テクストは停止・静止した「原型」ではなく、現に存在しているものとなりうる。ニーチェの「永遠回帰」という意味は、一切の事象は「反復する」ということで、「原型」ではなく「反復する」という様態でのみ存在するということだ[10]。読むという行為の反復によって、一〇〇年間プラトン的反復をしたテクストは、様々な媒体で、読者の意識・記憶の中に甦り、既存の構図や枠組みを破り、いつも最初から創作的に伝え始められているのである。この反復は、まさに「二次的、副次的、派生的」[11]なものではなく、常に一次的なものであるのだ。

「先生」は、読者として、非常に狭い視野を持っていた。彼は閉じ込められた人生観、停止した時間感覚、「箇人の有って生まれた性格」(下 五六章)に縛られて、Kと乃木の死ぬ前に書き残したものを読むと、自分の苦悩や罪悪感に当てはまる「淋しさ」と「死ぬ機会を待つ」ことの「原型」を自己都合で読み出し、その「原型」たちをコピーした。

「私」は、読者として、どうだったのだろうか。「上」と「中」の部は、「先生」の遺書を読んでから、「私」によって年月経て書かれた手記であるため、その反応を窺うことができる。冒頭で「私」は、「先生の遺書」に、「先生」が亡友に付けた「余所々々しい頭文字」に抵抗感を抱いた。それにもかかわらず、「先生」という称呼からは、「私」の「先生」への愛慕と敬意が表れており、師弟関係と身分の差には変化がないことが読み取れる。そのため、「私」は、懐疑的に「先生」の遺書を読むことができないのだ。さらに、近頃の「同性愛論」や「BL論」には、「私」と「先生」の間の曖昧な吸引力を十分論じている。そこからも、「私」の「先生」への思慕は明らかである。つまり、読者としての「私」は、批判的な距離をおいて「先生」を論じることができないということだ。「私」が拘った田舎の父親と、都会の「先生」との対比を考えると、「私」の手記には「原型」作りの衝動とプラトン的反復をする傾向が伺える。「私」が語った最後の場面は（中　一八章）、父親という「原型」を捨てて、「先生」という「原型」へ駆け寄るものなので、「原型」をコピーすることを仄めかしていることがわかる。つまり、「私」が「先生」から引き継いだのは、「原型」信仰ではないかと考えられる。

Kの手紙を読んだ「先生」は、時間を経て遺書を書き、「先生」の遺書を読んだ「私」は、同じく年月が過ぎてから手記を書いた。したがって、どちらも読むという行為から書くという行為へ移っていることが明らかだ。多くの年月を経たにも関わらず、遺書にも手記にも、臨場感が非常に溢れている。その臨場感を形成している要素の一つとして、遺書も手記も語り手《ナレーター》が仲介せずに、「私小説」風に書かれたことをあげることができる。極端に言うと、『こころ』の「上、中」は「私」の「私小説」で、「下」は「先生」の「私小説」であるということだ。『こころ』の語り法は、十九世紀の西洋文学における本格小説と大きく違う。西洋文学の本格小説には欠かせないのは、登場人部と距離をおいた、語り手・語りの声の補足、コメント、批判、質疑、ヒント、分析なのである。語り手による、ときに懐疑的、ときに冷静なコメントのおかげで、ストーリーの展開は、登場人物の主観的認識・知識・世界観・人生観・時間感覚に閉ざされることはないのである。語り手は、ときに時空を超えて登場人物の思想や行いについて語り、メロドラマをサタイアに変身させ、悲劇を喜劇化する。ジョナサン・スウィフトやジェーン・オースティンを愛読していた漱石が、上記の手法を用いて語り手を描いていることがよくわかる。例えば、『道草』の冒頭では、語りの声が健三の盲点を指摘する。

> 彼の身体には新しく後に見捨てた遠い国の臭がまだ付着していた。彼はそれを忌んだ。一日も早く其臭を振るい落とさなければならないと思った。そうして其臭のうちに潜んでいるかれの誇りと満足には却って気がつかなかった。
>
> （『漱石全集　第六巻』、『道草』一章、筆者傍点）

登場人物が気づけないことが、語り手の意識に再現されているのだ。登場人物が忘れてしまったことも、語り手の記憶には甦る。語り手は、鏡のように登場人物の意識、記憶、行いを映し出すのだ。しかも、その鏡像はそっくりなものではなく、登場人物の見えない部分や隠れた部分も映し出している。要するに、この小説作法は、登場人物が体験したことを、語り手が別な角度で再現し、同じことのコピーではなく、変容した反復を絶えずに作り出しているのだ。語り手の働きは、発展し続け、二十世紀のモダニズム文学においても、欠かせない役割をもっている。J・ヒリス＝ミラーは、ヴァージニア・ウルフの『ダロウェイ夫人』（一九二五年）の言葉を借用し、語り手のことを「ある精神の状態」（a state of mind）と呼んだ。

> 語り手は（略）登場人物の外部に存在し、登場人物が直接的には決して知る事の出来ない存在である。（略）この「精神の状態」は登場人物を取り囲み、包み込み、浸透し、内部から知り尽くす。[12]

J・ヒリス＝ミラーは、語りとは一種の反復である、と解釈した。「ウルフにとって、語りとは記憶に置ける過去の反復であり、それは登場人物たちの記憶と語り手の記憶の両方を意味している。」[13]

『こころ』には、語り手・語りの声の出番はまったくなく、「先生」と「私」のそれぞれの私小説風の語りにより、主観的な回想に閉ざされた。「私」のストーリーには、未完結・未知の部分が多いので、私はここで「先生」のストーリーに集中して論じる。過去の出来事を、「先生」は、後ろ向きに追憶することしかできない。キルケゴールによると、「反復と追憶は、ほとんど同一の運動であるといってよいが、意識の方向だけが異なっている。つまり、これまでにあったことを後方に向かって反復するのが追憶であり、前方に向かって反復するのが、真の反復である」ということである。「後方に向かって反復する」ことは、既に発生したことや過ぎ去った時間を、繰り返し記憶から掘り出して、記憶の原型のままに悲歎したり、耽ったりして、「死んだ気で生きる」（下　五四章）ことである。「前方に向かって」追憶するとは、既成事実は変えられないにも関わらず、意識して思い出すことによって、「原型」という概念を突き破って、現に存在している自分の中に「過去」というものを生き直す。過去を取り消すことは出来ないが、生き直す可能性が潜んでいる。例えば、「先生」はKの死を、友人として、道徳観を持つ人間として、その場で生きたか疑問だ。Kの亡骸と書き残した手紙を目にした瞬間、「先生」は自分が巻き込まれていないことへの安堵感しか表現していない。

> 私はわざとKの手紙を皆なの眼に着くように、元の通り机の上に置きました。
> （下　四八章）

「先生」は、時間を経てようやく、Kの死の重みと悲しみを身体で感じ、理解できた。そういう意味で、先生はようやくKの死を生きたのである。物事が実際に発生する時点でかならずしも「生きられた」ことではなく、事後に生きられたのだ。「先生」の毎月の墓参りは、Kの死を新たに生きるのだ。思い出、回想、追憶によって、発生した当時を生きられなかった分を、初めて生きられること、そして再び生きられることは、同時発生するものなのだ。キルケゴールに深く影響を受けたプルーストは、このように綴っている。

> 私はベルベックにいる喜びも、アルベルチーヌと暮らす喜びも、その時そこで知ることはできなかった。というのもその喜びは、事後的にしか私にとって知覚されなかったから。(14)

「事後性」について、湯浅博雄はこう説明した。「こういう『事後性』ということ、『遅れ』とともに後になって生きるということは、けっして副次的なことでも付帯的なことでもない。それこそ根源的なことなのだ。(15)」

要するに、事後分かってきたことと、再び生きられることは、「生き直す」という意味である。時間を経て初めてKの死を生きる「先生」、そして繰り返しその死を生きられる「先生」には、「生き直す」可能性が十分潜んでいるはずなのだ。

しかし、最終的に「先生」は、「前へ向かって」反復する可能性（つまり「生き直す」こと）を放棄して、時間を止め、Kの死の「原型」とともに葬られることを選択した。「先生」は最後までプラトン的反復以外の可能性を信じられなかったのである。

『こころ』には、語り手が不在であるため、「先生」の記憶は「私」の意識の中で繰り返すほかない。しかし、「私」は、「先生」の判断や主体的意識から解き放たれることができないので「先生」の記憶を生き直すことができない。読むという行為の反復の中に、もう一つの可能性が秘められている。一〇〇年前の連載を読んだ読者も、「一〇〇年ぶり連載」を読んだ二〇一四年の読者も、「私」と同じように最初から「先生の遺書」を読んでいる。単行本の「上、中、下」

で分けて読んだ読者たちは、「私」と同時に「先生と遺書」を目にし、絶えずに読むという行為を反復する。したがって、「先生」の記憶は、「先生」と「私」の意識の中だけではなく、この百年間の無数の読者の意識の中で、読むという行為の反復によって、生き直されているのだ。Kの死、それから記憶というものは、完結・停止・静止したものではなく、読まれる度に、現に存在することになり、決してコピーではなく、時の秩序から解放されて、常に読者の意識の中で、オリジナルな経験になるものなのである。読者の意識に映された新しい経験は、繰り返し「生」、「死」、「愛」、「罪」ということを問い続けて、「先生」と「私」に欠けている統合力と距離感で探り続ける。再びキルケゴールを引用する。

> 人生とは反復である、と誰かがいうとき、それは今に至るまで存在していた事柄は、新たにやってきたものである、という意味合いが含まれている。

読むという行為の反復によって、「先生」が過去形にした記憶に、読者は現に存在することができる。その度に、『こころ』という作品と、そこに潜む哲学的な、心的な生死の問題は再び取り上げられて、過去、現在、未来の時間形態を超えて、生き直されるのである。これこそが、生き直すことを諦めた「先生」と、読み直すことを締念した「私」に出会った読者たちに与えられた挑戦であり、役割なのではないだろうか。

参考文献

アラン・ロブ=グリエ『反復』平岡篤頼訳（白水社、二〇〇四年）

石原千秋編『夏目漱石『こころ』をどう読むか』（河出書房新社、二〇一四年）

柄谷行人『定本柄谷行人集5　歴史と反復』（岩波書店、二〇〇四年）

Kierkegaard, Soren. *Repetition and Philosophical Crumbs* (1843). M.G. Peity (trans.) New York: Oxford University Press, 2009.

セーレン・キルケゴール『反復』桝田啓三郎訳（岩波文庫、一九八九年）

J・ヒリス=ミラー『小説と反復——七つのイギリス小説』玉井暲他訳（英宝社、一九九一年）

Deleuze, Gilles. *Difference and Repetition.* Paul Patton (trans.) New York: Columbia University Press, 1994.

夏目漱石『漱石全集　第六巻——心、道草』（岩波書店、一九七五年）

湯浅博雄『反復論序説』（未来社、一九九六年）

湯沢英彦『プルースト的冒険——偶然、反復、倒錯』（水声社、二〇〇一年）

注

（1）Kierkegaard, Soren. *Repetition and Philosophical Crumbs* (1843). M.G. Peity (trans.) New York: Oxford University Press, 2009, p. 19. 筆者訳。

（2）J・ヒリス=ミラー『小説と反復——七つのイギリス小説』

玉井暲他訳（英宝社、一九九一年、五頁）。
（3）同右（九〜十頁）。
（4）湯浅博雄『反復論序説』（未来社、一九九六年、二三五頁）。
（5）同右（二三六〜二三七頁）の用語を参照。
（6）山崎正和「淋しい人間」（『ユリイカ』一九七七年十一月号）。石原千秋編『夏目漱石『こころ』をどう読むか』（河出書房新社、二〇一四年）に収録、二二三〜二四三頁、特に二二三〜二二四頁。
（7）先生は「寂寞」（下　五章）という言葉を一度使ったが、「寂しい」という言葉は一度も使ったことはない。「寂」という漢字を解体してみれば、「うかんむり」の部首の下に「叔」という漢字が宿るのは、先生にとって苦い過去ではないか。
（8）血、心、心臓、ハートなどの反復は、作中に多数ある。例えば、「私」にとって、「先生」の思想の裏に、「血が熱くなったり脈が止まったりほどの事実が、畳み込まれているらしかった」（上　一五章）。「奥さんは私の頭脳に訴える代わりに、私のハート心臓を動かし始めた」（上　一九章）。「人間の血の勢というものの劇しいのに驚きました」（下　五〇章）。
（9）湯浅博雄『反復論序説』（二三六〜二三七頁）の用語を参照。
（10）同右（二三六頁）の用語を参照。
（11）同右（二三七頁）。
（12）J・ヒリス＝ミラー『小説と反復――七つのイギリス小説』（二五五頁）。
（13）同右（二五四頁）。
（14）湯浅博雄『反復論序説』（一七四頁）に引用。
（15）同右（一七四頁）。

思いつめ男に鈍い男――夏目漱石「こころ」

小林幸夫

こばやし・さちお――上智大学文学部教授。専門は日本近代文学。主な著書に、『認知への想像力・志賀直哉論』（双文社出版、二〇〇四年）、『森鷗外論――現象と精神』（国研出版、二〇〇九年）などがある。

『こころ』は、先生の手紙（「下」）を中核とする小説である。そこにはKの死までが詳しく書かれているが、それ以降は概括的にしか書かれていない。そのKの死以降の先生の結婚生活が書かれているのが、「私」の手に成る「上」である。そこに生きている先生と「私」と静を考察することは、「下」に記された先生と静を受容する上で、大きな手がかりを与えてくれる。

「上」の意味

夏目漱石の「こころ」（大正三年四月～八月――東京・大阪「朝日新聞」連載、同年九月――岩波書店刊）の最も読者を引きつけるところは、お嬢さん（静）をめぐって先生とKとが鎬《しのぎ》を削り、そのあげくKが自殺してしまう恋のドラマである。Kは Kなりに考え、先生は思い乱れ、静は母を心に背負いながらひそかなる行為を見せる。ロマンを含んだ緊迫した空気が下宿を営む家を覆い、居住者を隔てる襖は軋む。それを、先生は学生の「私」に手紙で語る。それは、自分の過去を知りたいという「私」の要望のなかの伝達すべき核心であることも相俟ってか、先生は一挙止漏らさずという筆致で詳細に書く。そのしなやかな緊密さは圧巻と言っていい。それゆえにと言うべきか、当然と言うべきか、「こころ」の研究はこの部分に集中する。

「こころ」は、この恋のドラマを中核とし、先生の自死という事件を以て一応の終結を見る。一応と言ったのは、このドラマと事件が記載されている手紙を引用し、この先生とのいきさつという個人史と、その時の自分の両親との関係を記した、その後発の学生の「私」の記述を俟たないと、最終的には小説の言説として終了しないからである。この、「私」によって書かれた「上」「中」のうちの「上」は、先生の過去で言えば、恋のドラマと先生の自死という事件、この二つの間の先生の消息を知る資料である。より正確に言えば、Kの自殺で幕を閉じた恋のドラマの後、先生は静と結婚し、その後静の母（奥さん）が亡くなり、静と二人の生活が始まった時点以降から先生の死までの、先生をめぐる資料である。この書き手である「私」は、恋のドラマも先生の死という事件も既に知った地点に立ち、(1) その上で、恋のドラマを知らず先生の自死という事件を予知できないで交際していたときの先生と静の姿を映し出している。「下」が先生の物語であるとすれば、「上」は先生をめぐる「私」の物語である。そして、「私」の物語という観点から言えば、「上」「中」が「私」の物語であり、この「こころ」という小説は、先生の物語と「私」の物語との二つから成る、と改めて捉える必要がある。とりわけ「上」は、恋のドラマ以降先生の自死事件以前の先生と静の、「私」という筆者による物語ともなっているので、この「上」を研究することは、「下」の先生自身による先生の物語を研究することに何らかの光を差し入れることになるはずである。

行為という話しかけ

学生の「私」と先生は鎌倉で出会った。「私」は友人の誘いで、一方の先生は西洋人と、海水浴に来ていた。人と人とが出会い親交をもつには、どちらかが話しかけるか、または互いに言を交えることになるきっかけが要る。この二人の場合は、話しかけたのは先生で、きっかけは、海から上がった先生が浴衣の砂を落とすときにその下に置いてあった眼鏡を板の隙間から落とし、それを「私」が拾ってあげたこと、と言えるが、厳密には微妙である。「私」の記述には次のようにある。

私はすぐ腰掛の下へ首と手を突ッ込んで眼鏡を拾い出した。先生は有難うと云って、それを私の手から受取った。

次の日私は先生の後につづいて海へ飛び込んだ。そうして先生と一所の方角に泳いで行った。二丁程沖へ出ると、先生は後を振り返って私に話し掛けた。広い蒼い海の表面に浮いているものは、その近所に私等二人より外になかった。

先生が先に声を発したのだが、それは「私」が先生の眼鏡を拾い出してあげたからである。その行為に対して礼を言ったのだから、「私」の善意というべき自然の行為に対して先生はあたりまえのごく普通の反応をしたにすぎない。よって、先に働きかけをしたのは「私」の方と言える。次の日も先生の方から声をかけるのだが、それも「私」が先生の後を追うように海に飛び込み約二〇〇メートルの沖で二人きりになったからである。ここでも先生に働きかけたのは「私」であり、それに反応したのが先生の発話なのである。「私」の行為は、前者がいわば自然な行為であるのに対し、後者は故意である。このことからすると、先生と出会うきっかけは「私」が作ったものであり、実際に発話という点で声をかけたのは先生ではあるが、「私」の先生について海へ出る行為は声をかけるのと同一のものであり、それはいわば行為による話しかけであったと言える。

ところで、この出会いには前史がある。「私」を海へ誘った友人が電報で呼び寄せられて国元へ帰った後「私」はひとりで毎日海水浴に出かけ、そこで「猿股一つ」の西洋人に目が行き、一緒に来ていた先生に既視感をもったことである。「私」は次のように記述している。

どうも何処かで見た事のある顔の様に思われてならなかった。然しどうしても何時何処で会った人か想い出せずにしまった。

その時の私は屈託がないというより寧ろ無聊《ぶりょう》に苦しんでいた。それで翌日《あくるひ》もまた先生に会った時刻を見計らって、わざわざ掛茶屋まで出かけて見た。

私は、先生の顔に既視感をもち、無聊に苦しんでいたので、翌日先生を見る（会う）ために出かけたという。既視感をもったこと、退屈に苦しめられていたことの二つが、会うための行為に出る要因である。構造的に言えば、退屈の解消のために先生に会いたいと思うその基盤に、先生に対する既視感が存在したのである。

では、この既視はなぜ起こったのか。その理由を求めることはそもそもできない性質のものと思われるが、ここでは、「見た事のある顔のように思われてならなかった」とこだわりを見せ、翌日「わざわざ」出かけ、そのあと先生が泳ぎ出すと「急にその後が追い掛けたくなった」という、「私」の特別な執着と接近への衝動的行為からすると、「私」は無意識裡に先生に親しみを感じたものと思われる。つまり、既視感は先生への親しみの表われであり、「私」は先生にいわば一目惚れしたのである。

この一目惚れに関しては、注目すべき点がある。このとき「私」は「無聊に苦しんでいた」ことである。「無聊」、つまり退屈ならばひとりで何かやればいい。しかし、「私」は人を求めたのである。その前には、一緒に海水浴をして過ごすはずの友人に、「三日と経《た》たないうちに」帰られてしまい、「折角来た私は一人取り残された」という状態になっていた。このことからすると、「私」の「無聊」は、人＝相手のないまま海水浴をすることによって生じた「無聊」であり、その内実は海水浴を楽しむ相手のいないことに対する「苦し」みであった。それは、相手のいないことによる淋しさでもある。後に足繁く先生の許へ行くようになったとき、先生に「あなたは何でそう度々私のようなものの宅へ遣《や》って来るのですか」と問われ、その三日後に訪れたとき、「ことによると貴方も淋しい人間じゃないですか」と指摘されるのも故なしではない。先生がそのとき言った、「若いうち程淋《さむ》しいものはないので「動いて何かに打《ぶ》つかりたい」ためにわたしのところへ来る、という論理を俟つまでもなく、「私」はすでに、「淋し」さを感じる人間であったのである。ただし、「私」はそのことに無自覚である。その証拠に、先生に指摘されたとき、「私はちっとも淋《さむ》しくはありません」と答えている。「淋しい」ことを自覚する先生と、自らが「淋しい」ことに気づかない「私」、ここに二人の径庭があり、「淋しい」感情を有していることに気づかない「私」は、一種の〈鈍さ〉をもっている。

ちなみに、心理学の方では、既視感は正常人の場合「疲労時」に「出現することが多い」[2]とされており、「無聊に苦しんでいた」(傍点、小林――以下同じ)と述べる「私」の状態はひとつの「疲労時」に相当すると思われ、「私」は既視感の出現しやすい基盤をもっていた、とも解される。

自宅訪問と散歩の文化

先生の後を追って沖へ出て先生と一緒に泳いだ三日後、掛茶屋で先生に出会い、「私」はその晩先生の宿を尋ねた。そのとき、既視感のことを述べ先生にもそれがないか聞くと、「君の顔には見覚えがありませんね」と言われて「私」は「失望」する。そして、鎌倉で別れる際に「これから折々御宅へ伺っても宜《よ》ござんすか」と聞き、「ええいらっしゃい」との許諾をとったもののしばらくは訪れなかった。しかし、授業が始まってから一ケ月の後、先生に会いたくなり自宅を訪ねる。その後、足繁く先生宅へ行くようになる。
ここには、訪問の文化があり、年少者が自宅を訪ね年長者がそれを受け入れる。この小説の著者夏目漱石、同時代の森鷗外、この二人が自宅で年少者と親しく会話をともにした事蹟を鑑れば、この訪問の文化の存在は明らかだろう。

さらに、先生と「私」を親密にしたものとして、散歩の文化がある。散歩は、身心に益するものとして西洋から輸入された風俗習慣である。坪内逍遥『当世書生気質』（明治十八〜十九年）には、小町田粲爾《さんじ》の父が妻と粲爾を連れて飛鳥山から滝の河（現、滝の川）のあたりを散歩することが記されており、連れ出す際に、「残《のこん》の楓葉《もみじ》の遊覧かたがた、運動のため散歩をなさん。誰か一所に参らぬか」と言っている。また、国木田独歩「武蔵野」（明治三十一年一〜二月）には友との散歩が描かれており、「身《み》うちには健康がみちあふれて居る」と記されている。森鷗外『雁』（明治四十四年〜大正二年）は、岡田の散歩に僕が同行したゆえにお玉に悲劇が起った小説である。このように、散歩はさまざまなかたちで文学に反映しており、「こころ」でも、先生と「私」は、花見時分の上野を歩き、植木屋で一時《いっとき》を過ごすなどの散歩をしている。

自宅訪問と散歩、この二つの文化があって「私」は先生というものを浴び、先生の考え（「私」の言葉で言えば「思想」）を聞くことができた。このあと、長い手紙によって、紙に書かれた先生を浴び、先生の考えを知ることになるが、このような長い手紙を受けることになるのも、自宅訪問、散歩という二つの文化が存在したからこそであって、この小説における先生と「私」の関係の成立において、自宅訪問と散歩は重要な因子となっているのである。

沈黙と無返答

「私」が先生の自宅を訪れたとき、および先生と散歩または歩いているとき、この二つが先生と「私」の言葉を交わすときである。この二人の会話の特徴のひとつに、〈沈黙〉がある。

「私」が初めて先生宅を訪ねたとき先生は留守であり、二度目に訪ねても留守であったがすぐには帰らないでいると、取りつぎの下女にかわって奥さんが出てきて、先生の行先を教えてくれる。そこで「私」は「散歩がてら」呑気に先生を追って雑司ケ谷の墓地へ行く。そこにおいて、次のような場面がある。

先生はこれ等の墓標が現わす人種々《さまざま》の様式に対して、私程に滑稽もアイロニーも認めていないらしかった。私が丸い墓石《はかいし》だの細長い御影《みかげ》の碑だのを指して、しきりに彼是《かれこれ》云いたがるのを、始めのうちは黙って聞いていたが、仕舞に「貴方は死という事実をまだ真面目に考えた事がありませんね」と云った。私は黙った。先生もそれぎり何とも云わなくなった。

これらの墓標とは、「依撒伯拉《イザベラ》何々の墓だの、神僕ロギンの墓だのという傍《かたわら》に、一切衆生悉有仏生と書いた塔婆などが建ててあった」ことを指す。「私」は、クリスチャン・ネームが漢字による宛字《あてじ》で書かれている日本人の墓があることや、キリスト教における神のしもべと冠した外国人の墓脇に、『涅槃経』のなかの、すべての生き物には仏となる本性があるという意味の言葉が書かれている塔婆が立てかかっている様子に「滑稽」や「アイロニー」を感じている。この「私」の、日本と西洋、仏教とキリスト教の同居、混在におかしみや皮肉を感じて面白がってところに、先生は「貴方は死という事実をまだ考えた事がありませんね」と言う。たしかに「私」の心位は、現実の死そのものに対する真剣な考察とは程遠い。ゆえにこう言われても仕方がないわけで沈黙するのも已むを得ないが、それにしてもいきなり水を注《さ》す言である。ここには、死を考えずに呑気に墓を見ている「私」と、死を考えたことのある、呑気には墓を見ていない先生という、対称的な二人の姿がある。

二人は沈黙したまましばらく歩き、少し会話してはまた二人とも沈黙しながら歩いて行く。「私」は先生の「口数」が少なくてもそれほど「窮屈」を感じていない。先生も沈黙したまま歩くことに必要以上に気にとめている様子はない。つまり、「私」も先生も沈黙に強い男なのである。または、沈黙があっても関係が毀《こわ》れずに持続してゆく、そういう相性の男たちだということである。そこには、二人の、会話における発話に共通のものがあり、それゆえに二人の間に沈黙が起こり、また沈黙があっても関係が持続するということが起こり得たものと見られる。

先生は、先の引用の場面で、「私」が墓の様式や文字などについて興味を示しているのだから、「貴方は死という」と切り出す前に、たとえば、「貴方は墓標が気になるのですね。私は墓を見ると実際の死をどうしても考えてしまうのです」ぐらい言って、墓そのものへの注目から視点を死の方へ引き寄せ、それから「貴方は死という」と切り出せば、「私」も意識を死の方に向けてこの発話に対応する可能性が生まれる。しかし、先生は、この「私」の発話の受けとめと会話の方向転換を明示しない。これが、この場面の先生の会話の特徴である。
一方「私」は、そのあと沈黙を挟みながら先生と歩いてきて、次のような会話をする。

「すぐ御宅へ御帰りですか」
「ええ別に寄る所もありませんから」
二人は又黙って南の方へ坂を下りた。

先生が聞き、「私」が答えている。先生が家へ帰るかどうかその二者択一を聞いているのだから、そのうちの一者を択《えら》んで「帰ります」とでも答えるのが、先生の問いに対応した答えである。しかし、一方では、一応「ええ」と返答はしているのであるから、それに付帯して新たな情報を提供し、会話のキャッチボールを「私」は推進した可能性も考え得る。しかし、「寄る所も」ないという言表は「帰」るという時間の問題とは別系統の内容である。飛躍が起こっており、先生が黙っていることからすると、新たな情報の提供にはなっていない。ゆえに「私」は、帰ることより寄る所がないという理由を前景化した答え方をしているのであり、先生にとってはすぐ家に帰るのかどうかが念頭にあり、寄るところがあるかないかはどうでもよいことなのである。「私」は、帰る／帰らないよりも、寄る所がある／ないにウェイトを置いて答えている。それは、先生にとっては、会話上の飛躍であり、発話の意図にない「別に寄る所もありません」には継ぎ穂を持てない。よって先生は沈黙に陥り、二人は沈黙したまま坂を下ることになる。

このように、先生には「私」の発話に対する受けとめと会話の方向転換を指示することをしないという意味で、「私」の発話からの飛躍があり、「私」には帰る／帰らないの二者択一を寄る所がある／ないの二者択一にウェイトをずらしてしまう飛躍がある。この、会話における飛躍を二人とももつことが互いに他に沈黙を強いる要因であり、互いに沈黙がそれほど気にならずに関係を持続できた要因と考えることができる。つまりは、会話の仕方において、先生と私は類似の人であったのである。

先生と「私」は、「私」の記述のなかで、この雑司ケ谷での散歩を含めて、四回散歩している。二回目は、先生の家を訪ねたところいさかいの声がしたので下宿に帰ったら、約一時間後に先生が誘いに来てした散歩。三回目は、花見時の上野の散歩。四回目は、卒業論文を書き上げた「私」が誘ってした散歩で、植木屋での小休止を含んだ散歩である。

二回目以降の散歩においても、先生と「私」は、沈黙を含んで歩いている。二回目は先生が奥さんと諍《いさか》った後のこともあってか、ビールを飲んだ帰りに、「沈黙が一丁も二丁もつづいた」と「私」は記述している。三回目の散歩のときは、先生が「恋は罪悪」であるとの話を「私」に一方的にし、「私」は受けとめきれずに返答をしなかった様子が三度記されている。四回目は、金を見ると君子でも悪人になる話を先生がし、それに対して気乗りしない「私」が描かれていて、先生は「沈黙がち」であり、帰りの電車のなかでも二人は「殆んど口を聞かなかった」という。

散歩においては、口を利かない時間があるのは当然なのであるが、「沈黙」という言葉で記された先生と「私」の間の時間は、相手を意識していながら黙っている時間であり、その点において濃密な交流であることを物語っている。

この沈黙に類する二人の行為が、会話をしながら、「答えない」「返事をしな」いというものである。先生は、「私」に墓参りのついでに散歩をするといいと言われ、その言に「答えな」い。「淋しい人間」のところになぜ来るのかという先生の問に「私」が「そりゃ又何故です」と聞き返すと先生は「何とも答えな」い。一方、「私」は、先生に「恋をしたくはありませんか」と問われても「答えな」い。先生に「然し君、恋は罪悪ですよ。解っていますか」と聞かれても「何とも返事をしな」い。「答えない」／「返事をしな」いのは、答えられない・答えたくない、返事ができない・返事がしたくないという気持の瞬間的な表出である。ひとつの意志表示ではあるが、言葉を投げかけた方は、その具体的な意味内容が完結・決着を見ないまま行方不明、または無効になることであり、自己の存在が宙に浮く気持悪さを体験しなければならない。小さな会話の不成立は、二人の大きな会話に支障を与えるものである。ところがこの二人は、小さな会話の不成立を越えて話しつづける。そしてまた会って話をする。「答えない」「返事をしな」い点をもち、それを平気で乗り越えるところにおいて、先生と「私」はやはり同種の人間と言えるのである。

思いつめる先生

自宅訪問の文化と散歩の文化を生き、「淋しい人間」で、会話における沈黙や無返答・無返事をもちつつ交際することにおいて、先生と「私」は同質である。しかし、性質において先生と「私」はかなり異なった点をもつ。その違いもやはり会話とその会話をめぐる行為によく表われている。

先生は、「私」に対して、会話上の脈絡なしに突然の物言いをすることが多い。

雑司ケ谷の墓地で「私」が墓におかしみや皮肉を感じていたときも突然、「貴方は死という事実をまだ真面目に考えた事がありませんね」と言って私を黙らせた。「私」が足繁く先生の家を訪れるようになると、先生は「突然私に向って」、「あなたは何でそう度々私のようなものの宅へ遣《や》って来るのですか」と聞く。そのあと「私は淋しい人間です」と言う。先生は、日頃から「死という事実」と向き合っていたから、「私」と雑司ケ谷の墓地を歩いているとき、その言葉が口から出たのである。また、「私」が来ることについて、自分が「淋しい人間」なのに、そして自分は「私」の淋しさを取り除く力はないのに「私」が来ることに懸念をもっていた。そこには、先生が「死という事実」や自らが「淋しい人間」であることに思い詰めて生きていることが証明されている。ことに後者は、自分が淋しいという感情をもっていることを超えて、自分は淋しい存在なのであるという自己認定が先生にあることを示している。先生は「淋しい人間」という観念化された自己を生きていたのである。

先生は「私」に、次々と突然の言葉を吐く。

「(前略) 然し……然し君、恋は罪悪ですよ。解《わか》っていますか」

私は急に驚ろかされた。

「君は私が何故毎月《まいげつ》雑司ケ谷の墓地に埋《うま》っている友人の墓へ参るのか知っていますか」

先生のこの問は全く突然であった。

「(前略) 私は今より一層淋《さび》しい未来の私を我慢する代りに、淋しい今の私を我慢したいのです。自由と独立と己れとに充ちた現代に生れた我々は、その犠牲としてみんなこの淋しみを味わわなくてはならないでしょう」

私はこういう覚悟を有《も》っている先生に対して、云うべき言葉を知らなかった。

身体《からだ》を半分起してそれ (帽子、小林注) を受取った先生は、起きるとも寐るとも片付かないその姿勢のままで、変な事を私に聞いた。

「突然だが、君の家《うち》には財産が余程《よっぽど》あるんですか」

先生は、上野の桜の下を仲睦まじく歩いている男女について会話しているときに、「恋は罪悪ですよ」と水を注《さ》して「私」を「驚ろか」せ、そのあと博物館の裏から鶯渓《うぐいすだに》(現、鶯谷）の方へ歩いてゆくと、「突然」友人の墓参りをする理由がわかるかと聞いて「私」を困らせるのである。先生は日頃から「恋は罪悪で」あると思っているから恋をすることに対してこのような反応をしたのであり、また、日頃から友人の墓参りの理由に重きをおいて生きていることと、「恋は罪悪であ」ることとを結びつけているからこそ、ふいにこのような言が口から出てしまうのである。

また、先生は、現代を、「自由と独立と己れとに充ちた現代」と認識し、その一員として誰でもその「犠牲」として「淋しみ」を味わわねばならないとし、「淋しい今の私を我慢したい」と言う。この先生の言には、受苦として思い詰めている様子が窺われる。そしてこの言を「覚悟」と受け取り「云うべき言葉を知らなかった」と述べる「私」には、沈黙を強いられるほどに佇立《ちょりつ》せざるを得ないほど突然の言であったのである。

このような、「私」に対する先生の突然な言は、先生自身も時に自覚していて、自ら「突然だが」と前置きして「財産」のことを持ち出す。ここは、二人が散歩に出て植木屋で休ませてもらっているときのことであるが、後に「私」の卒業式の日に招かれて先生の家に行った際もしつこく父の生きているうちに「財産を分けて貰って御置きなさい」と言うことからすると、先生は、「財産」についてかなり思い詰めているのである。

このように見てくると、先生が前後の脈絡なしに切り出す突然の言は、先生が日頃継続的に考えていることを指し示すものである。先生は、恋が罪悪であること、雑司ケ谷の墓地に埋葬されている友人の墓を毎月お参りする理由のこと、淋しい現在の自分を我慢して生きること、財産のこと、これらを常に考えながら生きている。そしてこれらの考えは認識の域に達している。そしてその口吻には深刻さがある。ということは、先生はこれらのことを思い詰めているのである。思うことは認識であるが、思い詰めることはその認識が固定観念となることである。「私」が出会い、交流したときの先生は、いくつもの固定観念をもち、それを常に意識しながら生きているという意味で、思い詰めた男であったのである。

ちなみに、いま取り上げた以外の先生の突然の言を見ると、次のようなことに対して先生は思い詰めていた。墓参りをする理由（二回目）、子供ができないのは天罰であること、自分で自分が信用できないのは信用できないことを自分がしたからであること、病気になるなら死病に罹《かか》りたいこと、人はいつどんな事でどういう死に方をするかわからないこと、善人がいざというときに悪人に変わること、自分が親戚の人に欺かれたこと、静と自分のどちらが先に死ぬかということ。これらのことを語る先生の言は、「突然」言ったと明示されているものもあれば、「私」がその言を聞いて「驚ろいた」と示されるものなどいろいろである。先生の突然の言と判断し得るものを挙げたので、解釈によっては誤差が出よう。しかし、先生が「私」に投げかけた突然の言がかなりの数に上り、それらが、静への恋をめぐるKの自殺という事件、親戚の人に欺かれた事件、静と自分のどちらが先に死ぬかということ、この三つに集約されることを見ると、先生がこの三つの事柄に思い詰めて生きていたことが判然とする。

鈍い「私」

先生は、「淋しい人間」を自覚した人であった。その「淋し」さは、恋をめぐる事件と親戚に欺かれた事件という事実、実体験から来る「淋し」さであった。「私」も「淋しい人間」であるがそれを意識していない点と、そもそもその「淋し」さが人恋しさの「淋し」さであり、先生の言葉で言えば、「若い」から「動いて何かに打《ぶ》つかりたい」「淋し」さであり、先生の「淋し」さとは位相を異にしている。そして、「私」には、性質上顕著に認められる大きな特徴がある。

先生が静と諍いをして「私」を散歩に誘ったとき、先生が「私の妻などは私より外に頼りにするものがないんだから」と言った後、二人の間に次のような会話がなされる。

「そう云うと、夫の方は如何《いか》にも心丈夫の様で少し滑稽だが。君、私は君の眼にどう映りますかね。強い人に見えますか、弱い人に見えますか」
「中位《ちゅうぐらい》に見えます」と私は答えた。この答は先生に取って少し案外らしかった。先生は又口を閉じて、無言で歩き出した。

先生は、自分が「強い人」に見えるか「弱い人」に見えるか「私」に聞いたのであるから、「強い」か「弱い」かの言葉を期待した。それに対して「私」はその期待をあっけなく外した。二者択一の問いに対して選択肢にないものによって答えた。「私」は問いの論理を無化したのである。「中位」という答えは、先生にとっては答えになっていない。知らない、と返されたのと同義である。そのありようは、「案外らしかった」という「私」の感受と、「口を閉じて、無言で歩き出した」先生の態度に明白に出ている。

では、なぜこのような返答を「私」はするのだろうか。そこには、「私」の思考回路と返答におけるひとつの特質があったからである。「私」は考えた。「強い」か「弱い」か素直に考えた。その結果、強くもないが弱くもないという結論に達した。それで「中位」と答えたのである。「私」は、問いを誠実に考え、その結果のみ正直に言表する。ここに、「私」の思考回路と返答における特質がある。しかし、この誠実な思考と正直な言表という善は、先生の問いの論理と、先生の当然の期待に全く反しているのである。つまり、「私」は、言葉の論理性を受け取る点においても、先生の心情を受け取る点においても〈鈍い〉のである。

同様のことは、奥さんとの会話にもある。卒業式の日に招かれて先生の家で御馳走に預ったとき、「私」は次のような言動をする。

「御茶？　御飯？　随分よく食べるのね」

奥さんの方でも思い切って遠慮のない事を云うことがあった。然しその日は、時候が時候なので、そんなに調戯《からか》われる程食慾が進まなかった。

「もう御仕舞。あなた近頃大変小食になったのね」

「小食になったんじゃありません。暑いんで食われないんです」

かわりの茶碗を奥さんの前へ出すのが平気になった「私」は、奥さんに、「もう御仕舞。あなた近頃大変小食になったのね」と聞かれて、「御仕舞」の方ではなく「小食」の方に反応する。奥さんの発話の目的は、もっと食べるか食べないかの方にあり、小食になったかどうかの方ではない。きょうはけっこうですとでもまず答えるのが順当である。それを、小食ではなく暑いので食欲がないので食べられないと答えるのは、問いの論理を飛び越えて、自分の実態を主張する行為である。誠実で正直な発言ではあり、もうけっこうですという意味は伝わるものの、ウェイトのずれた返答であり、相手の気持ちを充分に受けとれないことにおいて、やはり「私」は〈鈍い〉としか言いようがない。

このあとの奥さんとの会話においても、「私」はその〈鈍さ〉を発揮している。奥さんが「私」の父の病気について「本当に大事にして御上げなさいよ」と同じ病気で死んだ母の体験を踏まえて言うのに対し、「どうせ助からない病気だそうですから、いくら心配したって仕方がありません」と「私」は返す。奥さんは心配しているのに、「私」はそれを受けとめる神経をもたず、自分の考えだけを正直に述べるのである。水を注《さ》された奥さんは、「そう思い切りよく考えれば、それまでですけれども」と言って下を向くが、「私」は「父の運命が本当に気の毒になった」と自分の考えの方ばかり思考していて、奥さんの様子を気にとめることはない。

「私」は〈鈍い男〉である。このことに連動して、「私」にはもう一つ顕著な特質が認められる。

先生の家へ留守番に行ったときのことである。先生は、同郷の友人が上京して二、三の人とともに夕食を囲むことになった。折しも付近で宵の口の盗難が二、三、四日続き、奥さんが不安に思ったので、先生は「私」に留守番を頼んだのである。「私」が家に着くと奥さんは、「本でも読んでいて下さい」と言って「私」を先生の書斎へ通した。その後のことである。


　三十分程すると、奥さんが又書斎の入口へ顔を出した。「おや」と云って、軽く驚ろいた時の眼を私に向けた。そうして客が来た人のように鹿爪《しかつめ》らしく控えている私を可笑《おか》しそうに見た。

「それじゃ窮屈でしょう」

「いえ、窮屈じゃありません」

「でも退屈でしょう」

「いいえ。泥棒が来るかと思って緊張しているから退屈でもありません」

　奥さんは手に紅茶茶碗を持ったまま、笑いながら其所に立っていた。


紅茶を淹《い》れて持ってきた奥さんが「驚ろい」て「笑」ったのはなぜか。「私」が奥さんから見て変だったからである。正座していたか胡座していたかは不明だが、本も読まず固苦しく真面目に座っている「私」に「驚ろ」き、いま泥棒が来るかと緊張しているので退屈ではないと言ったその思考を「笑」ったのである。普通、女性ばかりだし物騒だから留守番を頼むと言われたとき、このような態度を取る人は少ないと思われる。ここ三、四日近辺で泥棒が出ているといっても自分の家に来るとは限らない。そう考えるのが一般的な思考である。ところが「私」は、この家に今日来ることを想定して、いわば待っている。自分という男が居ることによって入られないようにし、入れば撃退する覚悟なのである。そう考えれば、たしかに「窮屈」でも「退屈」でもないだろう。だが、奥さんが「驚ろ」き「笑」ったように、この、蓋然性を必然性に変換してしまう思考、一般性を極私化する思考は、一般的な感度、思考からは大きく逸脱している。泥棒除《よ》けのための留守番としては、大仰で形式張っている。役割を忠実に実行しているとも言えるのだが、その真面目さは滑稽である。「私」には失礼だが、ものの程度がわかっていない。つまり「私」は、日常の事柄における一般の感度と思考に欠ける男なのである。これがもう一つの「私」の特質である。

この特質は他にも見られる。「じゃ御墓参りでも好いから一所に伴れて行って下さい。私も御墓参りをしますから」——、これは、先生を追って雑司ケ谷の墓地に行ったとき、先生に言った「私」の言葉である。このとき既に、この墓が友人の墓であることを聞いている。文化的に有名な人の墓ならいざしらず、特定の個人の、しかも自分の知らない人の墓へ、その上散歩がてらに連れていってくれ、と誰が言われよう。無神経であり、傍若無人であり、厚かましいにも程がある。一般常識の欠如は明らかで、ここには先生と一緒に散歩したいという欲望しかない。また、卒業式の晩に招待されたとき、先生に聞いても教えてくれないからといって、奥さんに「奥さん、御宅の財産は余ッ程あるんですか」と聞いている。そもそも財産のことは、だいぶ前に先生が「私」への心配のあまりに「私」の財産について聞いたことがあるが、先生ではなく奥さんに聞くのは、デリカシーに欠けている。ことは、留守番、お墓参り、財産といった日常の事柄のみならず、「私」は会話において発話された言語の受容に関しても一般的な感受を欠落している。やはり卒業式の晩の先生の家で、「私」は寿命に関して奥さんと次のような会話をしている。


「寿命は分りませんね。私にも」

「こればかりは本当に寿命ですからね。生れた時にちゃんと極った年数をもらって来るんだから仕方がないわ。先生の御父さんや御母さんなんか、殆んど同《おん》なじよ、あなた、亡くなったのが」

「亡くなられた日がですか」

「まさか日まで同なじじゃないけれども。でもまあ同なじよ。だって続いて亡くなっちまったんですもの」


奥さんは、先生の父と母の死が「殆んど同なじ」と言った。この言表は、一般的には亡くなった日が近いという意味で受け取られる。というのも、父と母が同じ日に死ぬという現象がめったに起こらないことを一般的認知として皆が共有していることに起因している。それを「私」は死んだ日が同じと受けとって驚く。「私」は奥さんの言葉の「同なじ」を一致の意味での同一と受けとり、「殆んど」の範囲を一日の間と捉えているのである。ここには、言語の意味を求心性において感受し、意味の遠心性に対する感受をもたない「私」の言語に対する反応が表出している。この、「殆んど同なじ」を時刻の近さと感受する「私」には、言語の受容に関する一般性の欠如が明確に出ている。

このように見てくると、「私」という男は、会話において相手の言葉のなかにある論理を受けとれず、どういう感情や意志に支えられて相手がこの言葉を発したのかを考えることができず、その結果相手の発話とはずれた自分の考えを押し出すことしかできない。〈鈍い男〉なのである。加えて「私」という男は、日常における事柄について、一般性として存在し流通している感じ方や考え方を所有しておらず、一般的認知とはずれたところで素直にかつ誠実に対応してしまう、〈鈍い男〉なのである。

快活でユーモアのある奥さん

先生という〈思いつめ男〉と、「私」という〈鈍い男〉に挟まれて一時期を生きたのが、先生の奥さん静であった。奥さんの実相が見えるのは、「私」が先生の家を訪れて三人で話すところと、「私」が先生の帰るのを先生の家で待っていたり、留守番を頼まれたりして奥さんと対話するところである。

奥さんは、家で酒を酌み交わしたとき、先生に「召上がって下さいよ。その方が淋しくなくって好いから」と期せずして言っているように「淋し」い人であった。それは、「私」が留守番に行ったとき、先生が帰宅する前に「私」に語った奥さんの言葉と様子に端的に表れている。先生が「頼もしい人」から変わってしまったことに触れ、「私に悪いところがあるなら遠慮なく云って下さい」と言っても先生は「欠点はおれの方にあるだけだ」と言うだけだと言い、奥さんは眼に涙を溜める。奥さんは変ってしまった先生のために苦しい生を生きているのである。しかし、だからといって、奥さんは打ち沈んでいるだけではない。「私は奥さんの理解力に感心した」、「私はただ誠実なる先生の批評家及び同情家として奥さんを眺めた」と「私」が述懐しているように、奥さんは知的にも情的にも優れた個として新鮮で刺激的な人物であった。「私」がぶしつけに先生の家の財産を奥さんに聞いたとき、奥さんは最終的に次のように躱《かわ》している。

「どの位って程ありゃしませんわ。まあこうしてどうかこうか暮して行かれるだけよ、あなた。——そりゃどうでも宜《い》いとして、あなたはこれから何か為《な》さらなくっちゃ本当に不可《いけま》せんよ。先生のようにごろごろばかりしていちゃ……」

みごとな切り返しである。その直前で、父に財産分与の談判をするときの参考にするからどの位の財産があったら先生のように暮らせるのか、と迫った「私」に対して、たいした財産ではないと問いに答える対応をして、話題を卒業後にすることを決めていない「私」の未来へ転ずるのである。財産分与の重要さも残したまま、今後を決めていないことを諭し、心配もする。まさに「私」の言うところの「批評家」にして「同情家」であり、前の話柄に関連しつつ新しい情報を提供して会話を推進する機転の利いた人である。その知情の極め付きが「先生のようにごろごろばかりしていちゃ……」の言である。奥さんは、先生をけなすような言語を吐くことによって、「私」に親しみと軽い鼓舞を送り、その一方でこういう言葉が平気で言えるほど私はあなたに親しんでいるのだというメッセージを先生に送り、自分と「私」の会話に先生を引き込んで、場を柔らげるのである。ここには、小気味よい頭の回転とユーモアがある。それにもかかわらず先生は、この直後に、「ごろごろばかりしていやしないさ」と奥さんのユーモアに水を注す。

　この場面を見ると、一般常識に欠けるぶしつけな「私」と、自分の固定観念に依拠する言を吐く先生、つまり、〈鈍い男〉と〈思いつめ男〉に挟み撃ちになった奥さんの、精神の優れた健全性が際立っている。言わば、変な男二人のなかで奥さんは一人まともな人として一時期を生きたのである。

　このような奥さんの、煮詰った会話からの解除は、先生が自分と奥さんとのどちらが先に死ぬかという話を持ち出したときにも発揮されている。先生が「然しもしおれの方が先へ行くとするね。そうしたら御前どうする」と迫ったとき、奥さんは「どうするって……」と「口籠った」後、すぐ「気分を更え」て、「どうするって、仕方がないわ、ねえあなた。老少不定《ふじょう》っていう位だから」と、「ことさらに私の方を見て笑談《じょうだん》らしく」言う。奥さんは、先生の問いに、老少不定——人の死には定まりがないので年令に関係はない、つまり私の方が先に死ぬこともあるわと先生が先に死ぬことを相対化することによって切り抜け、「私」を巻き込んで、この場をユーモアの場に変換しようとするのである。

　そして、奥さんの軽妙さは、次の場面に極まる、と言える。「老少不定」の一件のあとも「おれが死んだら」をやめない先生の言に奥さんは次のような言を吐く。

「静、おれが死んだらこの家《うち》を御前に遣ろう」

　奥さんは笑い出した。

「序《ついで》に地面も下さいよ」
「地面は他《ひと》のものだから仕方がない。その代りおれの持ってるものは皆《みん》な御前に遣るよ」
「どうも有難う。けれども横文字の本なんか貰っても仕様がないわね」
「古本屋に売るさ」
「売ればいくら位になって」
先生はいくらとも云わなかった。

奥さんの圧倒的な勝ちである。先生はどこまでも真面目である。依怙地《いこじ》なくらい真面目である。それを奥さんはひとつひとつユーモアに転換してしまう。「おれが死んだら」の重苦しいテーマは、最終的に金という通俗的な問題に変換されてしまっている。

奥さんは、涙をもって「私」に語るような先生と自分に対する苦悶をもち、「淋し」い生き方をしていても、打ち拉《ひし》がれているのではなく、ユーモアをもって苦境を切り抜ける能力を発揮する。それは、そうしなければ身も心ももたない、悲しい能力である。そしてそれは、奥さんの快活さの表れであり、健全な精神をもっていることの証明でもある。「私」の記述した「上」に現れる奥さんは素直でまともであり、決して策略家ではない。「私」が接した奥さんは快活で健全であり、それに比べると先生はただただ思い詰めている男にすぎない。そして、「私」が自らの手記で表出してしまっている「若い私」は、ただただ〈鈍い〉男である。奥さんの不幸に「私」は関与していない。「私」の〈鈍さ〉は滑稽で、時に会話の上で相手を困らせることはあってもいずれも一過性で表層のものに過ぎない。しかるに、先生の数々の思い詰めは、その由《よ》って来たる原因が不明である点において奥さんを苦しめる。先生が変わった以降の奥さんの悲劇は、先生が〈思いつめ男〉であることの一点に集約されるのである。

また、この「私」によって書かれた、先生と奥さんと「私」の物語は、先生の思い詰めと「私」の〈鈍さ〉によって三人それぞれがコミュニケーションの不全を味わい、それにもかかわらず不全を超えて人間関係を継続してゆく物語である。

そして、この「上」は、読者の受容という観点に立つとき、一編の喜悲劇という相貌を露わにする。思いつめて生きる先生はその過剰ゆえに滑稽の一面ももつが、先生自体（その内面）は悲劇であり、それに巻き込まれて生きざるを得ない奥さんももちろん悲劇である。

「私」は、先生に入り込もうとすれど入り込めず、先生のまわりをうろつくにすぎず、結局はその〈鈍さ〉によって滑稽を演じつづけるのである。それは、道化役者であり、読者からすれば喜劇である。ゆえに、「私」によって書かれた「上」は、先生、奥さん、「私」による喜悲劇でもあるのである。

では、このように、恋のドラマ以降先生の自死以前の先生と静の「私」から見た生き方、日常のたたずまいから、先生の手記である「下」を解読するに当たって差し入れることのできる光とは何か。その一つは、先生がKの死後思い詰めることによって生きたということである。この観点に立つことによって、先生の手記のなかにしか見られない思い詰めを見出すことができれば、先生の問題意識の幅が広く見えてくる。そして、Kに思い詰めはなかったのか再検討することも可能であろう。もう一つは、奥さんの静が少くも長じては情味豊かで批評する知をもち、かつ素直で快活でユーモアに富み、健全な人間であるということである。これは、お嬢さんであった静が策略家であるか否かといった研究上の問題に深く関与するものであり、特に静の快活とユーモアは、明治天皇が崩御して自分たちは「時勢遅れだ」と先生が言ったときに返した言葉、「では殉死でもしたら可《よ》かろう」と通底しており、静にとってのこのユーモアが「上」で見られた場の緩和とは異なる機能を果した可能性を考えさせる。これらの考察は、また別の機会に行いたい。

注

(1)「上」を書く「私」の問題については、拙稿「夏目漱石『こゝろ』——既成認識と生成認識」(田中実・須貝千里編『文学が教育にできること』教育出版、二〇一二年)で述べたので、参照していただければ幸いである。

(2) 中島義明他編『心理学辞典』(一九九九年、有斐閣)の「記憶錯誤」の項。

「こころ」：ロマン的〈異形性〉のために

関谷由美子

せきや・ゆみこ——文教大学・上智大学非常勤講師（文博）。専門は日本近代文学・女性文学。主な著書に、『漱石・藤村〈主人公〉の影』（愛育社、一九九八年）、『〈磁場〉の漱石』（翰林書房、二〇一三年）、『井上ひさしの演劇』（共著、翰林書房、二〇一二年）、『読まれなかった〈明治〉』（共著、双文社出版、二〇一四年）などがある。

「こゝろ」は、一九一四年九月、単行本化の際に「先生と私」「両親と私」（便宜的にA手記とする）「先生と遺書」（B手記とする）の、三パーツに再構成された。この漱石の意志を尊重しつつ、B手記「先生と遺書」の、一、二章（序とする）を別に第三の手記とし、これらA手記、序、B手記という三パーツとして捉えなおすことを通じて、隠れていたもう一つの〈Kと私の物語〉を掘り起こす試みである。

はじめに——第三の手記

小説「こゝろ」の「先生と遺書」の一、二章は「私が両親を亡くしたのは、まだ私の…」と始まる三章以降とは別個に検討すべき内容を持っていることについて私は、ある雑誌に書いたことがあった。(1) 便宜的に「先生と私」「両親と私」をA手記とし、「先生と遺書」の一、二章を〈序〉、三章以降の「自叙伝」（「先生と遺書」三十二）本編をB手記とすると、A手記で提示された〈先生の謎〉が〈序〉、B手記によって明かされるという時系列的な物語構成は、比喩的に言えば〈大きな物語〉へと読者の読みを誘導しやすい。

これら三パーツの手記、A手記、〈序〉、B手記（本論中でもこのように呼称する）を、時系列的にではなく並列的に等価のものとして眺めてみると、これらは、それぞれに〈先生〉と呼ばれた人物が何故自殺したのかをめぐる〈真相〉に関する言説であると言い得る。(2)〈序〉の役割は特に重要である。〈序〉は、内容的にB手記（「自叙伝」本編）と内容的に切り離されており、A手記とB手記を媒介する機能をもつゆえに、前述の如く特にA手記、B手記と別に第三の手記として検討する必要がある。〈序〉とB手記（「自叙伝」本編）の執筆上の立場は全く異なっている。B手記が、なぜ「私」が自殺しなければならなかったを説明しているとすると、〈序〉は何故「私」が「自叙伝」を書くに至ったかのいきさつを説明しているからである。この序の内容に注目する時、「こゝろ」の物語的焦点は、〈先生と呼ばれた男〉の自殺の謎をめぐって芥川龍之介の「藪の中」のように、くい違う三様の証言が切り結ぶ点にあることがはっきりと見えてくるのである。必然的に、B手記は絶えずA手記のみならず〈序〉による検証をも要請していると同時に、A手記の内容もまた、〈序〉およびB手記の検証を必要としているのである。後述するが、A、B両手記は、〈序〉を介することによって語り合い響きあっている。

さらに重要な問題として、〈先生〉がA手記の「私」に直接話そうと思っていたのにそれがかなわなかったことによって「自叙伝」が執筆されたという事情、つまり〈序〉が示している、語る→聴く、書く→読むへの言語論的転回は、「こゝろ」というテクストにどのように位置づけられるべきなのか。この問題は決して小さなものではない。すでに優れた先行研究もあるが、それ等にいささか付け加えることが出来ると思う。小稿はこれらの論点のもとに、「こゝろ」がA手記（「先生と私」「両親と私」）、〈序〉、B手記（「先生と遺書」三章以降「自叙伝」本編）の三手記で構成されているテクストとして捉え直し、それらを相互に参看しつつ、急きょ書かれることになったB手記（「自叙伝」）の〈「私」のこととして書かれたこと〉は、それを書いた「私」のどのような内的機制のもとに出現しているのか、またA手記の場合はどうなのか、を明らかにしようとする試みである。小稿はしたがって、A・B両手記の〈成立の条件〉を検討することが主眼となる。

反復する過去

B手記とA手記には、いくつかの矛盾点がある。その最も分かりやすい例は、B手記の、叔父による財産横領に関するものである。〈先生〉は、両親の死後、遺産を管理する立場にあった叔父に資産を横領され人間への信頼を失ったことを強調して已まない。

事は私が東京へ出ている三年の間に容易く行なはれたのです。（略）私は其時の己れを顧みて、何故もつと人が悪く生まれて来なかつたかと思ふと、正直過ぎた自分が口惜しくつて堪りません。然しまた何うかして、もう一度あゝいふ生れたまゝの姿に立ち帰つて生きてみたいといふ心持も起るのです。記憶して下さい、あなたの知つてゐる私は塵に汚れた後の私です。（「先生と遺書」九）

しかしA手記には〈先生〉が力説するこの横領事件が、極めて疑わしいことを暗示する全く別の眼差しがある。「先生と私」に繰り返される次のような会話は何を意味するであろう。

「奥さん、お宅の財産は余つ程あるんですか」
「何だつてそんな事を御聞きになるの」（略）
「でも何の位あつたら先生のやうにしてゐられるか、宅へ帰つて一つ父に相談する時の参考にしますから聞かして下さい」（「先生と私」三十三）

この「私」にとって〈先生〉の暮らしぶりは〈余程財産がある〉羨ましいものに見えていることを示している場面である。しかも「私」自身、この会話が示す通り決して貧しい階層には属していない。「其生活の物質的に豊な事は、内輪に入り込まない私の眼にさえ明らかであった」（「先生と私」二十七）と、「豊かな」落ち着いた暮らしぶりを、幾度も「私」の目に印象深いものとして回想させているのは、実は叔父の裏切りなどはなかった、という〈真相〉を明かしているであろう。また〈先生〉自身、友人に整理してもらった残りの資産について「実を云ふと私はそれから出る利子の半分も使へませんでした」（「先生と遺書」九）と言っており、さらに〈先生〉が下宿の母子を魅了した理由が、当然この「余裕ある」経済状態にあると自覚できる程なのである。親の遺産を横領されたと言いながら、裕福を誇り得るとはまさに矛盾でしかない。この推論が可能であるなら、〈信頼する叔父に裏切られたから汚れた人間になってしまった〉というB手記の「私」の説明は、この人物が依拠している、一義的な因果関係によって語られる〈大きな物語〉に過ぎないことも自明である。

土居健郎は精神分析学の立場から「自叙伝」を分析し、財産横領は〈先生〉の思い込みなのではないかと述べたのであるが、[3] この推測はA手記を参照することによって確信となる。叔父が、任されていた遺産を事業のために少々流用してしまった位の事であったとしたら、裏切ったのは〈先生〉の方であることになる。重要なのは信頼する叔父に裏切られ人間が信用できなくなり、その後親友を裏切り自分自身をも信じられなくなり自殺する、と〈まとめられた〉〈先生〉の「自叙伝」の大前提は根拠を失うことになり、その後の記事のすべてが再考されなければならなくなるであろう。

〈叔父に裏切られたから汚れた〉という因果関係は、幼い健三が、養父母の「不純」によって「損なわれた」と語られる「道草」の記憶のロジックに重なる。

> 夫婦は健三を可愛がつていた。けれども其愛情のうちには変な報酬が予期されていた。（略）彼等は自分達の愛情そのものの発現を目的として行動することが出来ずに、ただ健三の歓心を得るために親切を見せなければならなかつた。さうして彼等は自然のために彼等の不純を罰せられた。しかも自ら知らなかつた。
> 同時に健三の気質も損なわれた。順良な彼の天性は、次第に表面から落ち込んで行つた。（「道草」四十一、四十二）

この部分に関して大杉重男は「しかし健三の「順良な彼の天性」は、養父母による「自分達の親切を、無理にも子供の胸に外部から叩き込まうとする彼等の努力」がもたらした心的外傷の後で初めて見出されたものなのであり、最初からあったものではない」(4)と述べている。この論法は「こころ」の場合にも全く同様に言い得る。〈先生〉のいわゆる「生まれたままの姿」とは、叔父に裏切られた、という思い込みがもたらした「心的外傷の後」に事後的に見出されたものに他ならない。後述するように、人間に対する裏切りを重ねてきたのは〈先生〉の方なのであり、彼は一度も人に裏切られたことなどはない。叔父が遺産を横領した、という突然の気付き（「先生と遺書」六）、つまり叔父との心理的決別は、当然のことながら亡き両親が「急に世の中が判然見えるように」（同）してくれた結果などではない。その前段階がある。他ならぬ従妹との縁談である。この件は、叔父に遺産の管理を任せて東京の高等学校へ入学して始めての夏休みに郷里へ帰った時既に「私の心に薄暗い影を投げた」一件として語られている。その夏結婚話が「三、四回」も執拗に繰り返された理由は、「早く嫁を貰って」郷里に帰り亡父の相続をするように、という「単簡」（同）なものであった。しかし「東京に修業に出たばかりの私」には、結婚はまだまだ先の事としか思われず叔父の希望に沿うつもりも全くなかったのであった。二度目の帰郷の時には、はっきり叔父の娘を名指して「祝言の盃丈」でもと迫られたが断ってしまう。

> 然し此自分を育て上たと同じ様な匂の中で、私は又突然

結婚問題を叔父から鼻の先へ突き付けられました。

（「先生と遺書」六　傍点引用者以下同様）

右の引用の「匂い」とは、〈先生〉が郷里を語る際に「故郷の匂い」「土地の匂い」のように頻繁に現われ、〈穴に入った蛇のよう〉な（同）エディプス以前の陶酔的気分を象徴する言葉である。この人物にとって「結婚問題」は〈懐かしい匂い〉に包まれて〈穴の中に凝としている〉自分をそこから追い立てるものとしてのみ捉えられている。〈蛇のように穴の中で凝として〉いたい人間であればこそ「結婚問題」は如何にも「突然」で「心に薄暗い影」（同五）を投じるものだったのだ。

つまりこの経緯から見えるのは、〈先生〉の、自ら自覚されざる〈結婚忌避〉である。早く郷里に戻って結婚し実家を相続するようにと再三勧めた時の叔父に明瞭な遺産横領の意志があったとは考えにくい。相続人が不在の方が不正をしやすいのは明らかであろう。少なくとも叔父の計画的犯行であることを匂わせるような「事は私が東京へ出ている三年の間に容易く行われた」（同九）という断定には無理がある。叔父との決裂も、財産横領云々の前に、叔父が結婚を強いる存在だったことが〈先生の意識下〉における決定的な要因となっている。

〈先生〉は、従妹との結婚を断った理由に「兄妹の間に恋の成立した例のないこと」（同六）を挙げている。この説明は、その従妹とは「兄妹の関係」を例えに持ち出すほどに親密な関係であったことを示しているだろう。そしてこのような関係こそ結婚の最上の条件と考える見方も一方に確実にあるのだからこの理由は決して説得力のあるものではない。「香をかぎ得るのは、香を炊きだした瞬間に限る如く、酒を味はうのは、酒を飲み始めた刹那にある如く、恋の衝動にも斯ういふ際どい一点が、時間の上に成立してゐるとしか思われない」（同）という〈先生〉の言葉は、彼が結婚する条件として自分の〈恋愛感情〉に何よりも重きを置いているように聞こえる。然し従妹との結婚を拒否した理由が、決して恋愛感情の有無や歳が若過ぎたからなどの理由ではなかったことが後に明らかになる。つまりこの郷里での結婚拒否は、東京での静との結婚問題に反復されるのである。〈先生〉は、幼馴染の従妹の場合には〈恋愛感情〉がないことを口実にし、二度目の「信仰に近い愛」（同十四）を感じた静には「誘き寄せられるのが厭でした」（同十六）という猜疑心が結婚を回避させる。いずれの場合にも他者が〈下卑た利害心に駆られて娘を押し付けようとする〉（「先生と遺書」九）というシナリオへの執着が結婚に対する〈先生〉の基本的対応《ベース》であることは明瞭である。もしKが静の事を〈先生〉に告白しなければ、先生は決して結婚に踏み切らなかったことは明らかだ。東京で起きた出来事は、郷里で起きたことの反復である。

要するに〈先生〉は、〈結婚〉というシニフィアンに対応する自我を持っていないのである。その自我の空白を自ら隠蔽しようとするためにその時々、様々な〈結婚できない理由〉が捏造されるのである。叔父の財産横領の疑いもそれゆえの決別も、その本質的な要因はこの人物が〈結婚を忌避する〉人間であったからに他ならない。結婚という社会規範を梃子に〈温かく心地よい穴の中〉から追い立てられた憎しみこそが叔父への本質的な感情であった。そうであれば、〈叔父に裏切られた結果〉であると〈先生〉が思い込みまたそのように力説する〈猫のような〉〈巾着切りのような〉（「先生と遺書」十二）と反復強調される他者に対する猜疑心、警戒心などは〈先生〉が生まれながらに持っていた、そしてついに死ぬまで手放すことのなかった、自らの〈体温の低さ〉に起因するものと考えざるを得ない。こうした〈体温の低さ〉はまた同時に、亡くなった両親が、「ゐた時と同じやうに私を愛して呉れるものと、何処か心の奥で信じてゐたのです」（同七）と語られるような〈血の中に強い迷信の塊〉を潜ませたこの人物の〈死者との共生、交流〉感覚と地続きの関係にある。この事実は、Kが自殺した後の〈先生〉の特異な心的位相をも暗示する。つまり〈先生〉が、新しく迎えた妻ではなく、死んだKの「白骨」と共生していたのであることを、である。[5]

A手記〈「両親と私」〉で、Kの墓所に青年が無遠慮に侵入した時の〈先生〉の驚きは、「異様な」ものとして印象深く捉えられている。

> 先生は突然立ち留まつて私の顔を見た。
> 「何うして…何うして…」
> 先生は同じ言葉を二遍繰り返した。其言葉は森閑とした昼の中に異様な調子を持つて繰り返された。私は急に何とも応えられなくなつた。
> 「私の後を跟けて来たのですか。何うして…」
> 先生の態度は寧ろ落付いてゐた。声は寧ろ沈んでゐた。けれども其表情の中には判然云へない様な一種の曇りがあつた。
> （「先生と私」五）

〈先生〉の原風景は、〈両親の記憶の細やかに漂う郷里の家〉であった。そこに「蛇のように凝としてゐる」ことが「何よりも温かい好い心持」（「先生と遺書」七）という感覚はベタな胎内回帰願望そのものという他なく、A手記の「私」が、郷里に帰ると、たちまち「目眩るしい東京の下宿」（「両親と私」四）が恋しくなる青年らしい活気と余りにもかけ離れた〈死の匂い〉を漂わせている。「故郷の家をよく夢に見ました」（「先生と遺書」五）という〈先生〉が、郷里を捨てて後、「冷たい石の下に横は」ってなお生き続けていた両親の代わりに、幼馴染のKの〈新しい白骨〉に、あたかも生きている人間のようなリアリティとともに、例の〈穴の中の蛇のような〉エディプス以前の陶酔を感じていたことを右の場面は示していよう。Kが死んだ後、雑司ケ谷の墓所で、Kと共に〈先生〉は、無残に追い立てられたあの〈失われた王国〉を夢見ることが出来たであろう。そうした感覚こそ〈先生〉の、誰にも知られたくない〈暗い秘密〉であったと思われる。それは反生活的主観主義の極北の姿であり、「こゝろ」が示したエゴイズムの核心部分と言えよう。Kの墓地で〈先生〉が示した「異様な」反応、そして〈判然云えない其表情の一種の曇り〉とは、その秘密を暴かれた（と思った）時の驚愕であったに違いない。そして〈先生〉を激しく脅かしたこの事件は、〈先生〉の「自叙伝」には全く触れられていない。

　私が始めて其曇りを先生の眉間に認めたのは、雑司ケ谷の墓地で、不意に先生を呼び掛けた時であつた。私は其の異様の瞬間に、今迄快く流れてゐた心臓の潮流を一寸鈍らせた。（略）私はそれぎり暗さうなこの雲の影を忘れてしまつた。

（「先生と私」六）

〈先生〉のこの時の「異様」さは、この「私」に心臓の鼓動が一瞬止まるほどの衝撃を与えている。そして「小春の尽きるに間のない或る晩」青年が散歩がてら共に墓参をしたいと懇請した時に〈先生〉はまたもや同じ反応をしている。その時「私のは本当の墓参り丈なんだから」（同）と「何処までも墓参と散歩を切り離そうとする」〈先生〉を青年は「如何にも子供らしくて変」に感じている。

　すると先生の眉がちよつと曇つた。眼のうちにも異様の光が出た。それは迷惑とも嫌悪とも畏怖とも片付けられない微かな不安らしいものであつた。私は忽ち雑司ケ谷で「先生」と呼び掛けた時の記憶を強く思ひ起した。二つの表情は全く同じだつたのである。

（同）

　青年の心臓の鼓動を一瞬滞らせるほどの、〈先生〉に現われた「異様な」情緒不安定、〈迷惑とも嫌悪とも畏怖とも片付けられない微かな不安〉は、このようにKの墓参に誰かが侵入して来る場合に限って表れてくる。この時〈先生〉を襲う〈嫌悪、畏怖、不安〉は「自叙伝」に強調されている「懺悔」あるいは「人間の罪」(同五十四)などの宗教的倫理的な観念とは明らかに異質なものである。〈先生〉のこの「異様な」までの拒絶は、自分とKとの間に何者も介入させたくないという強い意志を示すものであり、死者と〈先生〉との、他にはうかがい知れない〈秘密〉があったことを暗示している。B手記(「自序傳」本編)は決してここに触れようとはしない。なぜなら〈先生〉は「自叙伝」の本来の重要なモティーフである、〈私性〉に執した「喪失」に関する物語を〈罪と懺悔の物語〉として語ろうとしているからである。このずれが「自叙伝」にさまざまなA手記との矛盾と不整合をもたらし、あるいはA手記を参看することによって始めて明らかになる「自叙伝」の事実もある、といった複雑な結果となっている。この点については改めて後述する。

概括すれば、B手記(「自叙伝」本編)とは、叔父の件に明らかであるように、まず根底的に自己認識における誤謬に基づいていること、さらに自分の最も暗い(最も個人的な)部分を隠蔽する〈情報操作〉に彩られているという重層的な性格であることをひとまず確認しておく必要がある。その隠蔽の結果として、逆説的にこの告白は〈人間の罪とは何か〉のような普遍化を目指す〈大きな物語〉として成立したわけである。

この前提に立って、では後景に退けられたものは何かという観点をも加えて「自叙伝」を見直さなくてはならない。

過去の二人

Kは「自叙伝」の中に、「私」が郷里と決別した後に、〈汚れた人間〉になった後に初めて登場する。静とその母親に大いにその気があるにもかかわらず猜疑心ゆえに〈私〉が立ち竦んでいる時、「奥さんと御嬢さんと私の関係が斯うなつて居る所へ、もう一人男が入り込まなければならない事になりました。(略)もし其男が私の生活の行路を横切らなかつたならば、恐らくかういう長いものを貴方に書き残す必要も起らなかつたでせう。私は手もなく、魔の通る前に立つて、其瞬間の影に一生を薄暗くされて気が付かずにゐたのと同じ事です」(「先生の遺書」十八)というレトリック感覚は、「子供の頃からの仲良し」(同十九)を語る表現としてはいささかドラマティック過ぎて違和感が残る。〈先生〉が下宿に連れてきて以来のKは、〈先生〉の行路を横切った「魔」というラインによる偏向的な語りのうちにある。手記のもう一つの見過ごしがたい特徴はこれも主としてKに関するものであるが、あったであろうことがあえて削除され〈語りの空白〉部分となっていることである。

例えば、実家と養家双方から絶縁されたKの苦難を語る経緯にそれは明瞭に現われている。上京して三度目の夏は〈先生〉にとって故郷を失うという大きな「波乱」の二か月であったが、丁度その時、Kの運命も、Kが養家に、約束だった医学部に進まなかったことを報知してしまったことから激変する。二人は奇しくも同時期にそれぞれ郷里と決別したのだ。「私は不平と憂鬱と孤独の淋しさとを一つ胸に抱いて、九月に入つて又Kに逢ひました。すると彼の運命も亦私と同様に変調を示してゐました」(同二十)。しかしこの時、〈先生〉は自らも激動の渦中にありながら「養家の感情を害すると共に、実家の怒りも」買ってしまったKのために献身的に世話をしている。複雑な事情の相談にも乗り、物質的な援助を申し出、復籍することになる前に、Kのために実家に手紙まで書き送っている。しかし不思議なのは、〈先生〉は自分の方の事情をKには一言も話さなかったように見えることである。もしそれが事実であるならこの二人の関係はあまりに一方的である。しかし静とその母、あるいはA手記の「私」にさえ問われれば話そうとするのに、「子供の時からの仲好」で、上京して高等学校に入つてからは下宿の「六畳」で「山で生捕られた動物が檻の中で抱き合」うように暮らしたというKに、おそらくK自身も良く見知っているであろう〈先生〉の叔父に遺産を横領されたという重大な事情を一語も話さなかったとは到底考えられない。しかし〈先生〉サイドのトラブルについてKが何を感じたのかは全く見えず聞こえてもこない。〈先生〉が沈黙しているからである。

「私の気分は国を立つ時既に厭世的になつてゐました。他は頼りにならないものだといふ観念が、其時骨の中迄染み込んでしまつたやうに思はれたのです」(同十二)と、この件によって人格が損なわれたことを〈先生〉は強調しているのだが、横領の件とほぼ同時期に起こっていた、Kの郷里のトラブルのために奔走する詳細な記述からは、厭世感も猜疑心も超越した、〈先生〉のKに対する誠実さと二人の親密さを伺い見ることが出来る。人のために尽くしている時、尽くされている時、人は決して孤独ではない。それなのに「自叙伝」の中でも、とりわけ重大な意味をもつこの事件の経緯において、Kが〈先生〉に対してはどのような存在だったのか、どのような役割を果したのかを〈先生〉は何故か語ろうとしない。「自叙伝」にはその時のKが消されている。しかしそれは語らない(不在である)ことにおいて逆に、確かに存在したことを感じさせる、そういった手法を示してもいる。(6) 書かれてはいなくても、〈先生〉がKのために献身的に尽くしたのと同様に、おそらくKもまた幼馴染のために適切な助言もし、共に泣いてくれたに違いないのだ。そして奇しくも同じ時期に故郷喪失者となったことは二人の絆を一層強いものにしたであろうし、若々しい情熱のままに互いの運命の共振について幾度も飽くことなく語り合ったことであろう。〈先生〉が仮病を使って静との結婚を未亡人に申し込んだ時に、何も知らぬKが見せた（そして〈先生〉が書かずにはいられなかった）「もう病気はいいのか、医者へでも行つたのか」（同四十二）という心遣いは、〈先生とK〉とが互いを気遣う強い絆で結ばれていたことを想像させる。〈先生〉があえて〈二人だけの時代、二人だけの関係におけるK〉を空白にしていることに私たちは思い至る必要があるであろう。かくのごとく「自序傳」のKのイメージはデフォルメされている。(7)

執筆者である〈先生〉は、「尊い過去」の記憶を共有する唯一の親友Kを、東京の下宿で起きた結婚問題のさなかに唐突に登場させると同時に、「精進」の道をひたすら進もうとする高踏的、禁欲的な修道僧のような側面のみを取捨選択して書いているように見える。幼馴染と言いながら、二人がどのような〈仲良し〉であったのか、気楽な子供時代のKはどんな少年だったのか、虫眼鏡を翳してみても見えないほど矮化してしまった絵のように〈過去の二人〉のことは殆ど語られず、それと共に〈先生だけが知り得る過去のK〉に関する具体的客観的な情報も余りに少ない。あたかも読者とKとの間に〈先生〉が立ちはだかって、もう一つのKの姿を遮断しているかのようだ。〈先生〉と二人だけの時のKの声を誰にも聴かせたくないかのように。これをB手記における〈Kの空白〉と呼ぼう。

〈Kの空白〉が「自叙伝」の〈黙説法〉によるテクスト戦略であることは疑い得ない。Kを、まさに「斯うなつてゐる所へ」の言葉どおり、〈先生〉と静の結婚問題が膠着状態の時に不意に「自叙伝」に登場させているのは、Kを〈手強い敵〉としてつまり静との三者の関係においてのみ描こうとする「自叙伝」の方法意識を示すものである。この叙述の方針は、Kが静への恋を〈告白〉する場面にも一貫している。

（略）彼の自白は最初から最後まで同じ調子で貫いてゐました。重くて鈍い代わりに、とても容易な事では動かせないといふ感じを私に与へたのです。（同三十六）

Kが自分の〈恋〉をどのような言葉で語ったのかは空白である。その代りに「重い口」「重くて鈍い」「容易なことでは動かせない」の如く、〈先生〉に与えた衝撃の強調によって〈強敵としてのK〉が前景化されることになる。〈先生〉が静の母親に結婚を申し込む場面には「奥さん、御嬢さんを私に下さい」「下さい、是非下さい」の如く直接話法によって切迫感《リアリティ》を強調しているのと対照的である。Kを語る際の取捨選択性は徹底している。

Kを偏向的に語ることによってこの手記は、先に触れたように〈私の喪失の物語〉から〈人間の罪の物語〉へとシフトする。二つの物語は書き手の全く別次元の意識レヴェルに基づいている。〈喪失の物語〉は〈Kの跡を追う私〉に、〈罪の物語〉は、〈青年の「真面目」に応えようとする私〉にそれぞれ対応している。「自叙伝」の中に〈暗い必然〉ともいうべき〈Kと二人だけの物語〉が埋め込まれている事実は「私の努力も単に貴方に対する約束を果すためばかりではありません。半ば以上は自分自身の要求に動かされた結果なのです」（「先生と遺書」五十六）と明かされているとおりである。妻をおいて突然死ぬなどの、「自叙伝」の解りにくさも、このテクストが執筆に際しての異なる二つの意識レベルを包摂し混然一体化していることにその因がある。

静に関すること以外のKが詳細に描かれたとしたらこの「自叙伝」の性格は全く変わったであろう。幼馴染の親友に対する親切や心遣いや配慮に満ちた〈過去の二人だけの時代のK〉を読者に知らせてしまったら、この「自叙伝」には〈先生〉がいかに大きな〈喪失〉をしたのかが強調されてしまう。〈過去のK〉、〈先生と二人だけの時代のK〉を不問に付し、〈女をめぐる磁場〉の中で、「魔」「居直り強盗」「重くて鈍い」などの形容によって誇張され彩られた〈脅威としてのK〉を〈先生〉が卑劣な手段によって制したいきさつを細叙することによって、「自叙伝」は、「人間の罪」「懺悔」などの言葉が最大の効果を上げる感動的な物語、つまり「他の参考に供する」（同五十六）にふさわしい物語となったのである。[8]

しかし枯葉を取り除いた時泉が現われるように、執筆者である〈先生〉によって封印された〈もう一つの物語〉を掘り起こす手がかりは十分に残されている。

倫理的表層とロマン的深層——もう一つの物語

前述の如く、〈先生〉が郷里を捨てて後、東京で起こったことは過去に起こったことの反復なのである。つまり〈先生〉の立場に立てば、〈先生〉は叔父に裏切られたのと同様に、今度はKに裏切られたのである。「私は金に対して人類を疑ぐったけれども、愛に対しては、まだ人類を疑はなかつたのです」（「先生と遺書」十二）とは国を捨てた時を回想した〈先生〉の総括であった。問題はこの「人類」という語であるが、「金において」に相当するのがもとはと言えば叔父であるなら、「愛に関して」の「人類」は誰に相当するのであろうか。それはK以外ではない。そして〈叔父の裏切り〉も〈Kの裏切り〉もともに、論述してきた如く極めて根拠が薄弱な〈先生〉の思い込みとしか言いようがない。結婚忌避者である〈先生〉は、静に「信仰に近い愛を有つてゐた」（同十四）と言うが、それは次のような、まさに〈男同士の絆〉に付随する、あるいは〈男同士の絆〉を補完するものとしての〈女の取り込み〉に過ぎなかった。「信仰」などというブッキッシュな言葉の後ですぐに「こんな時に笑う女が嫌いでした」（同二十六）のように、女性嫌悪が露骨に現われている。

私は彼に、もし我等二人丈が男同士で永久に話を交換してゐるならば、二人はただ直線的に先へ延びて行くに過ぎないだらうと云ひました。彼は尤もだと答へました。

（同二十五）

「男同士で永久に話を交換」することを〈先生〉が否定しているわけではないことに留意したい。〈先生〉が言いたかったのは、女性を愛すれば「我等二人丈」の場合よりも全方位的に人格を拡張できる、つまりその上で男同士の関係を更新して行ける、という意味なのであって、決して「我等二人」が別々の人生に別れていくことではなかった。さらに、Kと交わした次の会話からはこの人物が、そしておそらくKも、死別するまで「我等二人」、共に生きていくことを自明としていた仲である事も明瞭に窺うことが出来る。

私は彼の生前に雑司ケ谷近辺をよく一所に散歩した事があります。Kには其所が大変気に入つていたのです。それで私は笑談半分に、そんなに好なら死んだら此所へ埋めてやらうと約束した覚があるのです。

（同五十）

この時の二人の若さを考えれば「死んだら此所へ埋めてやろう」という「約束」からは、二人が相前後して〈女の住む家〉に足を踏み入れる前に、不可侵の「我等二人丈」の世界があったことが明らかに見えてくる。この場面は、今は失われた繰り返された時間の存在を示し、またA手記（「先生と私」）で、Kの墓に他者が侵入することに〈先生〉が〈異様な〉情緒不安定を示す場面と整合性がある。さらに「先生と私」の中の、寿命の話題から「俺が死んだら」(同三十五)を繰り返して妻を不快がらせた時の〈先生〉の真意が、〈自分が死んだらKの傍に埋葬してほしい〉という、言葉にし難い願いにあったことも判然とする。雑司ケ谷は、共に故郷を捨てた〈Kと先生〉の「二人丈」の〈約束の地〉であった。そのような〈先生〉の心性からすれば、裏切ったのはKなのである。〈先生〉の方はKを裏切ってなどいなかった。彼は前述の如く〈結婚＝男女関係〉に関しては「何うしても手足が動かせな」(同三十五)い人物なのであって、彼の自意識が〈結婚〉というシニフィアンの周りをぐるぐる回っていただけなのである。その自意識の空転は、ただひたすら〈結婚〉という現実的行為を回避するべく無限に増殖される体のものであった。ただ〈先生〉はその事をKに伝える言葉を持っていなかった。何故Kを下宿に連れてきたかと言えば、膠着状態となっていた〈磁場〉にKを投入する事によって何らかの〈化学変化〉がKに起きることを期待したであろう。しかしその期待が具体的な自分の〈結婚〉に結びつくものでなかったことも先に触れた如くまた確かな事実である。静との婚約が、芝居じみた極めつけの〈できレース〉(相手の思惑に素知らぬ顔をして乗って見せる)であることを〈先生〉は十分に認識しているのであって、この時、Kとの心理ゲームで切羽詰まっていた〈先生〉は勝つために母子の思惑を利用したわけである。[9]〈先生〉にはKと別々の人生などあり得ないのだから。だからその点でもKは〈先生〉に先んじていたのである。

Kが静への恋を告白した時〈先生〉が受けた〈衝撃〉は、紛れもなく叔父に裏切られたと〈気付いた〉時の衝撃の反復である。

> 其時の私は恐ろしさの塊り、と云ひませうか、又は苦しさの塊りと云いませうか、何しろ一つの塊りでした。石か鐵のやうに頭から足の先までが急に固くなつたのです。(略)私は脇の下からでる気味のわるい汗がシャツに滲み透るのを凝と我慢して動かずにゐました。Kはその間何時もの通り重い口を切つては、ぽつりぽつりと自分の心を打ち明けて行きます。私は苦しくつて堪りませんでした。　(同三十六)

親友に好きな女性が出来、それが自分の愛していた人と同じ人だった、という世間にありがちな事件が〈先生〉にとっては一瞬にして世界が凍りつくような許しがたい裏切りであった。田口律夫は、勇気に欠けていた〈先生〉とは異なり、Kが〈御嬢さんへの恋〉を語ることが出来たのは「〈切ない恋〉を語る言葉のシステムをKが先に獲得したから」であって、それは「自らの心のカオスに〈集中〉し、制度的な言葉・言説の抑圧に抗いつつ、新たに心を言分けていく過剰さを秘め」、「言語的にその対象に向かって急進的に接近していく方向を選び取った」[10]結果である、と示唆に富む見解を示している。

　肝心な問題は、裏切りが、Kの愛した人が静であったという利害の衝突を指すのではない。そのようなことは「彼の安心がもし御嬢さんに対してであるとすれば、私は決して彼を許す事が出来なくなるのです」（同二十八）と、既に想定内の事であったからである。衝撃の核心はそれとは全く異質なものだ。〈先生〉がいかにしても出来なかったこと、田口律夫の指摘の通り、Kが自分自身との闘争を経て〈恋を語る〉言葉を獲得したこと、その言語行為によって自分と現実との関係を変化させる契機を持ったことにある。さらにKが、その果断さによって「立ち竦」んでいる〈先生〉を置き去りにすること、つまり「我等二人丈」の同質性のユートピアからひとり離脱して行くことを告知していると感じられたことである。それは「Kなら大丈夫」という自明性に安んじていた〈先生〉にとって世界の崩壊であり、時間が切断され、方向感覚をも失わせる恐怖体験であった。右の引用はそのような自我の崩壊感覚をなまなましく伝えている。この瞬間、親友Kは「解しがたい男」（同三十七）となり「魔物」「居直り強盗」（同四十一）に変貌してしまう。Kは「元来さういふ点（女性問題＝注関谷）にかけると鈍い人」で「私には最初からKなら大丈夫といふ安心があったので、彼をわざわざ宅へ連れて来たのです」（同二十八）という言い分の「Kなら大丈夫」という確信にはそもそもどのような根拠があるのであろう。「大丈夫」であったはずのKに先を越されたという全くの言いがかりは、自分の無防備な依存心を棚に上げ、全面的に信頼していた叔父に遺産を横領された、という論法と似過ぎている。

　人間が〈生涯という期間〉をもつ時間的存在である、という地点から俯瞰するなら、叔父が〈蛇のこもる穴〉から〈先生〉を〈外部〉へ追い立てたように、Kの告白は〈直線的に二人だけの世界を生きてきた二人〉が、遂に別々の道に別れていくべき時が到来したことを〈先生〉に教えた事件であったと言い得るのである。しかし〈先生〉はそのような〈喪失〉を決して受容出来ない人間であったというよりほかない。叔父を激しく憎んだように〈先生〉はKを憎み残忍な報復に出た。したがって、繰り返せば〈先生〉の結婚とは、ただKに対する復讐以外の動機ではなかったことも明らかである。Kに置き去りにされまいとして彼は焦り、Kを置き去りにするべく画策し、その結果、彼は決して失ってはならない人を永久に失うことになった。また一方で、Kが未亡人から〈先生〉と静の婚約を告げられた時の衝撃も全く同様に、旧知が〈未知の他人〉に変貌した瞬間の恐怖であったに違いない。かくして二人は別れた。そして取り返しのつかない喪失を抱え込んだ〈先生〉の流残の生が始まる。

Kを失った後の〈先生〉の生涯を考える場合「門」は豊かな示唆を与えてくれる。「門」も「こゝろ」も、愛する人を得た話なのではなく、自分の〈半身〉を失った男の流残の物語である。「門」の宗助は安井を失った後、異性愛と職業という社会的規範に自己同定することによって、急激に〈老人化〉し空洞化していくより外はなかった。(11)『門』は、楽園追放の物語、男同士の同質的ユートピア（想像界）からの追放の物語」(12)である。宗助も〈先生〉も、〈大切な人〉の喪失を遂に越えて行くことができない。彼等は決してそれを受け入れることが不可能な、ある種の過激さを秘めた人物である。ロマン的な〈異形性〉とも言えよう。そして彼等こそ〈漱石的〉と呼ぶにふさわしい人物たちであると私は思う。

Kとのそうした切実な関係に生きていた〈先生〉にとって、「然し人間は親友を一人亡くした丈でそんなに変化できるものでせうか」（「先生と私」十九）のような、認識力の乏しい陳腐な常識に止まっている女との結婚生活は忍耐を要するものであっただろう。静のその疑問に対する青年の「私の判断は寧ろ否定の方へ傾いていた」（同）という過去形が、「自叙伝」読了とその後の長い時間を隔てた上の回想であることに留意したい。つまりこの過去形は「今は否定ではない」を含意していると読める。

静とは、若い女の形をして〈先生とK〉の「二人だけ」の行路を横切った社会的規範であった。社会的規範とは共同体の利益が確保されるように計算された因習のことである。したがって当然のことながら、社会的規範に忠実な静の世俗性、常識的市民感覚は、それらを徹底的に無化しつつ生きる〈先生〉と呼ばれたこの過激な魂と敵対的であるほかはなかった。〈先生〉が「おれが死んだら」と繰り返した青年の最後の訪問の場面で〈先生〉と静の間に次のような会話が交わされる。

「静、おれが死んだら此家を御前に遣らう」
奥さんは笑ひ出した。
「序に地面も下さいよ」
「地面は他のものだから仕方がない。其代りおれの持つてるものは皆お前に遣るよ」
（「先生と私」三十五）

この二人の会話は、結婚して以来、妻が自分が住んでいる土地が借地であることも知らなかったという驚くべき夫婦の疎隔を示している。つまり静は夫の資産状況について何一つ知らされていないのである。またいささかあけすけなこの「（家だけでなく）地面も下さいよ」という懇請は、夫婦関係における静のある種の飢餓感を表明してもいるであろう。また同時に、静が経済問題に疎い〈お嬢様〉的妻なのではなく〈貰いたいもの〉と〈貰いたくないもの〉を明確に区別する社会的分別の持ち主であることも判る。「御嬢さんは決して子供ではなかつた」（「先生と遺書」十三）と回顧されている様に、策略まで弄して結婚した夫は期待に反して世捨て人のような人間であるゆえ、夫の社会的発展に妻として随伴することも出来ず子供にも恵まれず、夫の資産からも疎外されているとなれば不定愁訴が募る一方であったであろう。静は夫の死後「地面」ではなく、〈貰っても仕方がない横文字の本〉（同）を含む夫の資産を相続し、夫の自殺に関しても〈何も知らされず〉「作さん」のように「子供もなくただ生きているだけ」という境涯を生きるであろう（「作さん」はこのセリフのためだけに登場している）。それが、あくまで〈悔恨〉という至高の感情を媒介に共同観念の普遍性を峻拒しようと志した〈異形〉の者の妻であったことの代償であり、その「純白」（＝選択的鈍感）に対する夫からの報復でもあった。

「自叙伝」執筆まで

小稿の冒頭に示したように、私は以前、〈先生〉と呼ばれた人物は〈過去の物語〉を当初、父親の重篤のために郷里に帰っていた青年を呼び戻し直接面談して語るつもりであったこと、それが青年の事情によって大きく変更されその〈偶然の結果〉として〈先生〉は死を決意し手記を綴ることになったこと、[13]その生から死への〈先生〉の運命の変容の意味について考えたことがあった。この「自叙伝」が〈偶然〉の産物であること、言い換えれば〈浮遊する手記〉であるという認識のもとに、かつて考えが及ばなかったことを補足しつつ、A手記、序、B手記を概観することから何が見えてくるかを再考したい。

A手記「両親と私」の、十二章以降には、「自叙伝」成立に関する重要な情報がちりばめられている。「自叙伝」執筆開始までのいきさつは、まず天皇崩御とそれに続く乃木殉死の報によって「悲痛な風が田舎の隅迄吹いて来て、眠たさうな樹や草を震わせてゐる最中に」（「両親と私」十二）〈先生〉から青年に宛てた「一寸会ひたいが来られるか」という電報から始まる。「両親と私」の「私」は、「其日のうちに」

行かれない、という返電と、「細かい事情」を認めた手紙とを〈先生〉に送る。「すると手紙を出して二日目にまた」「来ないでもよろしいという文句だけしかない」電報がA手記の「私」に届く。その電報に関してA手記の私は次のように書いている。

「兎に角私の手紙はまだ向うへ着いてゐない筈だから、この電報は其前に出したものに違ないですね」
私は母に向つてこんな分りきった事を云つた。（略）私の手紙を読まない前に、先生が此電報を打つたといふ事が、先生を理解する上に於て、何の役にも立たないのは知れているのに。
（「両親と私」三）

この所感は意味深長である。なぜなら先生は、「あなたから来た最後の手紙」を読んだ後「来るに及ばないという簡単な電報」を打った、と言っているからである。「来るに及ばない」という電報を、手紙を読む前に出したのか読んだ後に出したのか、二人の言い分は食い違っている。そしてその食い違いについて考えてみることはおそらく「先生を理解する上に於て、」何らかの〈役に立つ〉ことなのだ。

〈先生〉の行為の意味を整理してみよう。〈先生〉の返電は、〈序一〉の記述に反してA手記の「私」の手紙を読む前、来られない、という返電だけを見て打たれている、とみて差し支えない。「失望して永らくあの電報を眺めてゐました」（序一）の「永らく」がどれ位の時間であったかは分からないが、A手記の「私」の返電の二日後には〈先生〉からの返電が「私」に届いているのだから、長くても一日程度であろう。その後自殺を決意すると同時に「自叙伝」執筆を思い立ち、ためらいなく「来るに及ばない」と電報を打っている。つまり「来るに及ばない」は、A手記の「私」の郷里の事情を思いやって、ではなく明らかに〈語る〉から〈書く〉への言語上の転換に伴う事情からであった。言い換えれば〈語る〉ために「貴方に会ひたかつた」のだが、〈書く〉ためには逆に〈来て欲しくなかった〉と判断し得る。繰り返しになるが、乃木殉死の後、〈先生〉はA手記の「私」に会おうと決意したのであって、自死を決意したわけではない。〈死の決意〉は「書く」こととセットになっている。したがってA手記の「私」が過去の秘密を話して欲しいと迫ったから〈先生〉は死んだのだ、といった先行論は修正を要するであろう。しかし「此儘人間の中に取り残されたミイラの様に存在して行かうか、それとも……」という逡巡から、まことに不幸な儚い偶然をスプリングボードとして、現実的な〈死〉が先生の意識に焦点化されるのに時間はかからなかった。これに〈先生〉自身の事情である妻の不在の間に、という物理的制約が拍車をかけた。青年の手紙を読んだ後電報を打ったという、〈序〉に記された〈小さな嘘〉は〈先生〉のこの心理の切迫感を隴化することになる。電報の意味は、〈来るには及ばない〉ではなく明らかに〈来てもらっては困る〉だったのである。二度目の打電からは、妻の不在という極めて限定された時間内に、執筆と自殺との双方を遂行してしまわなくては、という〈先生〉の焦りの身振りを窺うことができる。死ぬための千載一遇のチャンスが、急きょこの手記を書かせることになった。〈先生〉がA手記の「私」の手紙を読む前に電報を打った、という事実からは少なくともこれだけのことが読み取れる。

この〈先生〉の方の事情をA手記の「私」は知る由も無かった。しかしA手記の「私」の上京を未然に制止したのは自殺できなくなるからと云う理由ばかりではない。そこには「自叙伝」の内容そのものにかかわる〈先生〉の警戒心を伺い見ることが出来る。

まず「自叙伝」は、〈応答、反論〉を不可能にし〈記憶〉することを強いている。〈先生〉が来るに及ばない、と云う電報をA手記の「私」に打った思惑の核心は、ある構想のもとに書かれ始めた「自叙伝」への介入、中断を絶対に拒否することにあった。この「自叙伝」の本義は、自分の〈起源〉と自分の生涯の意味を、〈Kとの関係における必然〉として記憶されること、それに関する相対化を絶対に許さないことにある。しかし現在が過去によって一義的に因果論的に決定されるなどは現実的にあり得ない。現実の時間の進行と共に、過去とは全く無縁で新規な出来事が絶えず生起しているのであって、そこに到来する未来は、絶えず過去の意味を再定義し直す可能性に満ちている。つまり過去（自分の起源）は、全く相対的なものであり人生は絶えず更新され得るのである。もし〈先生〉が青年に直に過去を語ったなら、当然、〈先生〉の過去を明らかに知りたがっている相手の応答、反論によって〈先生〉の過去（の意味付けや解釈）は揺らぎ再定義される恐れが生じる。[14] 妻をおいて自殺するなどという事も現実化の範疇に入るはずがない。「話す」から「書く」への転換は、こうした危惧を一掃する。〈先生〉は、青年の上京を待たずにもう一つの道、死への道を選んだ。その中で、〈自分はかつてその人と共に生きた、そして今はその人を失ってしまった〉という自らの〈必然〉を絶対化する物語が完成する。それは「他者に供する」にふさわしい極めて倫理的な外貌に〈身をやつした〉物語でもあった。そして今こそKに殉死する絶対的な好機であった。〈先生〉は明治の終焉と乃木殉死という歴史的状況を、自分の生涯の終焉を彩る枠組みとして最大限に利用したのである。(15)

考えてみれば〈先生〉は「自由と独立と己れ」とは無縁の人であった。彼は、〈自由と独立と己れの現代〉を恐れ忌避し、自他未分化の〈まどろみ〉に執着したからこそ、勇気をもってそれに突き進もうとしたKを倒し、自らもその悲しみから立ち直れなかったのであるから。

応答する手記／雑司ケ谷の墓地

ここでB手記まで読み終えた目でA手記を見てみると、またも不思議な〈空白〉のあることに気付く。手紙を受け取ったA手記の「私」は、当然自分が、会いたいという〈先生〉の希望を叶えられなかったことが〈先生〉の自殺を促したことを悟らない筈がない。あの時、〈先生〉の懇請のままに、無理にでも上京し（実際にそうしたのであるから）直に話を聴くことが出来たなら、死なせはしなかったという痛切な悔恨があったはずである。それなのにA手記はそのような重大事にまつわる心の葛藤を完全に封印し「今此悲劇に就いて何事も語らない」（「先生と私」十二）とのみあるのは何故なのか。その〈不思議〉を解明することはA手記成立の条件ならびに〈先生〉と〈私〉の関係について再考するためにも最重要事項であると言い得る。まず第一に、「何事も語らない」のは、A手記の「私」が、B手記「自叙伝」本編に込めた〈先生〉のメタ・メッセージをしっかり受け止めたことを示している。つまりA手記の「私」の沈黙は、〈明治の精神に殉ずる〉と締めくくられた「自叙伝」が、A手記の「私」が〈先生〉の死の直接的な契機となったという〈個人的な事情〉を完全に廃棄した上で、普遍化を目指す〈大きな物語〉として成立していることに呼応しているのである。この事実は〈私は貴方のせいで死ぬのではない、貴方に責任はない〉という、青年に対する心遣いでもあったであろうし「自叙伝」の執筆方針にも叶っていた。A手記の「私」は「何事も語らない」ことで〈先生〉の自分への配慮に応えている。「何事も語らない」二番目の理由は、〈先生〉を死なせてしまったのは自分だ、という悔恨を露わにしてしまったら、それがA手記の最大のドキュメントになってしまい、謎めいた人物との出会いから別離までをサスペンスフルに記述する、というA手記の構成上の制約を逸脱することになってしまうからでもあったであろう。

〈先生〉は雑司ケ谷の墓地に葬られたであろうか。A手記のもう一つの不思議は、〈先生〉の墓について何事も語っていないことである。A手記は、〈先生〉と自分との交流史における最も重要な二つの要素を迂回する。しかし語られないことはそれらが書き手の意識に無かったこととは違う。むしろ逆である。これらは、A手記の「私」の黙説法というべきであって、何故語られないのだろう、と気付くことによってたちまちありありと立ち現われるような性質のものだ。A手記はB手記に応答する（反論できなくても）。A手記がこれらについて語らないのは、紛れもなくB手記がそれに対して沈黙を守っているからである。A手記の「私」は〈先生〉に直接応答しうる唯一の機会を家の事情のために逸してしまった。しかし〈先生〉の意図を察し、〈語らない〉ことによって、「私」は手記執筆時の今この時、まさに〈先生〉に〈応答〉し得る方法を見出している。これがA手記の構成・編集意識に他ならない。

前述の如く、〈先生〉の生前の願いは、亡くなった時、Kの傍らに葬られることであった。それが〈先生〉の魂の住居であったから。そう考えられるなら、この「自叙伝」執筆の目的の実際的側面は、自分を慕う青年に自分の弔いを委ねることであったと考えられよう。慣習上の喪の主宰者は当然静であろうが共同体の規範に則った儀礼としての弔いではなく、自分の秘密を打ち明けた者に、言い換えれば「自叙伝」の中の「私」にそれを語った「私」を結び付けて「記憶」してくれる者に、〈先生〉が自分の弔いを委ねたかったのは自明のことに思える。「何千万とゐる日本人のうちで、ただ貴方丈に」（序）届けられたこのダイイングメッセージに対して、「今も奥さんはそれを知らない」（「先生と私」十二）と、〈先生〉との約束を誠実に守ってきた「私」が〈応答〉しなかった筈はない。だから〈先生〉の墓は雑司ヶ谷の墓地にある。おそらくKの墓の側に。そして今は、かつて〈先生〉がそうしたように「私」が〈先生〉の墓をおとない続けているであろう。

「こゝろ」は、雑司ケ谷の墓地に始まって雑司ケ谷の墓地に終わる物語である。そこでは〈あの人を死なせてしまった、死なせてしまった、死なせてしまった〉という、男から男への尽きせぬ悔恨と哀悼の声が行き交い響き合っている。今も尚、そうであるほかはないかの如くに。

注

（1）小稿は、「『心』論――〈作品化〉への意志」（『日本近代文学』第四三集、一九八九年一〇月。『漱石・藤村 〈主人公〉の影』（愛育社、一九九八年）に『心』論――〈先生〉と呼ばれた男」と改題して収録）、「『こゝろ』の第三の手記――「貴方に会ひたかつたのです」」（『月刊国語教育』二一号、二〇〇一年一一月。『〈磁場〉の漱石』（二〇一三年）に「貴方に会ひたかつたのです」――『こゝろ』の第三の手記」と改題して収録）に引き続き、昭和四十年版『漱石全集』全十六巻の第七巻『心』をテクストとして考えたものである。なお、小稿は、この二論文と一部重複することをおことわりする。

（2）平川祐弘「ミステリーとしての『こゝろ』」（平川祐弘・鶴田欣也編『漱石の『こゝろ』どう読むか、どう読まれてきたか』新曜社、一九九二年）に『こゝろ』はいって見れば犯人自殺の理由の判然としない作品なのである」と明快な指摘がある。

（3）土居健郎『漱石の心的世界』（至文堂、一九六五年）。

（4）『アンチ漱石』第三章「他者にとっての他者」（講談社、二〇〇四年）。

（5）Kが死んだ後の〈先生〉の生涯については、前掲拙稿「『心』論――〈先生〉と呼ばれた男」「隠蔽の構造」に詳述している。

（6）W・イーザーは、このようなテクストの空白について「語られた言葉は、語られぬままになっている言葉に結び付けられて、初めて言葉としての意味をもつ」（轡田収訳『行為としての読書』岩波書店、一九九六年）と述べており、「こころ」読解のためには、この「語られぬままになっている言葉」を掘り起こすことが必須であると思う。

（7）竹盛天雄「「故郷」を清算した男と「故郷」から追放された男の運命」（『国文学　特集　夏目漱石――時代のコードの中で（21世紀を視野に入れて）』第四二巻六号、一九九七年五月）に「遺書」はKを「扁平的人物」としてしか紹介していない」と指摘している。

（8）小林幸夫は、「既成認識と生成認識――夏目漱石『こゝろ』における書くこと」に、文体分析を通じて『こころ』には「彼等」を憎むことは「人間」を憎むことに繋がる」という「個を一般化する思考」があると述べ、そこに「先生」の「自らの具体的な罪との直接対面を避けようとする」「自己回避という負の機能」（『文学が教育にできること』――「読むこと」の秘鑰』（教育出版、二〇一二年）を指摘している。私は、B手記の「個を一般化する思考」はこの手記を理解する上で重要な要素であると思うが、それについての意味付けを異にしている。それが小林が指摘する「自己回避という負の機能」であるならば自殺という行為と矛盾するのではないか。

（9）古谷野敦は「若き「先生」が疑ったとおり、母子は既にこの男を夫に迎えて家の安定を得るべく、十分な話し合いを持っていたのだ」「Kも「先生」も畢竟彼女の操り人形でしかない」（「夏目漱石におけるファミリー・ロマンス」（『批評空間』4、一九九二年一月）という見解を示し、鶴田欣也も「先生が静のターゲット」であり、Kの気を惹いて〈先生〉を嫉妬させ婚約が成ったこと、したがって「静がKの自殺の原因、少なくても表面に出ている原因に全く気付かないということは不可能」（「テキストの裂け目」前掲『漱石の『こゝろ』』）と述べ、下宿という磁場について犀利に分析しているが両論とも〈先生の思惑〉については考察が不充分である。〈先生〉は下宿の母子の思惑を十分に認識していたからこそ機に乗じてそれを利用したのであって、決して操られたわけではない。Kに勝つ、という大目的（論中に示した如く静の争奪戦ではない）がなければ婚約はあり得なかった。そしてこの認識がKの死の後、静への憎悪となったことも想像に難くない。

（10）『漱石研究』（第六号、一九九六年五月）。

（11）拙稿「欲望としての『門』」（「循環するエージェンシー――『門』再考」（『日本文学』五三号、二〇〇四年六月）。改題して前掲『〈磁場〉の漱石』に収録）に、『門』が、「一般社会」からの追放の物語なのではなく「一般社会」への追放の物語、であることを論述している。

（12）同前。

（13）前掲田口律夫「『こゝろ』の現象学」は、手記執筆開始までの入り組んだ事情（つまり〈序〉）に着目し「あれほど長大で重厚な遺書のエクリチュールも、はなはだ不安定な基盤の上に置かれていたということになる」と示唆的な見解を示す。

（14）広瀬裕作「「声」としての遺書――話すことから書くことへの変更について」（『九大日文』04、二〇〇四年四月）に「「先生」は、対面的な対話環境に伴う攪乱によって「先生」自身の言説が管理統制できない方向へそれてゆくことを、書くことを選ぶことによって回避しようとしているのだ」と納得し得る見解を述べているが一方で「書くという選択は「先生」にとって必然であり、そこに受動性や偶然性はなかったことになる」という断定は論拠が一面的であり、この手記が、明治の終焉、妻の不在、（想定していた）聴き手の不在、という要素が計らずも一致したことによって辛くも出現可能になったという全くの〈偶然〉を、つまり手記が、その自閉的因果論的構成とは裏腹に、現実の大いなる予測不可能性（浮遊性）に向かって開かれている、という小説の構造を見ない。小森陽一は「この「私」の過去を」「物語りたかつたのです」という含意を電文から読み取ることができなかったところに「私」という青年の、決定的とも言える鈍さが露見する」（『世紀末の預言者・夏目漱石』講談社、一九九八年）と断定するが、決定的な転換を、〈私の鈍さ〉に帰してしまえば〈先生〉サイドの複雑微妙な、現実的また心理的事情が隠蔽されてしまう。

（15）前掲拙稿「『心』論――〈先生〉と呼ばれた男」五「〈作品化〉への意志」に論述した。

深淵に置かれて――『黄粱一炊図』と先生の手紙

デニス・ワッシュバーン
（渡辺哲史／アンジェラ・ユー　共訳）

Dennis Washburn――ダートマース大学・アジア―中東言語文学部教授。主な著書に、*The Affect of Difference: Representative of Race in East Asian Empire* (2016), *Translating Mount Fuji: Modern Japanese Fiction and the Ethics of Identity* (2006) など、英訳に*The Tale of Genji* (2015) などがある。
わたなべ・てつし――上智大学グローバル社会専攻国際日本研究修士号を取得。現在は、株式会社紀伊国屋書店・営業部。

本論文は、視覚美術の観点から、『こころ』で言及された渡辺崋山の『黄粱一炊図』をはじめ、『市民ケーン』と『三四郎』に現れたイメージを比較して論じる。漱石は「ミザナビーム」(mise en abyme) という視覚的な手法を通して、『こころ』の中に再帰性の構造を作っている。そこから、無限の後悔に支配された先生のストーリーを分析する。

先生と崋山

夏目漱石は並外れた創作力と驚くべき才能を持った作家であり、その功績のうちとりわけ後悔を描く技巧に長けていた。後悔は個人に内省をもたらし、誤りや言い損なったことのある一瞬に立ち返ることをたびたび促す。罪悪感と同様に、後悔は倫理的な目覚めをもたらすことと同時に、苦悩に支配された際限のない循環をもたらし、個人を再帰的な自分語りへと陥らせる。

漱石は無限の後悔による破壊的な影響をその多くの作品内において探究した。特に『こころ』はそのうちの傑作と賞されている。その理由は数多くあげられる。繊細で想像性に富んだ先生の人物描写、明治末期の失われた時代に生まれた混乱と孤立感を寓意化する手法、唐突で大胆な語りの変化など。わけてもこの小説を際だたせているのは、後悔による再帰的構造にある。

以下の引用は先生の若き友人であり、小説の一部と二部の語り手である「私」に宛てられた遺書の結末部で、再帰的な語りがどのように生成されているかを描いた重要な場面である。

> 私が死のうと決心してから、もう十日以上になりますが、その大部分は貴方にこの長い自叙伝の一節を書き残すために使用されたものと思って下さい。始めは貴方に会って話をする気でいたのですが、書いて見ると、却ってその方が自分を描き出すことが出来たような心持がして嬉しいのです。私は酔興に書くのではありません。私を生んだ私の過去は、人間の経験の一部分として、私より外に誰も語り得るものはないのですから、それを偽りなく書き残して置く私の努力は、人間を知る上に於て、貴方にとっても、外の人にとっても、徒労ではなかろうと思います。渡辺崋山は邯鄲という画を描くために、死期を一週間繰り延べたという話をつい先達て聞きました。他から見たら余計な事のようにも解釈できましょうが、当人にはまた当人相応の要求が心の中にあるのだから已むを得ないとも云われるでしょう。（『漱石全集　第六巻　心・道草』（岩波書店、一九七五年）下、五六章）

一見すると自ら命を絶つことを決意し、遺書を書くために十日以上も自殺を先送りした理由に対して、先生が分かりやすい説明を与えているようである。彼は単に書くことのエゴに突き動かされたわけではないことを強調し、自身の特異な体験をつつみ隠さず共有することは、彼の告白を読む者に、人間であるとはどのようなことかを理解するうえで役に立つと強く主張する。

しかし、彼の目的はそのような教育にとどまらない。彼はつづけて江戸時代の画家であり、「邯鄲」という生涯最期の絵を完成させるために切腹を先送りにした渡辺崋山に言及した。崋山の行為を無駄だと人々が考える一方で、先生は崋山が心の要求によって行動したことに共感を覚えている。崋山のことに言及しながら先生は「私」にこのように語る。「私の努力も単に貴方に対する約束を果たすためばかりではありません。半ば以上は自分自身の要求に動かされた結果なのです。」（下五六章）

手紙の冒頭において先生は、世の中の倫理的な暗部にまつわる教訓を与えようとする意図を明確に語る。実際、その告白は自身の心臓を切り開けることに等しいと彼は述べるほどである。このメタファーにおける暴力性は、遺書を書く意図の深刻さを語り、十分に死期を伸ばす理由となる。それにもかかわらず、どうして先生は崋山の絵をあげて、自らの死を遅らせることに対してさらなる弁解を提供しなければならないのか。

崋山と彼の絵への言及は、『こころ』に登場するその他のオブジェと同様に、それだけでは意味をもたないディテールだが、登場人物の精神的な体験に、美学的幻想によって、現実性をもたらす。このディテールは迫真性にこだわる漱石の創作手法にすぎないかもしれない。また、先生が画家の例を借りて、自身が崋山のように時代から逸脱し、時代のはざまにとらわれた人間として、自分の誤りを「私」のような現代の青年には理解させようとする。

いずれの説明も注目に値するが、崋山への言及が遺書のほぼ結末部でなされるため、その一節が小説全体にわたっていかに深く共振しているかを捉え損ねている。第一に、「当人相応の要求が心の中にある」における「心」の使われ方は小説のタイトルにとりわけ豊かな意味合いをもたらしている。第二に、崋山への言及はレトリックな要素として、小説全体における再帰的な構造をよりいっそう強くする。具体的なオブジェを取り上げるのはテクストにおけるミザナビーム（mise en abyme）という、視覚芸術においてよく用いられる技法である。

ミザナビーム

ミザナビームはフランス語で「深淵に置かれる」を意味する用語である。もともとは中世の紋章学において使われていた。アビーム（abyme 深淵）は紋章の中心あるいは奥行きを指し、ミザナビームは紋章の中心にまったく同一のさらに小さな紋章を置くことを意味する。

この技法はドロステ効果（ドロステはオランダのココアのブランド）とも呼ばれ、商品ブランドイメージにおいて、それ自身のコピーが含まれ、無限の複製を生み出す手法を指す。その効果は向かい合う二枚の鏡のあいだに立ったときに味わう感覚の混乱に似ており、ミザナビームという用語は今ではこのような視覚効果をさすだけでなく、夢の中の夢や語りの入れ子構造といった技法をさす。

渡辺崋山とその絵にまつわる言及は、「先生」のストーリーの縮図である話を想起させ、再帰的な効果をもたらす。このことはさらにストーリーのより大きな枠組みを、すなわち先生の遺書が「私」によるより大きな語りに包含されている状態であり、青年の生涯において複製される語りの構造が潜んでいる。それは物語におけるオブジェ、あるいはディテールであり、先生の悲劇を再現する過程において、明治末期におけるずれを再現している。

先生の手紙があまりにも決定的な内容を含んでいるため、それを他のディテールと同じレベルで考えるのは意に反しているように思われるかもしれない。鎌倉の海岸で先生とともにいる西洋人、「私」と父が時間をやり過ごすために打つ将棋盤、雑司ヶ谷の墓地にある墓碑、先生と「私」の会話を中断する犬と男の子、「私」の卒業証書など、これらのディテールは、小説において重要な機能を果たす手紙と比べてささいなものに見える。しかしながら手紙の内容そのものでなく、小説において再帰性をもつレトリックな要素の一つとして読むことは、『こころ』の根底にある主題をより明確なものとする。従来の直線的な語り方と比べると、『こころ』の再帰性は明らかになる。

図1　中世の紋章

図2 ドロステのイメージ

ストーリーの再帰性

例えば『こころ』において語りの時間が従来どおりに表現されていたとしよう。先生から短い手紙を受け取り、それが遺書だと気づいた「私」は臨終を目前にした父の床を離れる決断をくだし、東京へ急いで戻る。この時点で「私」も読者も先生が死んだかどうかははっきりとわかっていない。それから他の情報をたよりに青年が先生の過去を知る過程を描くこともできた。当然ながらこれらはすべて事実に反する憶測にすぎない。現状のように先生の声が手紙として読者にすべて提示されることは、従来どおりの構造やほかの語り方と比べて、その告白により大きな直接性や切迫感、そして語りの力強さをもたらす。

それでもなお、漱石が従来どおりの時間の流れを用いていたらどのような小説になっていたかを考えてみることには価値がある。なぜならそのような考察によって読者がいったい何を失うのかが明らかとなるからだ。死に際の父のもとを離れるという「私」の身勝手な行動は、この先彼が孤独の深淵に直面せざるを得ない破滅的な事態をもたらすであろう。青年の行く末は暗示されているが、それは物語の構造において さらなる再帰的な要素を加えている。このように手紙は語りの時間に組み込まれることなく、語りのなかのオブジェに仕込まれて、小説のなかの小説として機能している。「私」が汽車に乗って腰をおろし、手紙を開いて読み始めるその瞬間は小説の時間を最終的に断ち切ることである。その瞬間、語られている小説の時間と読む時間の境が壊れ、見事に合流するのである。これにより読者は「私」に同化し、目前には逃れることのできない倫理的な暗闇が立ちはだかり、その深淵を覗き込んでいるという彼の認識を共有することになる。

人間性とは罪、悔恨、自責の念の終わりなき循環であり、そのような教訓は単に先生個人の経験にもとづいてわれわれに提示されているだけではなく、言葉のオブジェである手紙が引き起こすストーリーの再帰性によって提示される。言葉での存在しかしない将棋盤、卒業証書、墓碑とは異なり、先生の手紙自体は読者であるわれわれが実際に手に取り、吟味することのできる唯一のものである。このように特異なレトリックの手法は、再帰性を通じて小説の倫理的テーマを強調し、謎めいた登場人物の心理を深く掘り込むことができる。

『こころ』には推理小説としての側面もある。「私」が解き明かしたい謎とは先生の正体と彼がそうなるにいたった過去である。手紙によって先生の秘かな罪と彼の人格を形成した複雑な事情が明かされることは美学的な満足感をもたらす。しかしながらその告白は、死への恐怖から何年も思いとどまっていた彼が自殺にいたる納得のいく説明とはならない。たしかに先生の手紙は、死を選ぶにいたったもっともらしいいくつかの動機を読者に示しながら、自らの過去や精神を丹念に追っていく。おじの裏切りによる他人への不信感、友人のKを裏切ったことへの罪悪感、そして圧倒的な孤独や疎外感など。それにもかかわらず、先生の述懐はわれわれに自殺の動機を与えるが、自殺にいたる説明は不十分なままである。

どうして彼は前に進むことができなかったのか？　どうして彼は繰り返し過去に囚われつづけたのか？　トラウマを体験しても、やがてそれを乗り越える人もいれば、途方もない人もいる。先生の場合は、過去の出来事よりも、彼の心の要求こそ再帰的な経験を生成し、執拗な後悔や罪の意識によって彼は孤立し、時代に取り残された男と成り果てている。このことを先生自身の言葉に置き換えてみれば、彼は説明し得ない「自分自身の要求に動かされた」のである。

遺言や自叙伝が人生を完全に再現することはない。それはフィクションの中の登場人物においても例外ではない。これは従来の小説の終わり方に抗する漱石の文学観である。小説の世界において手紙をオブジェとして扱うことによって、語りの時間と読みの時間は交わり合う。それによって、読者と「私」を同じ内省的な読む空間に置かれ、オープンエンドで再帰的なストーリーを玩味する。

『こころ』と『市民ケーン』

ここでいう「内省」には「熟慮」という意味だけでなく、上述したミザナビームの手法とのつながりを指摘したい。若いころ自殺を思いとどまらせた死への恐怖を先生は「底の見えない谷」と表現しているが、それはまさに無限に複製されたイメージを眺める感覚の再現である。この機能については漱石の作品を映画『市民ケーン』と比較した場合により分かりやすいと考えられる。この異なる媒体同士の比較は一見不可解なものだが、ここで注目したいのはまさに映画の視覚的側面である。両者は基本的な語りの構造において驚くほど似ているのだ。

『市民ケーン』は一人称の語りではなく、複数の語りによる一連の回想であり、それによってストーリーの時間の流れを複雑にしている。それでもそのプロットは『こころ』と非常に似ている。ニュース映画の記者はケーンの最後の言葉であり、彼の人生を説明するのに役立つであろう「ローズバッド（バラのつぼみ）」の意味を探し求める。記者の捜査を通じてチャールズ・フォスター・ケーンはあらゆるものを手に入れ、そして失った謎めいた魅力的な恐ろしい人物だったと分かった。記者は「ローズバッド」の意味を解けないが、たった一つの言葉が一人の人生を完全に汲み取ることはできないという考えによって自らを慰める。

しかしながら映画が終わりに近づくと、視聴者はその謎の答えを与えられる。その前のシーンで執事長はケーンが「ローズバッド」と今一度口にするのを聞いたと記者に語る。かつてのオペラ「歌手」であり、ケーンの二番目の妻であるスーザン・アレクサンダーがケーンのもとを去るとき、彼は激怒し、彼女の荷物を扉の外へ放り投げ、彼女の寝室を壊す。しかし彼はガラス製のスノードームを拾い上げると暴れるのを突然やめ、「ローズバッド」とつぶやく。それはまさに彼が死に際に手にしていたスノードームであった。愛されるために他者を支配しようとする彼の飽くなき欲望が、心が張り裂けんばかりの喪失をもたらした。この喪失はケーンの精神を完全に破壊する。寝室から長い廊下をよろよろと歩き出し、向かい合う鏡のあいだを通るチャールズ・フォスター・ケーンの姿が無限に映し出される名シーンは彼の精神状態を的確に捉えている。

ミザナビームの視覚的手法は映画のラストシーンにおいても繰り広げられる。そこでは生涯にわたる必死の収集と所有の成果が散乱したありさまを作業員らは掃除しており、価値のないと判断したものはすべて燃やされる。彼らは「ローズバッド」とペンキで書かれた子供用のそりを、その重要さに気づかないまま焼却炉に投げ入れる。これこそケーンが子どもの頃、母と引き離された冬の日に遊んでいたそりであり、スノードームは彼が育てられたコロラドの小屋のミニチュアであることにわれわれは気づく。そりは燃え、ペンキで書かれた文字は火でふくれあがり、バーナード・ハーマンの曲が鳴り響き、ケーンの生涯の秘密を唯一知ることのできたわれわれは、外の煙を辿って映画のオープニングに映ったケーンの大邸宅ザナドゥへと戻る。

映画の巧妙なエンディングにもかかわらず、記者の出した答えは正しかった。「ローズバッド」の意味を知ることはすべてを説明すると同時に、なにも説明できない。それはケーンの悲劇のエッセンスを指し示す際限ない一連のイメージの一つにすぎず、失われた子供時代への執拗な後悔は、彼の存在の核を虚ろにし、その喪失を何度も経験することを運命付ける。結局彼の人生の意味はその後悔の象徴の一つを運び去っていく煙のように儚い。

『市民ケーン』の映像はストーリーの再帰性を直接的に描くため、より間接的な文学作品における美学的効果と比較するのは見当違いにみえるかもしれない。しかしながら、この映画と『こころ』の語りの類似性は著しく、崋山の絵画に言及しながら作品を終えることは、映画における効果と同様に、漱石が絵画について説明を加えなくても読者の頭のなかに鮮烈なイメージを喚起できるのである。

イメージがフィクションの世界における登場人物の欲望や心理状態をありのまま描いたり、視聴者が見たいものをもたらしたりするという考えはあくまで一種の錯覚である。しかしそのときこそ、文学作品におけるディテールのイメージはレトリックな手法として魅力をもたらす。『源氏物語』の「絵合」に登場する架空の須磨の絵日記から、ヴィクトリア朝時代末期に書かれたオスカー・ワイルドの小説『ドリアン・グレイの肖像』にいたるまで、イメージが情動的、政治的、神秘的な力さえ発揮する。それは小説における不可欠な道具であり、特に作家がそのイメージを実際に作り出す必要もなく、イメージは常に書かれた言葉によって隔てられ、媒介される。

イメージにおける直接性というのは、われわれの経験を感情に変換できることであり、視覚芸術、特に西洋の近代絵画が漱石作品において重要な役割を担っている理由の一つかもしれない。彼が視覚的美学に魅了されたことは、若き時代に写生文の実践を通じて表明されており、視覚体験における直接性と自己表現は、近代における芸術的感性の形成と直結することを主張する。この考えはのちに「文展と芸術」（一九一二）と題した小論においてさらに明確に表明され、そこでは彼独自の個人主義や近代的主体性をもとに「芸術は自己の表現に始つて、自己の表現に終るものである」と主張する（『漱石全集　第十六巻』（岩波書店、一九九四年）五〇七頁）。

『三四郎』と視覚芸術

西洋の芸術的感性を自身の美学や文学に取り入れる漱石の試みは、初期の『三四郎』においてとりわけ重要な意味をもち、そこで視覚芸術は近代的主体性、あるいは自我を作り出す翻訳の媒介として描かれる。『三四郎』の構造や語りの時間が『こころ』より従来的であるにも関わらず、『三四郎』においてイメージやオブジェは再帰性のあるストーリーを創出する。『こころ』が執拗な後悔がもたらす取り返しのつかない結末を探究するとすれば、『三四郎』ではそのような後悔がどのように具体化するかを描いている。

『三四郎』において鍵となるイメージは「森の女」と題された美禰子の絵である。作品を手がけた画家の原口はそれが自分の着想であったとは請け負わず、美禰子が自身をキャンバス上でどう描くべきか、その指示に従っていたことを認める。三四郎に初めて見られた瞬間を画像として静止してもらう彼女は、自らのイメージの創作者である。イメージによって出会う瞬間に戻り、美禰子が三四郎のストーリーに自分の登場を仕込む。小説において、美禰子はたびたび三四郎の頭のなかで絵画（特にグルーズの官能絵画）および翻訳と結びつけられており、このような連想によって彼女のイメージは、近代都市のメトノミーとなり、地方出身の三四郎のなかで喚起する欲望の代名詞として機能する。

では三四郎は美禰子の絵をどういうふうに言葉に翻訳するのか？　作品の最終章において、原口が描いた絵は丹青会の展覧会で展示される。美禰子はすでに結婚し、展示が始まった翌日に彼女は夫とともに展覧会を訪れる。数日後に三四郎が展覧会を訪れ、美禰子との関係を追求しなかった自身の臆病に対して明らかに後悔で打ちひしがれている。そのような状態なので、彼は作品の価値に関して連れの軽薄なひやかしには賛同しない。与次郎が三四郎に絵画の題名についてどう思うかを訊ねるところで、三四郎は題が悪いと答えた。与次郎が代わりとなる題を訊ねても、彼は返答せず、ただ「迷羊《ストレイ・シープ》、迷羊《ストレイ・シープ》」と口の中で繰り返した。

この有名な「迷羊《ストレイ・シープ》」は美禰子が「迷子」を翻訳したものであり、それは物語の序盤において、三四郎と目撃した幼い女の子のことを指している。このセリフ自体が独特な漢字にカタカナ英語のふりがなで書かれ、ページにおいて視覚的な文字列として際立っている。三四郎が明治時代末期の東京という近代都市における迷羊《ストレイ・シープ》であるという見解は作品内で繰り返し述べられる一方、美禰子は社会において縛られることなく気ままに漂流しているさまが描かれる。三四郎のような若い男から見たら、彼女は近代の女性としての魅惑と活発さを備えており、明治以前では考えられないほどの主体性を持ち合わせている。自ら選択することのできない結婚を拒否しようとする彼女はモダンな女性であるが、従来の考え方が色濃く残っている明治末期のハイブリッドな文化において、彼女は完全な自由を手にしておらず、自身の欲望のまま行動することはできない。彼女に残された唯一の表現手段は絵画におさめられた自身のイメージが、世界においてどのように現れるかにある。その絵画では三四郎によって初めて見られた場面と同様に、団扇を持って官能的なポーズをとる様子が静止されている。

図3 グルーズの絵画

彼らの関係は迫り来る闇や悲しい後悔をほのめかしている。作品の結末に「ストレイ・シープ」という翻訳に触れることによって、漱石はここでもオープンエンディッド、再帰性のあるストーリーの構造にこだわる。それどころか三四郎が絵にどのような題名を与えたのかを読者は考えるよう促される。彼は当然モデルが美禰子であることに気づいているが、「迷羊《ストレイ・シープ》」の意味はいまでは彼の無意識の欲望を絵画に投影したものとなっている。「森の女」はミザナビームの表現形式として使われた。それは欲望と後悔に目覚める三四郎のストーリーの縮写であり、また明治日本における近代的主体性の目覚めの縮図として機能している。小説における美禰子のフィクショナルな肖像画は、「邯鄲」への言及の先駆けとしてみられる。

『黄粱一炊図』

崋山が描いた最期の絵の題名は『黄粱一炊図』である。『こころ』で使われた題名は、中国の村である邯鄲の日本語読みである。さらに『邯鄲』は中国の物語である『邯鄲の枕』の略称である。この物語のよりなじみのある題名は、『邯鄲の夢』となる。この物語は盧生という青年が出世のために放浪する話である。ある日彼は邯鄲の人里離れた小さな村を訪れ、呂翁という年老いた道士に出会う。

二人は食事を摂ることになり、青年の貧しさを象徴するような質素な粟粥を食べる。粥が沸くまで、道士は横たわる盧生に枕を差し出す。食事を終え、再び旅に向けて出発した彼は、科挙に合格し輝かしい経歴を持つ。裕福な家庭と所帯を持ち、吉兆である八十歳で死ぬまで深く尊敬された。しかしながら死を迎えた瞬間、盧生はまどろみから目覚め、夢のなかで一生涯を生きたことに気がついた。それからその夢が粥の沸かないほど短かったことに気がつく。差し出された枕は、使用者が望むあらゆる栄光を夢の中で叶える魔法の枕だったのである。粟粥を食べ終えると盧生は再び放浪生活に戻らねばならない。

自宅に軟禁され今にも切腹する状況下において、この物語が崋山の最期の主題として選ばれた理由は想像に難くない。明の宮廷画家であった朱端がこの物語にもとづいて描いた絵の影響を受けた結果、その画法は中国と西洋の技法の融合となっている。盧生が枕に横たわる場面が精巧に描かれているが、その作風は質素で、秋の景色は陰鬱でもの寂しい。その

図４　『黄粱一炊図』

絵自体が中国の物語の解釈として捉えられねばならないが、ひとたび先生の手紙の文脈に置かれると、その意味は比喩的に転換され、作品の完成と合わせて命を絶つ画家の心情を映すことになる。自尊心を守るために死を要求する古い倫理観に縛られ、あらゆる栄光は夢のごとく儚いという主題をもつ物語の一場面を描く崋山の決断にともなう苦々しい皮肉はその一筆一筆を導いたに違いない。後悔の意識は明らかであり、比喩的な夢の入れ子構造としての先生のストーリーとの共通点も明らかである。『邯鄲』への言及によって生成される言葉のイメージは、先生の手紙の中に組み込まれて先生の生涯の縮写となる。それは深淵に置かれている。

深淵に置かれて

漱石の作品と十九世紀末にイギリスで起こったデカダンス（アール・ヌーヴォー）運動には重要な関係があると江藤淳は指摘する。(1) 既存の文化と価値観を犠牲にし、ナショナリズムの勃興を経験した明治時代とヴィクトリア朝時代に類似点を見出す。文化と価値観の崩壊を理解し、それを文学の糧とした作家とともに近代が始まると彼は主張した。漱石に影響を及ぼしたイギリスの美学は、その技法よりも雰囲気が重要だったのかもしれない。先生が経験する孤立は、自らの欲望にもとづいて行動し、自我を優先させたことにより生じた皮肉な帰結である。しかしもっぱら自我のために意味を見出そうとする作業は、底がない深淵である。

「私」に長い手紙を送った先生は、過去について書くこと、読者のために自身を作り出すことが、迫り来る死の比喩であることを自覚していた。告白と死の関係性は、告白自体がセパレーションの究極的な実践であることをほのめかしている。さらに、作品のレトリックな意図は、実際の読者を告白に引き込み、テクストの真実を理解することに伴う重荷を背負わせることにある。先生の孤独の秘密を明かされる読者は、彼の孤独を共有しなくてはならない。

自らの疎外と孤独だけではなく、人生における道徳的絶対が存在しないことを悟ったことによって生じた闇を先生は覗き込んでしまった。若い頃真摯にKと向き合うことに失敗した先生は、倫理的理想の破滅を味わい、既存文化と価値観の崩壊を目にした漱石の憂いと重なる。その喪失感は、十九世紀末のイギリスの芸術家らの作品にも現れた。もはや道徳的絶対が存在しない世界において、個人は人生の意味とアイデンティティーを自ら見出さねばならない。理想に抗して個人主義にともなう孤独の必然性は、先生がやむを得ずたどり着いた暗い真理である。先生が自らの罪を告白し、死ぬことをようやく決意したころには、際限なき反復を脱するために、死ぬしかないと彼は悟る。死ぬことでしか得られない絶対的なセパレーションが彼の心の要求であった。

明治天皇の崩御まで死の決断はなされず、決心したのは「時勢の推移から来る人間と相違だ」と手紙は結ばれる。しかしながらこのことを単に個人と時代を寓意的に重ねて読むことには十分注意しなければならない。上述のように先生は時代から逸脱した男である。時が経つにつれて彼が時代に取り残されつつあることを妻に伝えると、彼女はその問題の解決にあたって冗談交じりに殉死することを提案する。殉死するならば、天皇に対してではなく、「明治の精神に殉死する積だ」と彼は応えるものの、彼女の意見は強い印象をもたらす。御大葬の夜に撃ち鳴らされる号砲の音は、明治という時代が二度と戻らないことを告げているように彼には聞こえる。

その後間もなく彼は乃木将軍の死を知る。先生は崋山に対してと同様に、乃木と自身に共通点を見出し、乃木にとって自殺にともなう痛みと、無限の後悔を断ち、罪を償いきるまで長いあいだ生きていたことのどちらが苦しかったか考える。共通点があるにも関わらず、乃木の死が旧来の封建的価値観の踏襲であり、先生の死の動機と異なる。

明治日本と個人が直面する苦悩が孕む再帰性は、先生の告白と死によって芸術として完全に具現化される。理想と現実の摩擦、現代自我を強調することによって生じる孤独と疎外、絶対的な価値観の喪失と相対的な世界観の台頭、これら三つの要因から生まれた混沌は、漱石の作品においてたびたび取りあげられる。現代自我を内省することは深淵へと向かうことであり、それによって個人的倫理観の成立が一時的に可能かもしれないが、恒久的なものや解決案ではないことに漱石は気づいた。

注

（1）江藤淳『夏目漱石論集』における「漱石と英国世紀末芸術」（第一巻、二〇三〜二一一頁）、「漱石とラファエル前派」（第一巻、二〇〇〜二〇二頁）、「漱石とアーサー王伝説について」（第一巻、三二二〜三二五頁）を参照。

乃木将軍の殉死と先生の死をめぐって

――「明治の精神」に殉ずるということ

会田弘継

あいだ・ひろつぐ――青山学院大学地球社会共生学部教授（前共同通信論説委員長）、ジャーナリズム・思想史。主な著書に、『追跡・アメリカの思想家たち』（新潮社、二〇〇八年）『戦争を始めるのは誰か』（講談社現代新書、一九九四年）、訳書にフランシス・フクヤマ『政治の起源』（講談社、二〇一三年）などがある。

『こゝろ』は、乃木大将の殉死に触発されて「先生」が自殺し、終わる。「明治の精神」に殉ずると言って「先生」は自ら命を絶った。この終わり方は読者には異様に映る。少なくとも、若い頃の私にはそうであった。

漱石の他の小説にも違和感を覚えるようなところはあるかもしれないが、大団円での異様さだけに、際立つ。それだからこそ、漱石という作家の本質に関わると考えてもいいのではないだろうか。漱石がその思想を、力を込めてぶつけてきている。そう思える。

まず、『こゝろ』を読む者がそこを異様だと感じるわけを考えてみたい。

大概の人がこの小説にはじめて触れるのは、高校生時代か大学に入ってまもなくあたりだろう。高校の課題図書にとして義務的に読むか、その時は放っておいて、あとから慌てて読んでみるといったところである。そうした若い読者に、漱石は日本を代表する近代作家だという観念が所与としてある。『こゝろ』は近代的小説である、と思って読み進んでいく。

ところが、最後の、もっとも衝撃の強い「先生」の自殺という場面で、先生が語る死への動機が、乃木大将の殉死と「明治の精神」なのだから、読者は「これはいったい、なんだ」と混乱する。漱石は唐突に前近代的価値を賞揚するのか、と近代小説を読んでいたつもりの読者はとまどう。

自分がそうであったから弁明するわけでないが、致し方ないことである。江藤淳のような才能でもない限り、十代二十代で漱石の近代性が持つねじれのようなものを解きほぐして理解することは、まず無理だ（漱石門人の小宮豊隆は評伝『夏目漱石』＝昭和十三年＝で「明治天皇崩御」の章を立てながら、先生の感慨は漱石自身の感慨そのものであると言うだけで、それ以上の掘り下げを避けている。それが、この重い一節が戦後の読者を戸惑わせ続けてきたことに影響していなかったか、研究者に聞いてみたい）。

だが、やがて読者は数多くの漱石作品を通じて、漱石の思想のかたちをつかみはじめる。すると徐々に、『こゝろ』の終わりに忽然と現れた「明治の精神」の輪郭が見え始めてくる。そんな経緯をたどるのではないだろうか。

たとえば朝日新聞での『こゝろ』連載が終わって三ヶ月半後に漱石が学習院で行った講演「私の個人主義」。若い読者には高校教科書に掲載されたり課題読み物とされたりして、よく知られる。そこで漱石は近代的価値としての個人主義の意義を説きながら。結論部分で、個人主義では「人間がばらばらにならなければ」ならず、そこには「人に知られない淋しさ」が潜む、と強調している（「淋しい個人」は『こゝろ』の通奏低音でもある）。それを読むと、漱石は果たして個人主義を良きものと思っていたのか、と読者はいぶかしむ。

あるいは、この講演の導入部で、自らの教師生活を振り返りながら、松山中学勤務時代と小説『坊ちゃん』に話が及び、あの中の文学士の教頭「赤シャツ」は誰のことかとよく聞かれるが、「当時その中学に文学士と云ったら私一人なのですから」と語っているのを読むと、愉快な中編が、にわかに逆接的に見えてきたりする。漱石の略歴を知る読者は、知らず、坊ちゃんに漱石を重ねてしまうが、漱石からまるで逆のことを言われるからだ。しかし、漱石は坊ちゃんでもあり、赤シャツでもある。さらに九州へと去るうらなり君でもあろう（漱石は松山から熊本五高に移った）。

こうした、「私の個人主義」や『坊ちゃん』に現れる逆接やねじれこそが、「明治の精神」に関わることなのだ。そう考えたい。

『こゝろ』に戻って、では、小宮以降、日本の文芸批評はこの先生の自殺をどう読んできたか、少し考えてみたい。

吉本隆明は『夏目漱石を読む』（二〇〇二年）で、乃木大将の自決は不自然な先生の自殺に説得力を持たせるために使われただけではないかという見方をしている。乃木が西南戦争以来半生抱き続けた罪の意識は「公的な責任意識」、先生の抱え続けた罪の意識は「まったく私的」と分別している。しかし、性格の異なる二つの罪の意識を並置した漱石の意図には分け入ろうとしない。「明治の精神」という言葉にも特段の注意を払っていない。

『こゝろ』という小説は「先生という人物の罪の意識だけがまっ暗闇のなかでちょっと光っている」が「それ以外の具象性は、あまり造形的に成功しているとはおもえない」というのが吉本の結論だ。

同様に、大岡信は『こゝろ』の作品としての最大の欠陥は、テーマである「罪」が、「何ら実感をもって人を打たない点にある」と批判する。明治帝の死と乃木殉死についての漱石自身の哀悼を先生の言葉としてそのまま反映させ、先生の自殺を肯定しているだけだと、小宮の評価をネガティブなかたちで引き継ぐ（『拝啓漱石先生』一九九九年）。

これらが『こゝろ』に対する否定的評価の標準類型だろう。批判の焦点は先生の自殺と明治帝の死、乃木殉死を漱石がつなげている点だ。しかし、畢竟、三つの死が重なるこの最後の部分こそが『こゝろ』という小説の「扇の要」と考えざるを得ない。そこをどう読むかで、漱石の思想を受け止めることができるかどうかが決まるのだと思う。

この扇の要に埋め込まれた逆説や相克というものをしっかり腑分けして見せているのは、やはり漱石のすぐれた読み手である江藤淳だ。

先生の自決の動機は二つあると江藤は言う。エゴイズムの苦痛からの逃避と「明治の精神への殉死」である。前者は「私的」な動機であり、後者は「公的」な動機である。この二つは相反している（だから、私に言わせれば「異様」ということになる）。明治の知識人は「自殺を決行するに当たってさえ、孤絶からの逃避という単なる個人的な動機を越えた（公的な）動機を必要とした」（「明治の一知識人」一九六四年、丸括弧内引用者）。そうすることによって「自我の暴走に対する自己処罰の意味を持ち得るのである」。

江藤は続けて、言う。

> ……漱石は、彼が伝統的倫理の側に立つものであることを明示するために『こゝろ』を書きはじめた。もとより、彼は、この自己抑制の倫理が、現実には天皇崩御の前からとうに死滅していることを知っていた。そして、この混沌のなかから、無条件な自己肯定を醜い「悪」でなく、「善」とし、「進歩」とする新しい時代が生まれつつあることも知っていたのである。……　（同）

漱石自身は（小宮のいうように）「明治の精神」に対し先生同様に全人的に殉じたい気持ちを持ったわけでなく、「自分の一部」を小説の主人公のかたちで殉じさせた、と江藤は言う。

ここに、『こゝろ』が明治精神の二重性をテーマとし（「罪」そのものがテーマなのではない）、明治知識人の精神内部におけるその二重性による葛藤を描いているという視点が明確に打ち出される。二重性の相克は自我の暴走とその抑制（あるいは処罰）という具体的事象として小説の中に現れる。

この一点に集中して、「明治の精神」についてすぐれた分析をしているのが、米子文学同人である森谷篁一郎の『「こころ」その仕掛けを読む』（二〇一三年）である。

森谷によれば、江藤が伝統倫理と呼ぶものは、より具体的には儒教的倫理である。

先生の心のなかには、「恋愛を「人間らしい」ことと評価する（近代的）意識と恋を軽んじ軽侮する（儒教倫理的）気分との相克」（丸括弧内引用者）が起きている。その「意識のねじれ、意識の相克のなかで」、先生はお嬢さんをめぐっての親友Kとの対話の中で、「黙止」に陥ってしまう。「黙止」とはKの恋の告白を聞いても、自らの気持ちは隠して立ちすくんでしまう先生の心理を指す。森谷独特の用語だ。森谷は、こうした意識のねじれの背景として、明治期に始まった欧化主義的教育が一八八〇（明治十三）年に一挙に転換して、道徳教育に復古主義の流れが生まれたことを指摘している。その流れの中で教育勅語も生まれる（一八九〇年）。漱石の世代の知識人は、そうした近代化と復古の二面性を持つ教育をくぐってきた。

「明治の精神への殉死」は、「明治の儒教道徳の時勢遅れを感じながらも、その中心である利己心批判の精神の価値を未来に向けて顕彰することだったのである。要するに、この仕掛けの意義は先生の意識相克を明らかにすることだったのである」（傍点引用者）と森谷は結論づける。さらに「利己心批判の倫理意識と、競合のなかでの自利追求を是認する意識との自己内相克をあきらかにするものであった」とも言い換える。

森谷は明らかに江藤の解釈を基礎に、それを掘り下げて、なぜ先生が自らの自殺を「明治の精神への殉死」としたかったのか、先生の意識のなかに分け入るようにして解き明かし、そこから漱石のテーマ（「明治精神」内部の相克）を浮かび上がらせる。

ところで、『こゝろ』には、乃木大将の殉死の後を追おうとする人物がもうひとり登場する。三部構成のこの本の中で、一番短く、軽くみられがちな第二部（中）「両親と私」で登場する「私」の父親だ。語り手で学生である「私」の故郷の病気の父親は、明治帝崩御の報に接して「己《おれ》も…」と言い、乃木殉死に対しては病床のうわごとで「乃木大将に済まない。実に面目次第がない。いえ私も後から」とつぶやく。

第二部（中）の重要性を指摘するのは、英語圏における屈指の漱石研究者で、『こゝろ』を最初に英訳した（一九五七年）エドウィン・マクレラン（一九二五～二〇〇九年、イェール大教授）だ。マクレランのシカゴ大での博士論文「日本の小説家漱石・序説」（一九五七年、An Introduction to Soseki, a Japanese Novelist）は、主要作品を紹介していくなかで、『こゝろ』に詳細に触れる。第二部（中）のテーマは、近代人となっている「私」（語り手）が故郷の父母に対し感じる違和感だと見る。漱石は第三部（下）「先生と遺書」に匹敵する周到さを持ち、感情を込めて、第二部を書いている印象を受けるとマクレランは言う。

ここに描かれるのは、「謙虚に、考え

もなく伝統的価値観を受け入れている人々が、それに疑問を呈する先生のような人々に比べ、いかに幸福に生きているか」である、とマクレランは言う。ついに親友をも欺くことになった近代的恋愛で結ばれながら、心に葛藤を抱えて晩年まで互いを理解しあえない先生と「お嬢さん」（静）の夫婦に比べ、おそらく地方の素封家の因習に従って結ばれた「私」（語り手）の父母の晩年の姿は、はるかに穏やかなものとして描かれる。そこには漱石の「素朴で自然な共感さえあり、感動的だ」とマクレランは言う。

まさにこの対比、というよりも並置された生き方こそが、明治という時代の「自己内相克」に他ならない。漱石は「私」（語り手）の両親の生き方に「時勢遅れ」を感じながらも、未来に向け顕彰しているのである。しかし、時代はまったく別の方向に向かっていることも漱石――そしてその一部である「先生」――は、十分に知っていた。

ISBN978-4-585-20024-6 C1091

第二章　『こころ』というテクストの行間

語り続ける漱石——二十一世紀の世界における『こころ』

栗田香子

くりた・きょうこ——ポモナ大学・アジア言語文学部教授。主な著作に"Japanese Literature Between 1900 to 1950"（共著）（*The Cambridge History of Japanese Literature*, 2015）、"Kōda Rohan's Debut (1889) and the Temporal Topology of Meiji Japan" (*Harvard Journal of Asiatic Studies*, 2007)、英訳にTanizaki Jun'ichirō's "The Golden Death" (*Three-Dimensional Reading*, 2013) などがある。

現在『こころ』は世界中で、主に英訳を通して知られている。日本、明治についてほとんど知識がない読者も多い。そういう読者に読み取ってもらうべき要点は、これが未来から現在・過去を振り返る視点を織り込むことによって、語りの始まりが終わりを暗示し、終わりが始まりへと誘導する、メビウスの輪のように持続する語りを生み出しているということである。

新しい読者層

漱石が『こころ』を書いた時に、それがその後一世紀にもわたって読まれることを予想していただろうか。また、いつか日本語以外の言語に訳されて、世界の読者に読まれることを考えたことがあっただろうか。漱石は『こころ』が当時の読者から、少なくとも当時の文壇や出版界の人間たちからどのような反応を受けるかをある程度予想できただろうが、一世紀後の読者、また海外の読者がどのような反応を示すか、予想はつかなかったのではないか。

今や『こころ』は日本近代の代表的小説として世界中で読まれている。中国語、韓国語、ベトナム語など、アジアの言語に訳されて、アジア内では比較的よく知られているようだし、ドイツ語、フランス語をはじめとするヨーロッパ、スカンジナヴィアの言語、ロシア語、さらにラトヴィア語にも訳されている。しかし世界の読者の中で一番多いのは、エドウィン・マクレラン氏による英訳の***Kokoro***を読んだ人であろう。戦後、まだ日本文学作品の英訳が数少なかった一九五七年に出版され、[1]すでに半世紀以上も英語圏だけでなく、世界各国で読まれてきた。

現在アメリカ国内で言えば、大学生、また大学を卒業した人たちの間で『こころ』を授業で読んだことがある人はかなりの数いる。日本史、日本文学の授業をとる学生は、割合としては多いとは言えないものの、日本関係の授業がない大学はほとんどなく、日本史、日本文学の授業の必読書の中にこの作品は往々にして含まれている。つまり、『こころ』を全部読んだ人間は、もしかしたら二十一世紀においては日本語で読む日本人よりも、英訳で、またはそれ以外の言語の翻訳で読んだ日本以外の国の読者の方が多いという可能性が十分考えられるのである。(日本文学作品はそれしか読んでいないという場合が日本以外では多かったとしても。)それは漱石没後百年を期して『こころ』を考える場合に大きな意味合いを持ってくる。なぜなら、この作品理解、受容の歴史に、無視できない変化が起こってくるからである。

IT革命が起きて以来、さらに今世紀に入っていよいよ世界における英語の重要性が増し、その結果、どの国の文学であろうと英語で書かれているか、または英訳が存在するかが、その寿命と読者層とを大きく左右するようになった。英訳その他の訳を通して他国の文学に触れようとする読者が多い現在、文学の受容のあり方は以前とは同じではない。日本を訪れたことさえない学生たちにとってはもちろんのこと、最近の日本の高校生、大学生にとっても、作品中に登場する鎌倉の海岸の夏の雰囲気や、当時の東京の民家の造りなどの作品の背景は、実感を伴うものではない。同時代人だからといって深い理解が可能なわけではまったくないけれども、その時代背景に馴染みのある人間には、その作品の世界が身近に感じられ、作品の世界に入りやすいのは当然である。しかし英訳で読む読者はこのような知識を持っていない。

このような読者たちには、なぜ「先生」が「お嬢さん」また「K」に自分の気持ちをすぐに伝えないのかはまったくの謎であるらしい。ソーシャルメディアが若者の生活を支配し、何かをしたらすぐに写真入りで家族や友人に報告することが若者の間で習慣化しているし、言葉ではっきり気持ちを伝えにくい場合は無数の絵文字が利用できるのだから、無理ないかもしれない。鎌倉の海岸で「先生」に気を引かれたのは、この頃は珍しかった白人が一緒にいたからだが、その後も「私」が男性の「先生」に関心を持ち続けるのは「私」が女性だからだ、と誤解する人さえ学生の中にはいる。読み進むうちに「私」は男性であることが判明するけれども、名前が出てこないし、巻頭でははっきり性別がわかるように書かれているわけではないので、考えてみれば不可能な誤解ではない。男女平等を確信する世代にとって、「奥さん」や「お嬢さん」の言動が女だからという理由で片付けられるのは許しがたい差別であり、「先生」を非常に胡散臭い人間だと感じる読者も多い。日本では有名で、傑作となっているから読むけれど、何だか暗いし、こんな煮え切らない男性の苦悩を描く漱石がなぜ偉大なのか、と聞かれたら、実際、ほとんどの日本人の若者は反論する術を持たない。中学・高校の教科書に出ていた一部分しか読んでいない人がほとんどというのが現実である。

自分の住む世界と何らかの接点があって、作品の世界に入りやすいことが重要だと考える読者にとっては、残念なことに、日本における漱石の名声はほとんど意味をなさない。今までになされた数多くの漱石研究は、漱石に対する敬愛の念に基づき、作品をなめるように精読し、生い立ちから西洋の影響に至るまで調べ上げ、漱石の作品の細部に至るまで詳細にわたって分析し、様々な論を立てている。これを微視的方法と呼ぶならば、現代の新しい読者層は逆に巨視的方法で作品を理解しようとする。なぜならば、日本語が相当できなければこれらの論文、研究書は読めないので、微視的研究にはそもそも関心を持たない。むしろ彼らは、作家漱石にしても、漱石作品にしても、絵画鑑賞に譬えてみれば、絵画の大まかな輪郭しか判定できないくらいの遠くの場所からその全貌を眺め、自分なりにその意義を見つけようとするかのようである。このような巨視的方法を用いると、記憶が時間の経過とともに侵食し、変形していくように、作品の様々な要素が過去に得た知識や経験と反応し、ふるいにかけられ、位相幾何学《トポロジー》で物の形を定義するときの様に、その最も大まかな骨格のみが読者に印象として残る。近代日本文学研究者が、最後に読者の脳裏に残るべき印象を形作ることができるなら、『こころ』の意義、世界の文学史における漱石の重要性をどのように説いたらよいのか。

ここでは、『こころ』を新たな観点から考えることを旨とし、そのために一世紀にわたって熱心に行われてきた漱石研究を敢えてできるだけ脇に置き、近代日本とその文学について知識を持たない人間の視点を考慮しながら『こころ』の意義を考えてみたいと思うのである。作家の経歴を調べ上げ、作品に影響を与えた可能性のある時代背景や思想を考察し、作品世界に浸りこんで作品を理解しようと努力をしなくとも、巨視的概観からも漱石作品の持つ底力が自ずから浮かび上がってくると考えるからである。面白い、と思えば、漱石に興味を持ち、他の作品も、さらに研究書も読みたいという欲求が出てくるだろう。

では、漱石についても近代日本についても、詳しい知識を持っていない読者が、とくに日本近代文学を研究するという目的を持っているわけでもなく、一般教養として、あるいは単に読書を楽しむ目的で『こころ』を読む場合、どんなことをこの作品の最も重要な点として把握できるのか。日本近代文学において最も重要な作品の一つとしてあまりに多くの研究者によって論じられてきたために、この作品の解釈にはかなりの幅がある。そこで、一歩離れて、いや地球の反対側から巨視的に眺めてみようというのである。また、その方がはっきり見えてくることもあることを期待する。日本文学研究者の一人として、アメリカ人の大学生たちと共に近代日本文学を考えてきた経験をもとに、様々な文化的背景を持つ現在の読者たちに『こころ』からどのようなことを学び取ってもらいたいと日頃考えているかを、以下述べて行きたい。

無名の語り手、登場人物

本題に入る前に、もう一つ考えておかなければならないことがある。それはこの作品の、一種お伽噺のような寓話性、抽象性についてである。『こころ』には登場人物の名前がほとんど登場しない。「お嬢さん」が静という名前であることは二箇所に登場するのでわかるけれども、[2] それ以外には登場しない。日本人の姓にはか行の音で始まる名前は数多くあるから、先生の友人がKというイニシャルのみで登場するのは、あるタイプとして登場するも同様である。このような呼び方は、明治政治小説の嚆矢とされる『情海波瀾』の主人公が芸者の魁《さきがけ》屋《や》阿権《おけん》、彼女を我が物としようとして争うのが二人の客、和国屋民次と国府正文というのとあまり変わらない。[3] 人称代名詞のほかには、人間関係を示す「奥さん」「お嬢さん」「父」などしか使われておらず、不特定多数の人間についての物語であるように書かれていることは、繰り返し指摘されてきた。実はこのこと自体、『こころ』を特定の時空からはずして、巨視的に考えるのに絶好の条件だと思われる。というのは、明治政治小説が様々な形で日本人の幕末から明治への日本の辿った歴史をそれぞれの立場から語ろうとしていたように、『こころ』も明治の歴史語りの一つだからである。[4] そしてそれは政治的観点から離れ、批評眼を備えた新しい日本の知識階級の精神史を語り、明治の終わりに到達した位置を明らかにしようとしている。

このことは英訳を読む場合にわかりにくいかもしれない。マクレラン訳では題名の「こころ」をはじめ、「先生」「奥さん」「お嬢さん」などがそのままローマ字でつづられており、“Okusan” などという英語圏の人間には耳慣れない言葉は、

『こころ』を翻訳していた頃のマクレラン氏　シカゴ、ハイドパークの自宅の書斎で。机の上の写真はマクレラン夫人がセント・アンドリュース大学を卒業した時のもの。自宅でも大学の研究室でも夫人の写真を机上に飾っていた。

あたかもそれが名前であるかのように感じられる。“Sensei”をはじめ、英語にはない言葉、英語にしにくい言葉を日本語のままにしておくのは英断だったと考えたこともあったが、師マクレラン氏の元を離れ、学部生相手に英訳を用いて教え始めた後は、これらの言葉も、できるだけ英訳すべきだったかもしれないと考えるようになった。なぜなら、マクレラン訳が出てから半世紀以上も経った今は“Sensei”は広く知られているものの、それはアメリカの娯楽映画の中に登場する東洋武術の達人のイメージが伴い、それをこの「先生」に重ねてしまっては百害あって一利なしだからである。また“Okusan”などという言葉遣いは目立ちすぎ、特殊性を強調する結果となる。登場人物の匿名性は、これが読者自身でもあり得ることを示唆する助けになるはずなのだが、これではその役を果たさない。これらの呼称も何らかの英語に置き換えてあったら、『こころ』が実は特定の人間の話ではなく、近代人一般の持つ課題を扱っているということが、もっと明らかに伝わったのではないかと思うのである。

もう四半世紀以上前のことになってしまったが、『こころ』は他の漱石作品とかなり性格を異にし、語りから聞こえてくる声も異なるし、作の性格も異なる、とマクレラン氏が授業で言っていたのを思い出す。まるでお伽噺のような、寓話性を持つ作品だとも。記憶にあるのはそこまでで、それが何を意味するかについての議論があったかどうかはまったく覚えていない。が、わざと名前をつけないことによって、ある特殊な人間に起こった数奇な運命を語るのでなく、当時の知識階級に共通な、ある認識に至るまでの過程を描写しようとしていたと考えられる。(5) それならば余計、巨視的観点からの洞察も役立ちそうである。

『こころ』の暗さを若い読者は歓迎しないし、研究者の間にも、漱石の厭世的態度を指摘する批評は少なくない。(6) しかし、一般的に先に生まれた人間であることを意味する「先生」という呼称を用いるだけでなく、「私」から「あなた」に対する二人称の語りを用いることによって、万人に語りかけようとする姿勢をとっていることからは、生きることに対する強い執着と、次世代への切なる希望が読み取れる。(7) "Sensei" からは伝わりにくいそのことを、今の若い世界の読者に強調することが、日本近代文学のガイド役を務める者の大切な義務なのではないだろうか。

意識の変革と断絶

柳田國男の『木綿以前の事』は、木綿の普及を日本史を二分する一つの歴史的事件とし、近世に木綿が日本の庶民の体を包むようになって起きた習慣や意識の変化を描く。(8) 木綿が日常生活に使われるようになると、庶民の日常生活に大きな変化を来たし、それ以前の衣服に対する感覚、意識が失われた。ある意味での意識革命が起こることの一例である。日本近代史上最大の区切りとも言える明治維新後には当然多くの面で意識革命が起き、それは徐々に世代間の断絶を生み出した。そのような混乱に満ちた時代の最後にさらに混乱をもたらしたのが、明治天皇崩御に続く乃木夫妻の殉死だった。それは維新以来の近代化に対して、大きな疑問を露呈することとなった。殉死という前近代の行為が、近代を代表するはずの明治天皇に捧げられたという事実は、維新後（近代）、維新前（前近代）という区分自体を無意味にする。さらに、乃木将軍が大切に持ち続けていたものを、すでに多くの日本人がその言葉さえ忘れかけていたということは、いかに人々の認識の仕方が四十数年の間に変化し、世代間に断絶が生まれていたか、さらに、新旧入り混じる多様な認識の仕方をする人々が同時に存在していたかを意味する。『こころ』について論じるにあたってこんなことに触れたのは、意識革命によって起きた様々な歴史的、社会的断絶が、この作品の最も重要な課題だと考えるからである。

『こころ』の中には、親と子の世代間の断絶が描かれている。先ず、「先生」は若くして両親を亡くしている。これが明治における典型的な世代間の断絶の第一の特色である。江戸時代に生まれた、とくに旧武士で佐幕派だった家の父親の権威は失墜しており、父親不在、あるいは両親不在の物語は明治期に多い。第二に、近い親戚に悪人と見られる人間がいることである。叔父は自分の娘と「先生」を結婚させることによって「先生」の財産を使うことを正当化しようとした。この企みが成功しなかったために家の円滑な世代交代は実現せず、身内の世代間の断絶が起きる。「先生」のみでなく、友人のKの家の場合も世代間の断絶は深刻である。経済的理由から実の両親のもとを離れ養子となり、養父母に大学に行かせてもらっていたが、養父母に偽って自分のしたい学問をしたことによって、養父母のみでなく実の両親からも離縁されてしまう。さらに、この二人より、一世代まで離れていないかもしれないが大分年下の「私」は、大学を卒業して実家に帰るが、瀕死の状態にある実父の臨終をみとらずに、血縁も法的関係もない、そしてすでにこの世にないかもしれない「先生」の元へかけつけようとしている。親子の断絶が認められないのは、お互いに自由に開閉できる襖一枚の隔たりしかない「奥さん」と「お嬢さん」の間だけである。と言っても「お嬢さん」は軍人であった父親を戦争で早く亡くしており、また母親もさほど長生きせずに世を去ってしまう。

明治政治小説だったら、親子間の断絶に加え、同世代の断絶も描かれなければならないところである。とくに、自由民権の思想を理解しない、姦計を弄して主人公を陥れ、佳人を奪おうとする同世代の悪人が必要である。これより八年前に書かれた『坊ちゃん』には、新しい社会に台頭して来ている中間層と、佐幕派との、二つの異なる価値観を持つ教員たちの対立が描かれている。[9] しかし『こころ』には、同世代の悪人も登場しなければ、政治的対立も描かれていない。『こころ』に登場する同世代の人間は「先生」、「K」と、先生の妻となる「お嬢さん」、つまり静の三人だけで、この三人の間にある葛藤には精神的、心理的葛藤はあるものの、もう政治は関係しない。しかしながら、この三人の間には、もっと深い断絶が存在する。

断絶と明治の精神

『こころ』の中でキーワードとなっている「先生」のいう「明治の精神」とは何かということは、多くの研究者によって論じられてきたし、学生の議論にも必ず挙げられるトピックであるが、巨視的に考えると、「先生」の意味する明治の精神こそ、断絶と深く関わっていることがわかる。以下、それを説明したい。

「もし自分が殉死するならば、明治の精神に殉死する積だ」[10]と妻に向かって答えたと「先生」は遺書に語っている。マクレラン訳では "I will commit *junshi* if you like; but in my case, it will be through loyalty to the spirit of the Meiji era."[11]となっており、少々受ける印象が異なる。「先生」は「明治の精神が天皇に始まつて天皇に終わつたやうな気がしました」[12]と言っているので、「明治の精神」とは明治天皇個人が象徴する精神を意味し、明治国家、新政府の代表する精神を指すのではないことがわかる。英語では "loyalty" という言葉と "era" という言葉が付け足されているので、例えば武士道精神といったような、体系を持つ精神であるように感じられるかもしれないけれども、「先生」の言う「明治」とは、明治政権の統治を指すのではなかっただろう。明治政府は四民平等を達成し、近代民主主義国家に不可欠な政治社会の基盤を築いて行ったとともに、無意味に過去を現在から切り離し、カオス状態に陥った現在から眼をそらし、画餅のような近代像を見つめて、やみくもに進んで行った面もある。「先生」にとっての明治とは、政治に関与した人々から一般市民まで、様々な境遇にある人たちが、混沌とした状況で試行錯誤しながら生きた四十四年余りの期間という、個人的なレベルでの明治だったのではないか。それでなくては、平岡敏夫が述べるように、新体制を作っていった赤シャツたちの仲間に反発する若い教師が主人公となる『坊ちゃん』は描かれなかったはずだし、『こころ』の「先生」が何もせずに、高等遊民の生活をしているはずはない。[13]

そして、「先生」は「明治の精神」という言葉によって、明治天皇が君臨していた間に、個人の自由と人権を勝ち取る努力の影で起きた様々な断絶、そしてそれに発する孤独を意味すると考える。「先生」は次のように読者である「私」が自分を理解できないかもしれないことを懸念している。

> 私に乃木さんの死んだ理由が能く解らないやうに、貴方にも私の自殺する訳が明らかに呑み込めないかもしれませんが、もし左右だとすると、それは時勢の推移から来る人間の相違だから仕方がありません。或は箇人の有つて生れた性格の相違と云つた方が確かもしれません。[14]

時勢の推移、性格の相違がある限り、いったい何のために殉死する価値があると考えるかは、一人一人異なる。では「先生」にとって、殉死せざるをえない「明治」とはどんなものだったのかと考えれば、Kも「先生」も「たつた一人で淋しくつて仕方がなくなった」[15]と遺書にあることは意義深い。両親の時代と断絶し、子供がないため、次の世代へと繋いでいくこともできない。叔父は正直な人間でなかったため、親族とも縁を切っている。尊敬していた友人Kにも、心を打ち明けることができなかった。若い男女間の親しい交流を蔑視していたのはKだけでなく、子供時代に儒教的教育を受けていたはずの「先生」も、「お嬢さん」が最も近しい存在であるはずの妻になった後も、自分の苦悩を分かち合えない。現代の若者には、そんな「先生」に発達心理上の障害があると考える人さえいるが、当時、このような男性は、旧武士階級の間にはとくに、さほど珍しい存在ではなかっただろう。周囲に断絶の溝があることを感じ、孤独感にさいなまれていた一知識人の苦悩が「明治の精神」の中心に存在する。

断絶を超えて

「先生」は静に対し深い愛情を抱いていたことを遺書に繰り返し語る。非常に有能でありながら経済的に恵まれない「K」に対しては敬愛の念を持っており、それゆえ敢えて同居させ、自分が自由に出入りできる四畳に囲って、「奥さん」「お嬢さん」と共に、血縁のない新たな偽家族を再構築しようとする。「K」に与えた経済的、精神的援助が、実は彼の使っている四畳の空間を〝植民地化〟し、精神的に窒息させ、ついには命を奪う結果となる。有島武郎は「愛の表現は惜みなく与えるだろう。然し愛の本体は惜みなく奪うものだ」[16]とし、愛の本能は他を自己に同化することだと主張したことを思い出させる。しかし「先生」の目論見は皮肉にも予想以上に効を奏することによって、「K」を「お嬢さん」から遠ざけなければならない羽目に陥り、同世代間の精神共同体構築は失敗に終わる。国の政治の破綻を見、さらに精神的破綻を来たし、幾重にも断絶を経験した明治人の苦悩を、漱石は後世の人間たちのために、「今自分で自分の心臓を破つて、其血をあなたの顔に浴せかけやう」[17]とまでして、記録し、伝えようとしたのではなかったか。そして彼の没後も、新たな読者がこの作品に遭遇するごとに、読者の「胸に新しい命が宿る事」を期待していたのであろう。

「先生」の手紙は、前近代から近代への移行期に、読み手の「私」より「先」に「生」まれた人間の、自分より後に生まれた人間に対するメッセージである。と同時にそれは、後続の世代の一人であり深い断絶の時代に生きながらも過去について知ろうとする努力を惜しまなかった「私」の、読者に対するメッセージでもある。時代から時代へ、世代から世代へ、親から子へ、また師から弟子へと知識や思想が受け継がれていくことが当然の前提であった時代が去って、走馬灯のように次々と新たな状況が現れては去る断絶の時代となった。そして個人主義が重視されるとともに過去のような人間関係が弱まり、孤独が深まる時代へと移行して行った。そんな中で漱石は、明治とともに生きた人間の歩んだ道程を、後続の世代一人一人に辿らせることによって過去と現在の間に橋を架け、未来へと希望をつなごうとしているのである。

逆さ書き

世の中には、一度会った人、一度見たもの、一度読んだものでもいつまでも詳細を記憶しているすばらしい記憶力を持つ人たちが存在するが、普通は記憶は徐々に風化して行って、一番強い要素のみがぼんやりと残る。何度も熟読した作品でも、よりはっきり覚えている箇所と、漠然としか覚えていない箇所とに分かれる。だから、巨視的な読みは、実は万人に共通な読み方であるのだが、読んだ後、何年も、何十年も是非覚えていてほしい『こころ』の輪郭とは何か。それは巧妙な語りと構成による時間表現である。先ず「逆さ書き」に注目したい。

漱石が時間の概念に強い関心を持っていて、諸作品に時間に関する考察を織り込んでいること、『こころ』にも時間的構成に巧妙な工夫がなされていることはすでに数多くの研究者によって指摘されてきた。ケン・イトー氏の "Writing Time in Sōseki's *Kokoro*"[18]は、『こころ』の中の時間が単に一方向に流れるのでなく、常に未来へと読者を誘うような書き方がなされていることを、魅力的な議論で証明しているし、野網摩利子氏の『夏目漱石の時間の創出』は、良く知られているウィリアム・ジェイムズやアンリ・ベルクソンの影響だけでなく、浄土教、浄土真宗の影響を解析し、漱石作品の時間の重層性を縦横に論じている。[19]漱石作品の語りの時間について多くのことが言えるけれども、巨視的に見た場合、その中でも最も重要なことの一つは、『こころ』ほど終わりこそが始まりであることを強調する作品はないということである。

先ず、この作品が既視感の告白から始まっていることを思い出してみよう。『こころ』のごく始めに近い部分、「上 先生と私」の第二回に、「どうも何処かで見た事のある顔の様に思はれてならなかった。」とあり、それは第三回で再び「何処かで先生を見たように思ふけれども」と繰り返される。会ったばかりの「先生」に対し、「私」は彼を過去からの人間として、記憶から呼び起こそうとしている。フランス語の "déjà-vu" という言葉は英語でもよく使われ、日本語でも使われる表現だが、この "déjà-vu" の感覚は誰しも経験したことがあるだろう。この感覚こそが「私」を前に進ませようと、「先生」に近づこうとさせる。「私」が「先生」に性的魅力を感じたから近づくのだと理解する読者がいるかもしれないが、巨視的に考えればそれはどうでもよい。「私」の「先生」との出会いから読み取らなければならないのは、この作品が記憶と予感、過去と現在・未来とを同一化させる既視感から始まっているということである。

「先生」の人生は「私」にとって既視であるのみでなく、すでに終わってしまっているのである。読者が作品を読み始めてまだ数ページしかめくっていないのに、第四回で語り手は「先生」がすでに亡くなっていることを読者に明かす。「先生」の話はほぼ最初からその死で始まるのである。セーレン・キルケゴールの作品に『死に至る病』という作品があるが、[20]「私は倫理的に生まれた男です。又倫理的に育てられた男です。」と自己を表現する「先生」は、どこかその語り手に似ている。倫理的であるがために、自分も不完全な人間であるために、悪から完全に自由でいることは不可能である現実に苦しみ、ずっと「暗い人生の影」[21]を抱きつつ生きてきた。その死へ至るまでの経歴が「先生」の「遺書」の中で明らかにされていくのである。人生は確かに生まれた時からすでに死に向かって進んでいるわけだけれども、生きている過程、つまり人生を病と定義することによって、人生は一刻一刻先に進んでいくと同時に、死を基点とした逆向きの視点をも孕むことになる。

また「私」は、田舎で父が危篤状態にある時に「先生」からの分厚い手紙を受け取るのだが、ゆっくりそれを読む余裕のない彼は、「一番仕舞の頁迄順々に開けて見て、又それを元の通りに畳んで机の上に置かうとした。」その時に彼は結末近くの「此手紙があなたの手に落ちる頃には、私はもう此世には居ないでせう。とくに死んでいるでせう。」という部分を見つける。それで彼は「又逆に頁をはぐり返した。さうして一枚に一句位づつの割で倒《さかさ》に読んで行つた」[22]のである。「先生」からの手紙を終わりから逆に読むという行為が、漱石が『こころ』を通して伝えようとした最も重要なメッセージを象徴する鍵だったと考える。

人間は誰でもいつか死を迎えることを知っているけれども、子供の時にはそれを認識することができない。また成人してからも、普段の生活の中でそれを意識することはあまりないだろう。しかし、ある時、何らかのきっかけで、自分もいつか死を迎えることをはっきり意識するようになる。その時、過去から現在までの自分を顧みる視点に加え、人は未来の視点を得る。つまり、己の人生を終焉の時から逆向きに考え始める。未来に視点を置くことによって、時間の流れに逆らって、未来の視点から現在に至る自分を顧みることができるようになる。将来こうなりたい、あれをしたいと夢を描き、それを実現させようとして努力するのと同じように、将来必ず起こるであろう死という出来事をはっきり認識することによって、自分の望む人生を逆向きに構築、再構築し始める。そうすることによって、刻一刻進んでいく現在は、未来と過去と、前向きにも後ろ向きにもしっかりつながり、同時に存在する物事の間だけでなく、それ以前に存在した、またそれ以後に存在するであろう物事とも対話を持つようになる。そこに思考のダイナミズムが生まれる。

書くという行為、また読むという行為も当然、時間の流れの、未来を含む多くの時点を同時に視野に入れて、その間の様々に交錯する関係を考えることが必要である。「私」は「先生」からの便りを急いで終わりから逆さ読みした後、東京に向かう汽車の中で「先生」の遺書を始めからまた読んでいる。このように、時には流れに逆らい、時には流れに従って、行きつ戻りつしながら人は読んだり書いたりすることを、漱石は読者に伝えようとしている。

進行し続ける語り

過去に起きた「先生」との出会いを読者に紹介するという形で『こころ』は始まるが、それがいったいどのように終わっているかと考えると、実はこの話に終結はないことがわかる。作品は「下　先生と遺書」で終わっているけれども、実はそれは話の終わりではない。「上　先生と私」は、「私」が東京から帰省する汽車の車中にあり、「先生」夫婦のこと、人間を「果敢ないもの」に感じているところで終わっている。「中　両親と私」は、逆に帰省先から東京へ向かう汽車の車中にあり、「私」が「先生」からの分厚い手紙を読むところで終わっている。最後に登場する「先生」の遺書も、別れの辞は一言もなく、あたかも中断されたかのようである。森鷗外の『舞姫』が欧州からの帰国の途上、サイゴン停泊中の船においてつづった回顧として書かれているのは有名だが、太田豊太郎の船は語りの間は港に停泊している。『こころ』においては語り手は東京と帰省先の間を走っている汽車に乗っていて、移動中なのである。「下　先生と遺書」を読み終えた読者は自然、上京する車中でこれを読み終えたはずの「私」のことを思う。言ってみれば「私」はいつまでも移動中であり続ける。

「先生」は亡くなっているはずではあるが、この作品の中ではその死を「私」が確認することはないし、従って読者も確認することはできない。ゆえに、明治天皇や乃木将軍の死と同じように「先生」の死を考えることは出来ない。「私」はいつまでも車中で「先生」のもとへと移動し続け、「先生」はいつまでも死につつあるのである。(23) それは全力で走る人の姿を撮った写真を見るようである。写真は一瞬を捉えて静止した姿を映す。けれども、地を蹴った両足は宙に浮き、この一瞬後にはその足はどこへ動いていくかが想像できる。体のあらゆる筋肉が前へ進んでいく目的に参加している。そこには進行している心身の躍動感が感じられる。同じように、「先生と遺書」を読み終えた読者は、汽車のピストンが動く音を聞き、汽車が出す煙の匂いを嗅ぎつつ「先生」に思いを馳せる「私」を思わずにはいられない。

普通は遺書には、後見人に対し、自分の没後に財産、所有物をどのように処理してほしいかを記すものだが、「先生」の遺書には自分の亡き後に関する望みは、巻末の「妻には何にも知らせたくない」ので、「妻が生きている以上は……凡てを腹の中に仕舞つて置いて」ほしいということのみである。そしてこの最後の最後に登場する唯一の希望は、この話しの発端へと読者を誘う。つまり、「私」がすべてを語り始めたのは「先生」の「妻」がすでに生きてはいないからだ、という暗黙のメッセージに気づくのである。暗黙の「妻」の人生の終結が、「私」に記憶を辿らせ、回顧の語りの始まりを誘導するのである。

このように、『こころ』は語りの始まりが終わりを暗示し、終わりが始まりを誘導するようになっており、メビウスの輪のようにいつまでも終わらない。従来の物語のように編年体を用いていたら、時間的には一番早い時期にあった「先生」の生い立ちから始まり、「先生」の死で終わるはずで、それではその話は一回的な話として終わってしまい、永久に持続するような語りの効果は望めない。『こころ』の語りは、終わったと思うと再び始まりに戻るというように、いつまでも進行しつづけ、その効果は持続する。

日本語にはヨーロッパの言語にあるような未来形がなかったため、明治維新後の書き手たちは未来記というジャンルを通して徐々に未来語りを実現していったことは拙論に述べた。(24) 漱石はそれを踏まえて、死という未来の視点から現在・過去をも統合した観点から語っているだけでなく、未来の読者に向けて、永遠に語りが持続し続ける物語を書いたのである。だからこそこの作品は、一枚の躍動する体の動きを捉えた写真のように、完結していると同時に永遠に躍動し続ける。このような弁証法的アプローチを、口語を用いた小説に巧妙に織り込むことによってこの時代を描いたということが、巨視的観点から見た漱石の金字塔と言えるだろう。

おわりに

情報を伝達する多くの方法を一般人が簡単に利用できるようになった現在、自分が世界とつながっているという幻想は拡大し、孤独はますます深まって、実は断絶は漱石の時代よりもさらに深刻な課題となっている。だからこそ、『こころ』の価値は没後百年の今こそ、世界で認められるはずである。関東東北大震災の傷跡がまだ生々しいうちに二度目の東京オリンピックを開くのなら、世界各地からやってくる人々を立派な設備で驚かせるのでなく、自己批評の精神と後世への夢が、明治以来、戦争や大災害にもかかわらず生き続けていることを印象付けたいと願う。

末筆ながら、漱石研究者ではない私に今回『こころ』について考える機会を与えてくれたアンジェラ・ユー・竹井氏に感謝の意を表したい。彼女は私にとっては後輩だけれども、私を導き、励まし、先生の役割を果たしてくれる。日本文学を理解し、共感するには、今や年齢、性別、国籍、また母語が日本語かどうかなどとは関係がない。没後百年、このような社会になったことを漱石に伝えられたら、と思うのである。

注

（1）Natsume, Soseki. *Kokoro* (1914).Edwin McClellan (trans.). Washington, D.C.: Regnery Gateway, Inc., 1957.

（2）「先生は『おい静』と何時でも襖の方を振り向いた。」とある部分（『こころ』「上　先生と私」九）と、先生が「静、御前はおれより先へ死ぬだろうかね」と聞く部分（同上、三十四）。以下、『こころ』からの引用は上、中、下と章数のみを記し、頁数は省略する。

（3）戸田欽堂『情海波瀾』（一八八〇年）。

（4）亀井秀雄は、明治一〇年代の政治小説が歴史語りの方法の始まりであったことを、「時間の物語」で論じている。『文学』第八巻第二号、二～十一頁。

（5）過去の研究にも類似した発言があり、例えば森本隆子はそれを「先生の『遺書』」が、最終的には『あなた』一人に閉じ切らず、複数性へと開かれている」と表現している。『〈崇高〉と〈帝国〉の明治』「第九章　文学のなかの異性愛主義――その陥穽と攻略・漱石からばなな、江國まで」（ひつじ書房、二〇一三年、一六七頁）。

（6）北川扶生子は「漱石文学には生への呪詛という、暗黒の、しかも激しい感情が一貫して認められる」と述べている。『漱石の文法』（水声社、二〇一二年）、第二章「美文と恋愛」一〇三頁。

（7）姜尚中は漱石が「自分の血肉のようなものを若い人に分け与えたいという熱意」を持っていたと述べている。姜尚中『夏目漱石　こころ』（NHK出版、二〇一四年）、七〇頁。

（8）柳田は松尾芭蕉の句をいくつか『七部集』から引いた後、「木綿が我邦《わがくに》に行われ始めてから、もう大分の年月を経ているのだが、それでもまだ芭蕉翁の元禄の初めには、江戸の人までが木綿といえば、すぐにこのような優雅な境涯を、連想する習わしであったのである」と述べている。他にも俳諧の中から今は忘れ去られたけれた生活の知恵を探し出し、木綿以前の女性の生活の様子を浮かび上がらせようとしている。柳田國男『木綿以前の事』昭和十四年（岩波書店、一九七九年）。

（9）『坊ちゃん』が佐幕派小説であると指摘したのは平岡敏夫である。『佐幕派の文学史――福沢諭吉から夏目漱石まで』（おうふう、二〇一二年）、二九九～三〇一頁。『『こころ』を『坊ちゃん』から読む――「明治の精神」と「佐幕派の精神」」（群

馬県立女子大学『国文学研究』第三十五号、四四～五八頁)。
(10)『こころ』「下　先生と遺書」五十五。
(11) Natsume, Soseki. *Kokoro*, p. 245.
(12)『こころ』「下　先生と遺書」五十六。
(13) 平岡敏夫『「こころ」を『坊ちゃん』から読む――「明治の精神」と「佐幕派の精神」」(五十頁)。
(14)『こころ』「下　先生と遺書」五十六。
(15) 同上、五十四。
(16) 有島武郎「惜みなく愛は奪う」第十六(一九二〇年)。
(17)「下　先生と遺書」二。
(18) Ken K.Ito, "Writing Time in Sōseki's *Kokoro*," *Studies in Modern Japanese Literature*, ed. by Dennis Washburn and Alan Tansman (Ann Arbor, MI: University of Michigan, 1997), pp. 3-21.
(19) 野網摩利子『夏目漱石の時間の創出』(東京大学出版会、二〇一二年)。
(20) Søren Kierkegaard はデンマークの哲学者で、Anti-Climacus という筆名を用いて『死に至る病』を一八四九年に出版した。英訳は *The Sickness Unto Death*.
(21)『こころ』「下　先生と遺書」二。
(22)『こころ』「中　両親と私」十八。傍線は筆者。
(23) 森鷗外は「普請中」(初出『三田文学』一九一〇年六月)を書いて、改築中の精養軒ホテルで食事をする渡辺に「日本はまだ普請中だ」と言わせているが、語りの上で進行形を取り入れる工夫はなされていない。しかし漱石は『こころ』において現在進行形の語りを実現している。
(24) 栗田香子「未来記の時代」(『文学』第九巻第四号、一九九八年、二八～三八頁)。

第二章 『こころ』というテクストの行間

クィア・テクストとしての『こころ』——翻訳学を通して

スティーブン・ドッド（渡辺哲史 訳）

Stephen Dodd——ロンドン大学アジア・アフリカ研究学院（SOAS）言語・文化学部教授。主な著書に、*Writing Home: Representations of the Native Place in Modern Japanese Literature*（2004）、*The Youth of Things: Life and Death in the Age of KajiiMotojirō*（2014）などがある。

本論文は、翻訳学を通して、『こころ』をクィア・テクストとして解釈する。ウォルター・ベンヤミン、ポール・リクールによる異なる翻訳論に基づき、『こころ』に秘めた男性の同性愛について新たに論じる。『こころ』における同性愛の本質に関連した未解決の問答が、作品のアフターライフを生成している。

序論

記憶も定かでないほどずいぶん昔に、夏目漱石の『こころ』における先生と「私」の関係にあるエロチックな様相について論文を書いた。(1) 近頃、漱石やその他の明治末期・大正の作家の作品における同性愛という主題をさらに深く掘り下げてみるのもいいかもしれないと考えるようになった。しかし、ここ数年でいわゆる「クィア・スタディーズ」の観点から数多くの優れた日本近代文学研究が輩出されたので、どのような観点からこの分野に有益かつ新たな貢献ができるのか定かではなかった。(2)

その答えを探すうえで、ここ数年異なる領域の研究に携わったことに大いに助けられた。梶井基次郎について研究していた際に、彼のほとんどの短編小説を翻訳することになった。この作業にあたって、翻訳のプロセスへの関心も次第に高まっていった。プロセスといっても、もっとも「成功」した翻訳を生み出すもっとも適切な言葉を決めるにあたってなされる複雑で実践的な選択のことではない。そうではなく社会的、文化的、哲学的観点から翻訳は何を意味するのか、というもっと普遍的な問いに惹かれるようになったのである。『こころ』をクィア・テクストとして掘り下げるにあたって適切で、新たな観点を模索していたとき、二つのアプローチを組み合わせることに価値があるかもしれないとふと気がついた。そこで私は翻訳学を通して、『こころ』をクィア・テクストとして論じてみることにした。

以上がこの論文を書くに至った背景である。このような研究によって提起される問いは、二十一世紀の読者が『こころ』をクィア・テクストとして解釈することにはどのような意義があるのか。『こころ』のような先駆的かつ重要な小説の「意味」を時代や多様な文化を越えて翻訳することは可能なのか。テクストがそのような意味をもつと言えるならば、その意味の正確な所在はどこにあるのか。さらにいえば、同性愛について論じる際、小説が書かれた時代と一〇〇年以上経った現代において共通する参照点は実際に存在するのか。そして最後になったが、漱石作品を読むことは翻訳の本質そのものについてどのような新しい知見をわれわれにもたらすのか。これらすべては難しい問いであり、残念ながらこの短い論文においてすべてに取り組むことはできない。しかし、漱石作品における同性愛を検討するにあたって翻訳学が有効な手段となる理由について、いくつかの手がかりは示したいと思う。

翻訳学という学問的手法はここ数十年、西洋において隆盛し、おそらくは日本においてまだそれほど知られていない。したがって、『こころ』を検討するうえでの方法論を文脈化するために、まずは西洋の批評家が関心をもった理論的問題を提示したいと思う。

翻訳学——西洋における文脈

翻訳の意義を論じてきた西洋のテクストを概観するにあたって誰しもが古典時代まで遡ることになる。例えばローマの詩人キケロ(紀元前一〇六—四三)によるギリシャの弁論術のラテン語訳に関する考察などがある。しかし、数世紀にわたって多くの理論家が完璧な翻訳を生み出す実践的な言語法則を探求した一方で、翻訳行為それ自体にともなう哲学的・文化的プロセスに着目した理論家もいた。私の『こころ』の読解にあたって関わってくるのは後者のアプローチであり、このグループにおいて中心的な役割を担った二人の人物の思想に焦点をあてたい。

ウォルター・ベンヤミンと「翻訳者の課題」

ウォルター・ベンヤミンの一九二三年のエッセイ「翻訳者の課題」は二十世紀に翻訳に関して書かれたもっとも優れた

テクストであり、翻訳、言語、文化の本質に関する哲学的な議論を広く引き起こした。ベンヤミンの作品はドイツの文学的、哲学的伝統に根ざしたものである。言語こそ文化を活性化するうえで重要な手段であると考えたモダニストらの実験的な思想からも彼は強い影響を受けた。実際、ベンヤミンの著述には神秘的な要素が含まれているため、それを理解するのははなはだ容易ではない。その結果、読者はそれぞれに異なる解釈に至ることが多い。このような条件のもと、『こころ』の読むにあたって有益となる彼の知見に対して、私なりの解釈を提示することには一定の価値があると考える。

文学作品の翻訳はある言語から一方の言語へと情報を伝達すること以上のものに依拠しているとベンヤミンは明言する。実際彼は、翻訳されたテクストは単にオリジナルの副次的な模倣であるとは考えない。むしろ、一部の作品において本質的に翻訳の可能性が秘めており、翻訳が成功とみなされるのは、原作の「とらえることができないもの、神秘的なもの、『詩的なもの』」(3)をどれほど伝達したかにかかっている。さらにベンヤミンは翻訳が原作のアフター・ライフをもたらすと明言する。

このような点から、翻訳には原作を生き延ばし、後の世代に関わりを持たせる力があると彼は述べている。たしかに、翻訳は「諸言語の親縁性」(4)を本質的にあらわしている。しかしそれ以上に彼はアフター・ライフを、原作と翻訳されたテクストのあいだで起こる不可欠かつ双方向にわたる過程として想像しており、したがって翻訳は「他言語の言葉の追熟に留意するという役割、自国語の言葉を生み出す苦しみに留意するという役割が割り当てられている」(5)。

ベンヤミンの言語に対する理解には、彼の思考にある神秘的な側面が前景化される。異なる二つの言語、すなわち原作の言語と翻訳の言語は、完結した言語として捉えられるのではなく、かつて存在し今ではほとんど失われた単一言語の残余や反響と捉えるべきだと彼は明言する。この原始の言語に彼が与えた名称が「純粋言語」である。すべてを包括する言語という概念は、エデンの園崩壊以前の牧歌的で確固たる世界にまつわるユダヤ—キリスト教圏の文化的神話に由来すると言って差し支えないだろう。言語学的観点からみれば、バベルの塔の建設はローカル言語の複数性をもたらし、オリジナルの言語は相互に理解不能な言語へと破砕されるに至った。このような原初の統一された現実の断片化は、人間同士の孤立化、誤解、対立している状況へのメタファーとなる。

ポール・リクールと『翻訳について』

ベンヤミンについては『こころ』の詳しい読解に際してた

ち戻るとして、私が言及しておきたいもう一人の翻訳理論家は、フランスの哲学者で、神話学、精神分析、そしてとりわけ解釈学的現象学などの幅広い問題に取り組んだポール・リクールである。その取り組みは多岐にわたるが、本論においては『翻訳について』[6]と題された論文集で述べられている考えに言及することにとどめておく。

リクールにとって、翻訳は二つのカテゴリーに分類でき、言語的パラダイム（言葉が意味や言語間においてどのように関係するのか）と、存在論的パラダイム（一人の人間と他者の間で翻訳はどのように発生するのか）である。『こころ』の読解にもっとも関わりのある後者に対して主に言及する。

では、リクールは人間のあいだで行われる翻訳行為をどのように捉えたのか。「翻訳（translation）」は二つのラテン語に由来するtrans（越える）とlatus（「運ぶ」を意味するferreという動詞の過去分詞）であり、両者が組み合わさることで意味の移動や物理的な置き換えを意味する。なので、個人が自身の考え方や感情を他者の意識に伝達しようと試みる過程として、翻訳を捉えることができる。しかし、自己と他者の隔たりを埋める試みはいつだって不完全に終わるという事実から、翻訳行為は常に損なわれているとリクールは指摘する。オリジナルはたった一つしかない一方、翻訳には何通りもあるためである。結果的に個々の翻訳がオリジナルのあらゆるニュアンスを十全に伝達することは不可能であり、翻訳には常に不十分さがつきまとう。

このような袋小路状態を脱する興味深い方法をリクールは提案する。すなわち翻訳する過程において、不完全さから必然的に生じる不安や苦悩は、容認と寛容の精神によって乗り越えられると。我々の母語が完全に自己充足的なものであるという誤った認識こそ解消すべきだと彼は強調する。そのかわり、他者の異質な言語に手を差し伸べ、おもてなしの準備をするべきだと。リクールは自らの主張を「言語的おもてなし（ホスピタリティー）」と言い表している。このような表現は、受け入れる側（ホスト）と異国からきた客（ゲスト）の間の関係性のメタファーとなっており、「他者の言葉を受け入れる行為は、他者の世界を自らの居住まい、自らの拠り所に受け入れることと並行している」とする。[7]言い換えれば、個人的感情、すなわち、個々の「言語」、が相互の寛大さによって受け入れられた状態こそ、人間同士の翻訳における成功と見なすべきだとリクールは述べる。

このような異質な言語の認めと、あらゆる言語が大本の純粋言語の「こだま」[8]を内包するというベンヤミンの理想主義をリクールは対比させる。[9]さらに彼は、牧歌的な原初の言語を取り戻すというベンヤミンのノスタルジックな欲望に異議を唱える。リクールによれば、仮にこの純粋言語を取り戻せたとしても、異質性の他言語のみならず、母語への愛着まで失ってしまうことになる。喪失を不可欠な過程として進んで受け入れた翻訳行為においてしかその喜びは得られないとリクールは考える。つまり、良い翻訳とは、等式の両側、すなわちホストとゲストが、互いに不完全なパートナーであることを認め、精一杯理解しようと試みる謙虚さを内包していなくてはならない。(10)

二人の重要な理論家の中心的な思想を概観したので、漱石による男性の同性愛描写において、これらの思想がどのような見識をもたらすのかを考えてみたい。

海辺で出会う二つの身体

リクールは翻訳を、ホストが見知らぬ人間を家に進んで招く寛大な身振りと照らし合わせる。このことを念頭に置きながら『こころ』の冒頭において、先生と若い学生である「私」が初めて出会った鎌倉の海辺の場面を考えてみよう。しかしこの場合の「家」とは、人々が暮らす実際の住居のことではなく、男性自身がそれぞれ宿る個人的空間として、言い換えればそれぞれの物理的な身体として、理解されるべきである。

皮膚を通じた快楽の交換

「私」は暑中休暇を海辺で過ごしており、その環境は身体的に体験されている。例えば友人が予想外に国元へ早く帰ったあとに、彼は「砂の上に寝そべって見たり、膝頭を波に打たして其所いらを跳ね廻る」(11)単純かつ個人的な身体感覚を享受している。その上、初めて先生の姿を海辺で視界にとらえた「私」はその瞬間、身体的な快楽を感じていることに気がつく。そのとき青年は海から戻ったばかりで、濡れた身体をそよ風に吹かしていた。

この場面で描かれる身体は、二人の男性間におけるエロチックな交わりを示していると解釈できる。海辺で先生の注意を引き寄せるのに何度か失敗した「私」は、海へ泳ぎだす彼のあとを追って接触を試みる。先生が海で振り向いて彼に話しかけると、執拗な求愛がようやく実ったかのように青年はただちに歓喜に達する。以下の描写は「私」の心情がいかに身体、とりわけ皮膚感覚を通じて描かれているかを表している。照りつける日差しのもと、水の中で躍動する気分を彼は以下のようにあらわす。

> 先生はまたぱたりと手足の運動を已めて仰向けになったまま浪の上に寝た。私もその真似をした。青空の色がぎ

らぎらと眼を射るように痛烈な色を私の顔に投げ付けた。「愉快ですね」と私は大きな声を出した。しばらくして海の中で起き上がるように姿勢を改めた先生は、「もう帰りませんか」といって私を促した。比較的強い体質をもった私は、もっと海の中で遊んでいたかった。しかし先生から誘われた時、私はすぐ「ええ帰りましょう」と快く答えた。そうして二人でまた元の路を浜辺へ引き返した。(12)

この場面は、青年が尊敬する年上にようやく相手にされたことに無邪気に喜んでいる様子として理解できる。それと同時に、学生が経験したエロチックな興奮は、眼を射る青空の痛烈な色という強烈で身体的なメタファーへと翻訳される。

しかしこの場面は「私」一人の快楽以上のものを描いている。先生の行動を喜んで真似る青年の様子には二つの身体を結合させたい衝動が含まれている。二人の身体間における感情や欲望の交わりに注意を払えば、いかにリクールの翻訳論におけるホストとゲストとの関係性が見えてくる。

欲望の容認

翻訳が言語的おもてなしの実践であり、ホストとゲストが互いに手を差し伸べ双方の世界を受け入れる行為として捉えるリクールの叙述は、先生と「私」の関係性においても見られる。学生が浜辺で群衆のなかから先生を見つける場面がその一例である。その瞬間から、「私」は先生とのつながりを持ちたい衝動に駆られるようである。

先生と西洋人が浜辺から去るのを見守った後、直前まで西洋人が使っていたまったく同じ掛茶屋の床几に彼は腰を下ろし、先生がどんな人なのかをぼんやりと考える。西洋人が直前まで座っていた位置とまったく同じ位置に自らを置く行為は、ある意味見知らぬ西洋人へのあこがれをほのめかすと同時に、外国人の先生の近しい連れとしての立場を「私」は主張しており、それは物語が展開するにしたがって明らかになる親密な関係をほのめかしている。つまり、青年の執拗な行動は先生の世界に己を揺るぎなく位置付けたいという欲望を表している。

他者の世界に入り込む過程は、海で二人がようやく言葉を交わす場面においてさらに進展する。先生とともに泳ぎながら、青年の抱く憧憬は彼の皮膚を通じて年上の相手に伝達される。彼の気持ちは皮膚を通過し、海を媒介に運ばれ、それから先生の身体に入り込む。

その間、同じように好意的な感情のやりとりが先生から青年に対してもなされ、その結果先生から生まれたそれらの感情は幸福感として青年の皮膚の表面上にあらわれる。別の言い方をすれば、見知らぬ他人同士として海に入った二人の男性は、今では互いの身体が貫通しあうことによって感情的につながっており、浜辺で初めて感じた恍惚的な結びつきを取り戻したいという衝動という作品の主題が駆動する。

一方で、漱石の作品は、自己と他者の隔たりを完全に埋めることの不可能性のために、人間同士のあらゆる翻訳には不完全さが伴うというリクールの主張も実体化しているように思われる。結局、最初のふれあいにおける否定のしようがない親密さにもかかわらず、先生と「私」が互いを十全に理解しあうことはない様子が何通りにもわたって示される。

またリクールが翻訳の過程における重要な要素と考えた容認と寛容の精神は、二人の男性間の過剰に親密な関係をも示唆する。若く多感な学生は、先生の経験のあらゆる要素を吸収し、自己認識を深化させようとする。

先生のほうでも同様に心を開き、学生を自分の世界に招く。「先生と遺書」の冒頭において、彼自身の過去を「私」にようやく明かす決意を表明する言葉は衝撃的に生々しく、エロチックである。今こそ「自分で自分の心臓を破って、その血をあなたの顔に浴びせかけようとしているのです」と彼は言う。自らの命を絶ち、若者の目に身を晒し、捧げることで、先生は自らの言葉のみではその過去を十全に伝えられないという不十分さを認めていると考えられる。

リクールの翻訳理論を通じて『こころ』の浜辺の場面を読み解くことで、先生と「私」におけるエロチックなコミュニケーションのあり方の存在を主張した。これよりベンヤミンの思想に立ち返り、漱石の同性愛描写のもう一つの意味、すなわち、二者間の感情のあらゆるやりとりは根本的に不可能であることについて考察したい。それと同時に、翻訳の本質についてさらに深く追究してみたい。論点を明確にするために、明治期において新たに出現した愛の概念の翻訳をとりまくさらに実際的な問題について触れることから始める。

明治における愛の翻訳

明治時代の中頃に起こった言文一致運動では、経済、法律、教育、そして軍隊などの多岐にわたる領域において近代日本人のアイデンティティーをより的確に表現する新たな言葉や文法構造を創出することに多くの労力が注がれた。新たな語彙にまつわるこのような探求は新たに現れたセクシュアリティーの規範においても同様だった。

明治期においてセクシュアリティーに対する態度が変化していたとして、排除されつつあった古い性習慣、とりわけ同性愛、とはなんだったのか。男性同士の性愛を指す「男色」という言葉の起源は室町時代にまで遡るが、文学においてしきりにに取り上げられるようになったのは徳川時代初期になってからであった。よく知られているのが井原西鶴（一六四二―九三）の『男色大鑑』（一六八七）であり、以後、徳川時代末期にかけて、曲亭馬琴（一七六七―一八四八）は主に教養のある男性向けに作品を書き、いくつかの作品において男色嗜好を喚起する美少年を描いた。『近世説美少年録』（一八二九―三二、一八四五―四八）はその最たる例である。

男色文化が根強く存在し、それは少数の関心でありながらも、明治以前にこの活動に伴う非難のまなざしは一般的にはなく、当然のことながら妥当な文学的テーマであった。旧来から近代への文化的習慣の転換期に人生を過ごした漱石が、この伝統になじみがあったとしても不思議ではない。いずれにせよ、男性間の同性愛を探究した当時の主要な作家は彼だけではなかった。森鷗外の『キタ・セクスアリス』（一九〇九年）は、「普通」の性習慣とはいったいなんなのか、という明治末期の男性が抱えた大きな不安を反映しており、作品において男子学生間の同性愛が顕著である。

もし漱石が旧来の性的慣習に感づいているならば、近代日本における異なる文化の変容も察知していたはずである。クラフト＝エビングの『性的精神病理』（一八八六年）やハヴロック・エリスの七巻本である『性の心理』（一八九七―一九二八）といった西洋の性科学のテクストは漱石の書斎から見つかっている。したがって、自国の男色文化に意識的でありながらも、明治末期においてセクシュアリティーに関する新たな日本語を創出するのに役立ったこれらの主要文献が、漱石の文学作品における同性愛描写に影響を与えていて当然とも言える。翻訳の言葉に即して言うなら、『こころ』は妥当とされる性的志向性に対する解釈の変遷を描いており、この文化的衝突は先生と「私」のコミュニケーションの失敗を招く大きな要因となった。

当然の事柄を恐れずに言うならば、翻訳は言葉で始まり、言葉の使い方によっては意味を変えてしまうことができる。このことは明治時代において複雑に交錯するエロチックな関係性を理解する際に特にあてはまる。例えば佐伯順子の研究によると、「愛」、「恋愛」という言葉が明治時代に出現し、キリスト教に基づいたロマンチックな異性愛をさしていた言葉だったと指摘する。恋愛におけるこのような新たな解釈が圧倒的に優位になるなか、旧来より存在していた豊かな言葉の価値が認められず、性欲の意味として一括りにされた。それらの言葉は、色、恋、情け、色好み、好色、色道といった

微妙に異なる愛や欲望を喚起し、ときには同性愛・異性愛両方にも適用できる言葉である。(13)

さらに同性愛においては、漱石がまさに『こころ』を執筆している間に、「男色」は「同性愛」というそれ自体が西洋のホモセクシュアルの翻訳である言葉にとって変わっている最中だった。この輸入された言葉は同時代の西洋医学・法学の言説に由来したが、同性愛に対するキリスト教の反感を示しており、「男色」よりもいっそう否定的なニュアンスを含んでいた。確かに、坪内逍遥は一八八六年の時点でこのような否定的態度を『当世書生気質』において容認しており、そこでは男子学生間の性欲は不自然であり、明治にふさわしくない無作法で野蛮な行為とされた。(14)

以下に示す通り、『こころ』において争いの発端であり、相互理解の行き違いの根源である男性の同性愛という概念をどのように翻訳するかがまさに問題の焦点となる。

公園での行き違い

ベンヤミンから見れば、我々は十全なコミュニケーションを妨げる断片的で不完全な言語に象徴される世界におり、このような事態は個々の人生に孤立をもたらした。そのようにばらばらな言語を統一するには、それぞれの個別の言語において影としか残っていない原初の純粋言語をどうにかして取り戻さねばならないと彼は主張する。このような考えを念頭に置きつつ、小説において漱石が男性間の深い関係の可能性を提起しつつも、相互理解の不可能を裏付けたとされる場面をまずは取り上げたい。

異なる言語での会話

青年は先生とともに上野公園を歩いた様子を説明する。新婚らしきカップルが前を歩くのを目にしたことから先生は青年に恋愛の本質について自らの懸念を語る。一連のやりとりの中で、男性間の親交の妥当性が焦点となると、お互いに相容れない言葉で話していることが明らかになる。

「あなたの心はとっくの昔から既に恋で動いているじゃありませんか」

私は一応自分の胸の中を調べて見た。けれども其所は案外に空虚であった。思い中るようなものは何にもなかった。

「私の胸の中にこれという目的物は一つもありません。私は先生に何も隠してはいない積りです」

「目的物がないから動くのです。あれば落ち付けるだろうと思って動きたくなるのです」

「今それ程動いちゃいません」

「あなたは物足りない結果私の所に動いて来たじゃありませんか」

「それはそうかも知れません。然しそれは恋とは違います」

「恋に上る階段なんです。異性と抱き合う順序として、まず同性の私の所へ動いて来たのです」

「私には二つのものが全く性質を異にしているように思われます」

「いや同じです。私は男としてどうしてもあなたに満足を与えられない人間なのです。それから、ある特別の事情があって、猶更あなたに満足を与えられないでいるのです。私は実際御気の毒に思っています。あなたが私から余所へ動いて行くのは仕方がない。私は寧ろそれを希望しているのです。然し……」


私は変に悲しくなった。(15)

恋愛の本質に対する先生の考えが青年によりまったくの異議を唱えられるのはおそらくは二人の年齢差による。性的か情緒的関係に対してさほど線引きしない年輩の人と比べて、若い男性のアイデンティティーは性的活動と深く結びついている。しかしながら、引用部は同性愛的関係に対する解釈の重要な変化も現しており、このことは明治末期の態度の変化を反映している。先生にとって問題なのは、旧来の同性関係への理解を持ちながらも、現代においてそれが新たな解釈を引き起こすことに彼が気づいていることである。男性間の親密な関係についてうまく語れない不器用さは、「普通」の恋愛、すなわち異性愛交際とのぎこちない比較をもたらす。

一方で、明治時代末期の産物である青年の語彙は新たな性科学の世界観に基づいており、異性が関わらないロマンチック愛は彼には想像できない。それだから、周りに女性がおらず、男性同士の友情がいつも「全く性質を異にしているように思われ」る彼がそのような愛情を心の中に見出せなくても驚くことではない。しかし、友人として先生に信用されていないことを青年が明らかに悔しがっている様子は、忠実を疑われる恋人の苦しみと酷似している。このようなやりとりは、二人が男性同士の欲望について語り合う術を失ったことを示唆する。

ベンヤミンの翻訳論でいえば、二人はそれぞれの異なる言語に囚われており、青年が同性に対してほのかな好意を示そうとしても「空虚」という言葉にしかならず、必然的に「変に悲しくな」る。先生も同様に意に満たない応答を強いられている。つまり、あるべき性の姿に対する理解がそれぞれ異なる世代が、互いに向き合い理解し損ねる歴史的な瞬間を漱石はこの場面で描いている。文化的地盤は変化してしまい、双方が交わるための共通の言葉は見当たらない。

『こころ』のアフター・ライフ

上野公園での一連のやりとりから、二人の意思疎通が実を結ぶ可能性がわずかばかりであると言わざるを得ない。しかし、相互理解に関してより有益な回路を描くためにベンヤミンの翻訳への理解をさらに探究してみたい。

人間は断片的で不完全な言語にしかアクセスできず、孤立を乗り越えるには原初の純粋言語を取り戻すしかないと考えたベンヤミンを思い出したい。そして翻訳の過程が、割れた鉢の断片が組み合わさり再び元の形になるように、純粋言語の再構築に格好の機会をもたらす。なぜなら、そこでは原語が二次言語と関係性を結ぶことができるからである。さらに、流動的な翻訳過程を通じて生まれた活力こそ作品のアフター・ライフとなる。

ベンヤミンの純粋言語の概念は西洋の聖書にまつわる物語、とりわけエデンの園とバベルの塔に由来することを述べた。しかし、『こころ』における翻訳の機能について新たな観点を提示するためにより日本に馴染み深い宗教の物語に触れたい。それに伴い、『こころ』が同性愛という題材からエネルギーを得ることで、どのようなアフター・ライフを永らえているかを具体的に示したいと思う。

西洋の宗教神話を熟知していたであろう漱石は、自らの文化的伝統に対しても強い関心を抱いていた。彼は自らの作品のなかで『門』（一九一〇年）が最もお気に入りだと明かしたこともある。主人公である宗助は生活における深刻な悩みを克服するために参禅する。結局のところ宗助は納得のいく答えを見出せないまま寺をあとにし、門は閉じられたままとなる。日本の禅文化が漱石のお気に入りの作品にこうも色濃く描かれていることから、彼が慧能《えのう》という僧が中国禅宗の第六祖に選ばれるまでの有名な物語を知っていた可能性を示唆する。いずれにせよこの物語は翻訳のプロセスに対して新たな見方をもたらす。

慧能は七世紀の中国に生まれ、読み書きさえ教わらない貧しい環境で育った。お寺に出家する以前より精神的に高く熟達していたが、その卑しい生い立ちから台所の下働きしか与えられなかった。僧長により、悟りの境地をもっともよく表現した詩を書いた者をその後継者とすることが発表されると、兄弟子であり、後継者にもっともふさわしかった神秀が前に出て以下のように書き記した。

身是菩提樹、心如明鏡臺。時時勤拂拭、勿使惹塵埃。
（身は是れ菩提樹、心は明鏡の台の如し。時々に勤めて払拭し、塵埃を有らしむること莫れ。）[16]

読み書きの出来ない慧能は口にした詩を仲間に以下のように書いてもらった。

菩提本無樹、明鏡亦非臺。本來無一物、何處惹塵埃。
（菩提本より樹無し、明鏡も亦た台無し。本来より何もなしのゆえ、何処にか塵埃有らん。）[17]

慧能の詩は僧長に絶賛され、第六祖の座を与えられ、詩の精神的意義は何世紀にもわたって仏教学者の間で議論の的となった。ここで慧能を取り上げるのは、彼の思想がベンヤミンの翻訳論とは対照的な現実の解釈、それに付随する現実の表現を示しているからである。

ドイツの批評家と兄弟子であった僧がオリジナルな基底をなす現実の存在をともに信じていたことになる。兄弟子にとって、現実の断片は心のなかにある一枚の大きな鏡に映される。同様にベンヤミンも、それぞれの異なる言語の断片を細心の注意を払いながら再構築することで、堕罪以前の純粋言語がふたたびその姿を表すと考えた。対照的に慧能の立場はさらに抜本的である。鏡のそもそもの存在を否定することで、兄弟子の根本的な主張を彼は軽々とくつがえす。慧能のこのような見方は原初の純粋言語の存在を主張するベンヤミンの翻訳論に対する反論とも理解できる。

慧能が正しいならば、先生と「私」が互いの想いを有意義に伝え合う可能性は相当低いように思える。先生の欲望に関する言葉はすでに消えつつある男色文化に由来するものである一方で、明治の子である「私」はその言葉の意味すら理解できない。そのことを踏まえた上で、慧能の「本来無一物」の現実観を漱石文学の世界に再現しているのであれば、共通の言語を先生と「私」は見出すことができない。言い換えれば、それぞれの言語を超越する男性の同性愛の概念を描く言語は『こころ』に現れなかったのである。

上述の状況を乗り越えるにあたって、翻訳論の観点から解釈したいと考えられる。リクールやベンヤミンにとって、翻訳における本質的な不完全なところこそ人間的で、それゆえ価値ある過程であると主張した。漱石は『こころ』で人間の本質における矛盾や不完全なところに焦点をあてて、先生とその若き友人とのすれ違う会話にそれを十分現した。しかし彼らがお互いの完全な理解に至らないからこそ、翻訳の過程が理解の境地へと至るまで猶予が許される。さらに、『こころ』における同性愛の本質に関連した未解決の議論が、作品のアフター・ライフを生成している。

結論――その時と今

本論の冒頭であげた大きな問いに答えて結論としたい。すなわち、今日の読者が『こころ』をクィア・テクストとして扱うことに意味はあるのか。意味はあると私は考える。

漱石はその時代において喫緊であった様々な問いによって作品を書かざるを得なかった。その一つは同性愛の性質についての問いである。結論を提供するより、漱石はいまだ問い続ける課題とわずかな手がかりを『こころ』において提示したに過ぎないとみなすべきである。結論に至ることへのためらいと無力感こそ、テクストが生まれたその時と今を連結する火花である。

翻訳において我々は、作者と読者間の、さらには原文とその後継の翻訳の間における一連のやりとり以上のものを見出す。翻訳は尽きることのない可能性が湧き出る存在論の割れ目になぞらえることもできるだろう。政治的、社会的、文化的期待をそれぞれに持つ二十一世紀初頭の読者である我々は、『こころ』における男性の同性愛に関する絶え間なく開かれた問いに、先に生まれた者とこれからやってくる者と共にある。

注

（1）Stephen Dodd, "The Significance of Bodies in Sôseki's *Kokoro*," *Monumenta Nipponica* 53, no. 4 (1998), pp. 473-498.

（2）注目された海外研究者は、ジム・ライハート、グレグ・フルーグフェルダー、キース・ヴィンセント、ジェフリー・アングルス、シャロン・チャルマース等。国内の代表学者は、中川成美、佐伯純子、木村朗子等。

（3）山口裕之（編訳）「翻訳者の課題」（『ベンヤミン・アンソロジー』河出書房新社、二〇一一年、八七頁）。

（4）山口（九二頁）。

（5）山口（九四頁）。

（6）Paul Ricoeur, *On Translation*, Eileen Brennan(trans), London: Routledge, 2004.

（7）Ibid., 2004, p. xvi.

（8）山口（九九頁）。

（9）Ricoeur, p. 9.

（10）Ibid., p. 10.

（11）夏目漱石『こころ』（漱石全集第6巻、岩波書店、一九六六年、七頁）。

（12）『こころ』（一一頁）。

（13）Indra Levy, *Translation in Modern Japan*, London: Routledge, 2011, p. 73に英訳した佐伯純子のアイディア。佐伯純子『「色」と「愛」の比較文史』（岩波書店、一九九八、一頁）を参考。

（14） James Reichert, *In the Company of Men: Representations of Male-Male Sexuality in Meiji Literature*, Stanford: Stanford University Press, 2006. pp. 70-98.

（15）『こころ』（三六―三七頁）。

（16）田中良昭『慧能　禅宗六祖像の形成と変容』（唐代の禅僧）（臨川書店、二〇〇七、四八頁）。

（17）田中良昭の現代語訳を参照。「菩提本より樹無し、明鏡も亦た台無し。（仏性は常に清浄なり）、何処にか塵埃有らん。」田中良昭『慧能　禅宗六祖像の形成と変容』（五〇頁）。

第二章　『こころ』というテクストの行間

『こころ』と心の「情緒的」な遭遇

安倍＝オースタッド・玲子

あべ＝おーすたっど・れいこ――オスロ大学文化研究・東洋言語学部教授。主な著作に *Rereading Sōseki: Three Early Twentieth-Century Japanese Novels* (1998、ディジタル版、2015)、「「心」を撹乱する情動：『彼岸過迄』をヒントに『こころ』を読み直す」（『文学』第十五巻第六号、二〇一四年）、"Ibsen's Individualism in Japan: John Gabriel Borkman and Ōgai Mori's Seinen (Youth 1910)," (*Ibsen Studies*, 6.1, 2006) などがある。

本論文は小説とは「情緒」を喚起する、文字で書いた装置のようなものであり、読者の体験や気分など諸々の条件によって、読みは変化するものである、という漱石が『文学論』で披露した読書論的な洞察にヒントを得て、『こころ』を私の個人的「情緒」史と照らし合わせて読み直す試みである。これは同時に『こころ』のより一般的な受容史をなぞりつつ、その情緒的な魅力をさぐることにも繫がる。

漱石の『文学論』：情緒的な出会い

漱石は『文学論』（一九〇七年）の中で、読書を媒介とした、心と心の「情緒」的な出会いについて語っている。文学とは日常経験の何らかに関する印象を読者にむけてシミュレートし、それによって「情緒」を喚起する、文字で書いた「装置」のようなものである。そして漱石はそういった読者行為における心理的な動きを「F＋f」という公式で説明する。大きなFとは、何かを認識したときの印象、イメージ、または観念であり、小さなfとはそれによって動かされる心の動き、情緒を示す。無論、明治時代の語彙と文法で書かれており、公式や図、細かいカテゴリーの分類などがあり、とっつきにくい本、という印象は否めないが、よく読んでみると、一世紀近く後の読者論や情動論を先手にとったような、新しい考え方を内包していることがわかる。細かく見れば、秒刻みであるいは「場」のあり方によって、大雑把に見れば様々な体験を経ることによって、人間の意識は変化するとし、それと共にFとfとの関係も随時変わっていく。漱石はその様子を文学作品から具体例を豊富に引用して丁寧な説明を加える。そこでは個人の人生経験に左右される「情緒」に加えて、文化的な背景を共通にした人々（例えば、漱石の同世代の人間）が共有する情緒（時代のスピリット）の通事的な変化、又は文化的な背景が異なる人々の間であれば、その共時的な違いにも留意する。従って、シェークスピアを読んだとき日本人の印象とイギリス人のそれとでは当然違うし、同じ日本人でも、いろいろな人生経験を積むことによって、同じ本の印象が変化するわけだ。たとえば「幽霊」を見たことのある人が読む小説の中の「幽霊の場面」はそうでない読者にとってよりも情緒的印象が強いだろうことは想像に難くない。(1)

また、「幽霊」を昨日見た人と、何十年も前に見た人とでは感じ方が変わってくるであろう。極端に言えば読んだときの気分や体調によって、昨日と今日では印象が違うこともありうる。

このエッセイでは、漱石の『文学論』の大事なモチーフである「心と心の情緒的な遭遇」にヒントを得て、私個人の『こころ』の読みが年とともにいろいろな人生経験を経るなかで、どのように変化してきたかについて語り、『こころ』が、いかに様々な情緒的場面に呼応し得る豊かなFやfの要素をうちに秘めた作品であるかについて考察していきたい。また、それによって『こころ』のごく代表的な従来の読みを復習するかたちにもなるだろう。

高校の教科書の倫理的な読み

私が高校生だったのは七〇年代の前半だが、ご他聞にもれず、教科書で漱石の『こころ』を読んだ記憶がある。たしか「先生と遺書」だけが抜粋されていて、夏休みの宿題とかで、小説全部を読まされた。あまりにも有名なプロットだが、読んだことのない読者もいることを考慮して、初めての読者になったつもりでストーリーの展開を追ってみよう。語り手は「私」という男性で、先生の亡くなった後、先生と過ごした時間を懐古しながら先生のひととなりについて語る。人生の先輩である先生は若い「私」に「恋は罪悪ですよ」と繰り返し忠告し（上三十五章）、「私は私自身さえ信用していない」（上 十四章）と言い、「平静は普通の人間」が「いざという間際に、急に悪人に変わるんだから恐ろしい」（上 二十八章）と「人間性」についての警告を放つ。そして口数の少ない、寂しそうな先生は黙々と「毎月雑司が谷の墓地に埋まっている友人の墓」を一人で訪れる。読者は「若いときはあんな人じゃなかったんですよ」（上 十一章）という奥さんの言葉に誘われ、語り手が落とすヒントをたよりに、さながら推理小説を読むようなサスペンスを覚えながら、先生の過去に何かがあったことを想像しつつ読み進め、最後の「先生と遺書」で、過去の秘密が先生の口から暴露され、小説はクライマックスを迎える。そこで、先生はKという同じ下宿に住んでいた自分の親友と、後に妻になった「お嬢さん」の愛を競う三角関係に陥いり、恋に破れたKが自殺してしまうという事件があったことが明らかになる。Kにお嬢さんへの愛を告白され、先手をとられたら大変とパニック状態に陥った先生がKに隠れて、家主でありお嬢さんの母である「奥さん」を通して結婚を申し込み、電撃婚約した。それを「奥さん」の口から聞かされたKは先生には何も言わずに、命をたってしまう。その後、先生は予定通り「お嬢さん」と結婚するが、罪の意識に悩まされ続け幸せになれない。そして「私」という後継者に、過去の罪の物語を「遺書」という形で残し、自分も自殺してしまう。

たしかにKに内緒で結婚を申し込んだ先生が卑怯だという印象は否めず、その償いのために悩んだあげく先生も結局自殺したという話はどうにか納得できた。しかし、フェミニズムに芽生え始めた女子高校生としてどうして、「妻」になったお嬢さんにそれを打ち明けないのかが理解できなかった。Kに対するわだかまりのせいで、それ程までに恋焦がれて一緒になった「妻」を幸せにできない。「妻」に何度も、何か隠しているのではないか、打ち明けてくれ、と促され、先生自身「もし私が亡友に対するのと同じような善良な心で、妻の前に懺悔の言葉を並べたなら、妻は嬉し涙をこぼしても私の罪を許してくれたに違いないのです」（下　五十二章）とまで言いながらも、頑なに沈黙を守る。そしてその理由は決して「利害の打算」ではなく、ただ「妻の記憶に暗黒な一点を印するに忍びなかったから」（下　五十二章）とする先生は何と言う偽善的なショーベニストだろうと思い、そんな先生を倫理的だと言ってほめたたえる国語の先生たちに憤った。(2)

そしてさらに遺書を「私」に渡すにあたり「私の過去を善悪ともにひとの参考に供するつもり（下　五十六章）」と言いながらも「妻だけはたった一人の例外」だから言わないでくれ、という男。「妻が己の過去に対してもつ記憶を、なるべく純白に保存して置いてやりたいのが私の唯一の希望」（下　五十六章）、と最後のこの恩着せがましい「おいてやりたい」にすっかり腹を立て、漱石がいかに明治時代の家父長制的な女性蔑視の枠組みを超えられなかった、情けない男だったかを証明しているように思え、『こころ』なんてつまらない小説で、過剰評価もはなはだしいと感じたのがなつかしく思い出される。女子だけの学校であったためか、級友の間の評判も同じく芳しくなかった。

ホモソーシャルもしくは
ホモセクシュアルな読み

月日経て一九九〇年代になり、きっかけがあって細々と文学の研究を始めたころ、遅ればせながらアメリカ人の批評家、イヴ・Ｋ・セジウィックの『男同士の絆――イギリス文学とホモソーシャルな欲望』（一九八五年）という本に出会い、あきらかに日本の明治時代の文学に出てくる「男同士の絆」と共鳴する部分があって興味を覚えた。その頃、小森陽一らの明治文学における男色と同性愛の連続性についての座談会を『文学』で読み、スティーブン・ドッドの「『こころ』における男同士の欲望」という発表をどこかの学会で聞き、『こころ』の篤い男同士の絆に思いをはせ、「目からうろこ」とはこのこと、とばかりにすっかり納得した気分になった思い出がある。(3) 明治時代のインテリの間にはやった西洋から直輸入の「恋愛イデオロギー」にかぶれて、愛のある結婚にあこがれた先生はお嬢さんに恋をしたつもりになっていただけで、実際に好きだったのはＫだったのではないか、と。そして、そういう先生に近づいてきた語り手の「私」もしかり。女を三角関係の「目的物」にしたて、男同士が競争するという面目をたもちつつ、実際は彼ら同士の絆を深める、男たちの「愛」、友情の物語だ、と読むとすべてうまく解釈ができる。

実際「男同士の絆」、はたまた同性愛というレンズを通して読んでみると、数多い批評家が指摘しているように、いろいろ気になる言い回しが目につく。「私」は鎌倉の海岸で、西洋人と一緒にいる「先生」に近づき、「何処かで見たように思う」と話しかけるわけだが「どうも君の顔には見覚えがありませんね。」（上　三章）と返されて「失望」する。これは紛れもないＢＬ《ボーイズ・ラヴ》場面だという批評家もいるぐらいだ。(4) 当初「私」の人懐っこさをむしろ迷惑そうにし、あなたが私に近づこうとするのは恋愛の一段階ではないのかと問う先生に、若々しい屈託のなさで応じ、ひたすら交流を求め続ける私とその間にだんだんと、先生の言うところの「まじめな」信頼関係ができ、二人は至極懇意になる。そして最後には、「私は何千万といる日本人のうちで、ただ貴方だけに、私の過去を物語りたいのです」という「意味深」な書き出しで遺書をしたためる。

あなたは私の過去を絵巻物のように（略）私の心臓をたちわって、温かく流れる血潮を啜ろうとしたからです。（略）私は今自分で自分の心臓を破って、その血をあなたの顔に浴びせかけようとしているのです。私の鼓動が

停まったとき、あなたの胸に新しい命が宿ることが出来るなら満足です。　（下　二章）

さらに、「受け入れることの出来ない人に与える位なら、私はむしろ私の経験を私の命と共に葬ったほうがいい」とし、「実際ここに貴方という一人の男が存在していないならば、私の過去は（略）間接にも他人の知識にはならないで済んだでしょう」と。心を開いてくれと懇願する妻に告白すれば喜びの涙をもって「受け入れ」てくれるだろうことを想像しながらも、妻にではなく、「私」に手紙を托すのである。

批評家が指摘しているように先生と私、或いは先生とKの間に男色的な、またはそれに似た気持ちがあったという読み方は確実にできる。東浩紀は先生の遺書を「わたし」との接触によって初めて同性愛にめざめた「妻帯者」である中年の先生が「若い同性愛者に向けて記した長い長いラブレターなのだ」と言う。BL雑誌、ダ・ヴィンチの「腐女子」たちの投票で二〇〇九年に『こころ』が「匂い系小説」の一番だったというのも偶然ではないであろう(5)。

あるいは実際に男色関係があったかどうかは別にして、「恋愛は罪だ」とため息をつく先生が本当にお嬢さんを愛していたのかどうか、先生は恋愛したという錯覚に陥っていただけではなかったのか、という問いも成り立つ。先生は結婚後、お嬢さんに対する熱烈な気持ちが柔らいだことについても何度か言及している。そしてこの恋愛という「錯覚」のために先生は大事な友人を失ってしまった。Kの死後の先生の生活はKとの関係を思いださせる時間、そして「私」というそれに代わる男を発見する時間でしかなかったということもできるだろう。

近代的な恋愛言説そのものに関する問い

遺書の中で先生が語る悔悟の念に、過剰な罪の意識を読みとる批評家は数多い。山崎正和は言う。「自己を処罰したいという理由のない衝動に駆られ、そのためにありもせぬ罪を捜し求めているように見える」「罪の意識が具体的な事件から離れ、自己処罰が（略）ほとんどそれ自体が目的と化していることは明白(6)」。

ここで、先生の罪の意識はニーチェ的な意味で過剰だということもできるだろう。分かりやすいイソップ寓話のアナロジー（狐とぶどう）を借りれば、こう言える。先生は恋焦がれて大きな犠牲を払った末に獲得した、「ぶどう」という「お嬢さん」との結婚が意外に「すっぱい」ことを発見する。甘いはずのぶどうはなぜすっぱいのか。「お嬢さん」との生活が思うようにいかないのが解ると、いよいよKの亡霊に悩まされるようになる。言い換えれば、そこで先生は自分の現在の不幸についての「説明」を過去に求め、そこで先生は自分の現在の不幸についての「説明」を過去に求め、皮肉なことに、先生にとってKの死に関しての自分の罪を確認することが、自分の現在の不幸を理解するうえでの不可欠な課題となってしまう。(7)

そこで、どうしてすっぱいのかを肝心の「お嬢さん」との関係で考える代わりに、「Kへの裏切り」という過去の罪に「すっぱさ」の説明を求めてしまう。ここで、肝心のすっぱい「ぶどう」の問題は片付かないまま残り、現在にいたるまで、私達読者を悩ませ続けることになる。

つまり、近代的な「恋愛言説」そのものを疑う仕事を未解決のまま、私達読者にゆだねているのだと読むことができる。近代の主体の一貫性神話が崩れた今、すれ違い続ける他者である男女二人がお互いの内面を分かり合えるなどということが可能なのだろうか。ただ、一時的に「かのように」振舞うことができるだけなのかもしれない。これはもはや見合いと結婚の違いなどという問題ではない。大正時代のフェミニストたちが唱えたような愛と相互理解が前提の恋愛結婚イデオロギーは神話になりつつあるのだ。漱石の時代から約一〇〇年たった今、結婚相手を数多くの対等な異性の間から、時間をたっぷりかけて選んでいるにもかかわらず、幸せになれない夫婦が多いのが実情だ。先生が味わったように近代の恋愛イデオロギーが私達の期待をいまだに裏切り続けている。そういう意味で『こころ』は恋愛言説の盲点をついた作品だったということもできるだろう。(8)

皮肉なことに現在の日本の若い女性の間では「恋愛結婚」よりもむしろ「見合い結婚」が見直されてきているようだ。特に九〇年代のバブル崩壊後、生存競争がはげしくなり、ネオリベラリズム的思考がすすみ、フリーターや派遣として不安定な経済状況で働く若い人の数が圧倒的に増える中、結婚は就職の一種という感覚があらたに浮上してきたようだ。そこそこの教育を受けた人でも経済的に自律してやっていく自信がない。割のあわない仕事に一生かけるより、「玉の輿」に乗って楽をしよう、と考える女性が増えているとしても不思議はないだろう。六〇年代、七〇年代のウーマンリブの時代に恋愛結婚にこだわって挫折した親の世代の間違いは繰り返したくない、と。従って、日本では表面上は恋愛結婚といいながら実際は打算の多い見合い結婚の場合がおおい。小倉千加子のベスト・セラー、『結婚の条件』によると、とくに若い女性は内面だの主体性だのと、贅沢は言わない。楽な生活ができれば、夫はどうせあまり家にいないから、その自由な時間にお金さえあれば自己実現できる。あとはどうでも辻褄は合わせられるもの。そういう意味で若い日本人女性の多くが、非常にさめた結婚観をもっている。

振り返って歴史的にみると、日本で「恋愛結婚イデオロギー」が本当にもてはやされた時代というのは比較的短かかったとも言える。明治時代の一部のインテリの男性や女性が一番の信奉者だったのかもしれない。一般の日本の男女（大正時代の私小説作家を含む）は最初から『青鞜』の女性たちやエレン・ケイがひろめた神聖な恋愛結婚イデオロギーをあまりまじめに受け取らなかったのかもしれない。江戸時代から続く、「色」的なあそびの恋愛感覚が生き続け、いまもって、健在なのは、大都会の繁華街のセックス産業の存在が物語っているといっても過言ではないだろう。話しが大分それてしまったが、「男同士の絆」を懐古しつつも近代的な「恋愛イデオロギー」に取り組むことによって、かえってその言説そのものに揺さぶりをかけてしまう『こころ』という小説の違った側面に触れた気がして、漱石を見直すきっかけになった。(9)

トラウマで読む『こころ』
——言葉にできないこと

二十一世紀を迎えて早、十年余り、『こころ』をモチーフにした漫画や映画、劇や小説は相変わらず多い。姜尚中が二〇一三年に『心』という題の自伝的小説を出版している。語り手は「先生」である姜自身であり、内容は、突如サイン会に現れ、漱石の『こころ』の「わたし」のようにひとなつこく交際を求めてきた青年との友情物語である。メールのやりとりを通して、「親友の死、裏切り、良心の呵責、募る恋、さまざまな親和力」「自分探し」についてお互いの思いを語り、月日が流れる。紆余曲折を経てついに実った青年の恋を祝福して、彼らの物語は一応落着する。そして最後にこの「真面目な」青年に二年前に亡くなった自分の息子の面影を見てなぐさめられたことについて語る手紙を本人に宛ててしたためるのだが、送信を思いとどまって、「心」と記されたフォルダの中にしまうというところで終わる。しかし、その原稿が『心』と題されて出版されることによって、彼らの心のふれ合いの物語が私たち読者に読み継がれ、語り継がれていくことになる。『こころ』のモチーフが形を変えて、二〇一五年の今も生き続けている証拠であろう。

ここで、話しをもとに返して、私の個人的な『こころ』の受容史に戻りたい。私も不慮の事故で二十歳の息子を亡くした。二〇〇五年のことだった。直後は片っ端から、死をテーマにした小説や映画に興味を覚え、特に残されたものたちの心情を描いたものを鑑賞し、ほんの少しだけなぐさめられた気がした。是枝裕和の『幻の光』、『歩いても、歩いても』、小林政弘の『愛の予感』、ジョン・キャメロン・ミッチェルの『ラビット・ホール』、津島祐子の『夜の光に追われて』、ポール・オースターの『最後の物たちの国で』、村上春樹の『ノルウェイの森』、そして『こころ』。久しぶりに読み直してみて受けた印象はそれまでのものとは全然違っていた。先生のいつも壁一つ隔てて人に接触しているような、うちとけない感じや、どこかしらけた素っ気のなさと寂しさに強い親和感を覚えた。奥さんに再度迫られて、全部ぶちまけてしまおうかという衝動に駆られながらもKについての思いをどうしても言葉にできない先生の、心のこだわりにも共感を覚えた。残された家族内での息子との関係や感情のあり方、思い入れの方向はそれぞれ微妙に違っており、その「違い」が状況によって揺れ動く中、腹を割って事故当時の状況について云々するなどということが不可能に近いことを悟るのに時間はかからなかった。近い間柄だからこそ強い情動に動かされ、感情の波長のずれは、不協和な言葉一言によって、何倍にも拡大される危険がある。そんなとき『こころ』のこんな箇所に心をうたれた。

妻は度々どこが気に入らないのか遠慮なくいってくれと頼みました。(略)ある時は泣いて「貴方はこのごろ人間が違った」といいました。それだけならまだいいのですけれども、「Kさんが生きていたら、貴方もそんなにはならなかったでしょう」というのです。私はそうかも知れないと答えたことがありましたが、私の答えた意味と、妻の了解した意味とは全く違っていたのですから、私は心のうちで悲しかったのです。(下　五十三章)

同じ言葉が受けとめる側の心情のずれで、まったく違った響きをもってしまうことは、的確に言い当てている。先生が簡単にKの自殺についての告白を妻にできないその逡巡する姿に初めて共感を覚えた。今、振り返ってみれば当時の私たちは日常生活を無事に送るだけで精一杯だったのかもしれない。そんな中で、一番安全なのは何か核心に触れるかもしれないような言葉は口にしないことである。遠い昔、単純に何でも話し合えばわかりあえるはずだ、と信じていた自分の思い込みが浅はかで空虚なもののように感じられた。

情動で読む『こころ』

息子は不慮の事故で亡くなった、とさっき書いた。もう少し正確に言うと、彼はある事情があってトラブルを起こし困っている「友人」を助けようとして、その友人が起こした不慮の事故にまきこまれて亡くなった。その友人はその翌年裁判でそれが意図したことではない、不注意が原因の「事故」であったという主張が認められ、軽い刑で済んだ。「事故」であったことについては他の友人、知人の証言を聞き、私たちも少なくとも頭では理解することができた。が、感情的にはなかなか納得しがたいところがあった。おそらく「事故」にいたるまでに、その場にいあわせた（または来ることになっていた、あるいは来なかった）友人、知人たちの間での「こころ」の微妙な動きがあり、それぞれにおいてはあくまで日常的な範囲を超えない感情の、いわば不運な組み合わせと発展が事の成り行きを思わぬ方向に導く結果となったのではないかということを想像した。そんなとき、また、『こころ』をとりあげて読み直し、今度は先生とKの間で「誤解」を導くことになった心的状況に関してそれまでにはない興味を覚えた。というのも『こころ』の悲劇も主体を膠着状態に陥れたり、あるいは思わぬ方向につき進ませるような一連の心の動きのいき違いが起こした不運な事故だったという見方もできるように思えたからだ。

二十一世紀に入って、人間の行動や動機をより細かく分析できる観念として「情動」という言葉を耳にするようになった。特にアメリカにおいて人文・社会諸科学の様々な分野で「情動論的転回」ということがとかく言われるようになり「触発し・触発される身体」とその情動の諸相についてさかんに議論されるようになった。[10]

まだ耳慣れない表現だが「情動」とは、例えばもっと一般的な「感情」にくらべてどう違うのか。その「情動論用語解説」の中でジョナサン・フラットリーは「感情は［心の］中で起こったことが、外に向かい表現化されるようなものを暗示するのに対して、情動とは［外の］関係性の中で生じ、何かを動かしたり変えたりする力のあるものである。従って、人は感情を持っている、と言えるが、情動は『持っている』のではなく、他の人や物によって触発されるものである。」と説明する。[11]

喜び、驚き、怒り、悲しみ、怖れ、恥じ、など身体に直接働きかけるような生の動力であり、「感情」として自分の知的な思考の対象になる前に、衝動的に激しく主体を動かす。「場」の状況によって、ほかのもの（情動や「考え」をも含む）と組み合わさって強くなったり、弱くなったり、もしくは違うもの（時にはより感情に近いもの）に変化したりしていく。特に視覚や聴覚に媒介されるイメージや音によって触発されることが多く、外の世界からの刺激によって動くという点で、主体の認知作用や意志からは比較的自律している。そしてそれだけに、その動きは予測しにくく、先生を決定的な先制攻撃に走らせてしまった、その心の状況的な背景について考えるにあたって有意義な概念であるように思える所以である。(12)

情動の先制攻撃

まず、先生に「息の根をとめる」ようなショックを与えた、Kの突然のお嬢さんへの恋の告白があり、その衝撃から立ち直る余裕もないまま、二人の間に例の有名な会話がかわされることになる。「こころ」の悲劇を導きだす決定的な会話だが、Kに彼の恋愛についてどう思う、と聞かれて先生はとっさに「精神的に向上心のないものは馬鹿だ」と答える。これはK自身が恋に陥る前に、侮蔑をこめて先生に言った言葉の「引用」である。これを受けて、Kが自分に言い聞かせるように繰り返す「馬鹿だ」「僕は馬鹿だ」という言葉が、「恋」という新しい文脈で放たれることによって、意味が微妙にずれ、侮蔑をこめた「馬鹿」から「居直り」の「馬鹿」へと変容する。発話時の先生の意図とは反対に先生の心を不安で揺らがすことになる訳だ。もう、やめようと言うKに先生はさらに語り続ける。

「ただ口の先で止めたってしかたがあるまい。君の心でそれをとめるだけの覚悟がなければ。君は一体平生の主張をどうするつもりなのか」

「覚悟、覚悟ならないこともない」　（下　四十二章）

このKの「覚悟」という言葉が後ほど先生の頭で繰り返されるうちに、同じように情動のフィルターがかかり、「お嬢さんとの恋をあきらめる」覚悟から「恋を貫く覚悟」と意味が反転し、先生をパニック状態に陥れる。周知のとおり、それからの先生の一連の行動はこの「相手は自分より優勢な位置にあり、先を越されるかもしれない」という被害妄想的な恐れに左右される。この強い情動が彼の主体を撹乱し、行動力を麻痺させるのではなく、一挙に普段だったら予測できないような、思いがけない行動をとらせる方向に働くことになる。つまり、Kには何も告げずに先生を奥さんのもとに走らせ、お嬢さんをください、と言わしめる、先制攻撃へと導いていくのだ。

先生は卑劣だったかどうか、という問題

ここで先生の一連の行動が「卑劣」だったかどうか、につ

いて考えてみよう。柄谷行人がこの問題をルネ・ジラールの三角関係における「模倣的な欲望」をモデルを使って説明しているので、参考にしたい。[13]

柄谷は先生がKにお嬢さんへの愛を告白された際に、つい自分の気持ちについて「言いそびれ」、「遅れ」をとったのは「模倣的な欲望」の構造上、しかたがなかったことだ、とする。「先生がお嬢さんを愛するようになったのは、Kが同居するようになってから」であり、「Kが介在することによって、はじめて恋愛が成立した」のだから、気がつくのが遅れるのは当然である、と（八七頁）。柄谷はさらにこの意識の「遅れ」について子どもが自分の部屋に転がっているオモチャを、ほかの子どもが来て欲しがるのを見ると「とたんに、それぐらい大事なものはないかのようにこだわりはじめる」というよくある現象を例にとって説明する。「そして、ほかの子どもがあきらめて去れば、彼もまたそれに対する関心を失うの」だ、と柄谷は言う（八七頁）。ここで「ほかの子どもがあきらめて去れば、関心を失う」のであれば、これは他人の欲望を模倣するだけでなく、その場の情動の動きに左右されている、と言ってよいはずだ。というのも、情動は対象が何であれ、必然的にその場に見えているものの価値を優先する傾向があるからだ。そして、先生とKのやりとりのなかで、悲劇的な誤解をまねく一連の出来事はほとんどみんな「模倣的な欲望」というよりは、むしろ個々の「場」で優先される情動に影響された結果だといっても言い過ぎではない。

その「場」の優先については、心理学者のあいだで、情動一般の顕著な特徴として、「価値の時間割引」ということが言われていることに関連があるかと思われる。「情動的な評価において価値が不合理な仕方で時間的に割り引かれる、知的評価ではそうではない」と。これはどういうことか。脳の活性化についての実験から心理学者たちが言うのは、同じ報酬でも、得られる時点が先になるにつれて、その価値が小さくなる[14]（八九頁）。

「私たちが将来得られる報酬を不当に割り引いてしまうのは、将来の自分に対してうまくイメージが描けないことに起因する。将来の自分をまるで他人のように感じてしまう」（九〇頁）。そして、その場の「今」を優先する情動の特徴から、人間の「先延ばし」をする傾向について説明がつくと言う。知的には将来の自分と一体化できても、感情的に一体化できないために、将来の自分にとって大事な価値よりも、今の自分にとっての価値を優先する、というわけだ。そして「われわれの動機はいまの時点で具体的に明瞭に見える価値とは強く結びついているが、そうでない価値とは弱い結びつきしかない」（一三四頁）。

　これは先生の場合にもおおいに当てはまる。Kにお嬢さんへの愛を打ちあけることを「先延ばし」にし、「精神的に向上のないものは馬鹿だ」とその場ですぐに打撃を与えるような言葉をKにあびさせた動機がまさにそれだ。

　容貌もKの方が女に好かれるように見えました。性質も私のようにこせこせしていない所が、異性には気に入るだろうと思われました。何処か間が抜けていて、それで何処かに確かりした男らしい所のある点も、私よりは優勢に見えました。学力になれば専門こそ違いますが、私は無論Kの敵でないと自覚していました。――凡て向こうの好いところだけがこう一度に眼先に散らつき出すと、ちょっと安心した私はすぐ元の不安に立ち返るのです。（下　二十九章）

　この僻みと羨望の入り混じった情動が、Kに先を越されるかもしれない、Kにお嬢さんを取られるかもしれないという「今」の恐れをリアルにし、未来のKとの関係より、優先させる方向に動く。今、怖れの原因になっているものをやっつけるという「具体的に明瞭に見える価値」が真っ先に動機に結びつく。言うまでもなく、恐れの原因を徹底的にやっつけるためには、さらに奥さんへの「先制攻撃」が、その時の先生には、切迫な課題に思えたのだ。

　その時はその「恐れ」が十分に「本当に」感じられたという意味では、先生の気持ちに偽りはなかったはずだ。ここで、柄谷行人が使っている理論を借りて、先生の立場を擁護するとどうなるだろう。柄谷の話ではオモチャがお嬢さんのアナロジーになっているが、それをKにお嬢さんを取られるという「恐れ」とのアナロジーで考えてみたい（つまりおもちゃが欲しいという気持ちはとられたら大変という情動的な恐れに容易に変化する）。

　この子ども［先生は］はたんに意地悪［卑劣］なのだろうか。あとでふり返ってみると、自分が悪いことをしたと思うかもしれません。しかし、その時には、子ども［先生］にとってうそ偽りはなかったはずです。本当にそのオモチャが大事に［Kの方が優勢に］思えたのです。しかしその後、そのオモチャに関心をなくした以上［そうでなかったことが判明した以上］、嘘をついて意地悪をした［卑劣であった］ことになってしまいますね。

　「こころ」における先生の心の動きは、これとそれほど、違ったものではありません。つまり、先生は一度も自分の心を偽ったことはないのです。しかも、それでいて、

彼は嘘をつきKを裏切ったことになるのです。（八七頁）

誤解のないように言うと、ここで『こころ』の先生の「先制攻撃」を仕方のなかったことだと主張するつもりはない。過去のあやまちを人間のエゴイズムとか、裏切りという単純で本質的な因果論で説明することがあまり生産的でないことを指摘したいだけである。ニュースを聞けばわかるように、残念ながら情動のレベルで動く世界の情勢は百年前の漱石の時代と比べてさほど良くなってはいない。「場」に触発され、「もの／人」から「もの／人」へと（イメージも含む）伝染する「情動の論理」をよりよく理解することは、人間のいわゆる理不尽あるいは不可解な行動一般に関する知見を深めることにほかならない。対象物が何かにかかわらず、独自の軌道にのって勝手に動き出す情動の複雑なフィード・バック・メカニズムに関する洞察力を養うこと。それによって、安易な本質主義や社会構築主義に陥らずに、改めて個人と「社会性」の関係とその境界線について考え直すことは、『こころ』が与えてくれる大事な叡智ではないだろうか。

終わりに

漱石が『文学論』で一世紀も前にしたためた流動的な読書体験についての考察に呼応するかのごとく、最近、文学批評家の間で、テクストが読者の情緒に訴えて起こる情動的「共鳴」（レゾナンス）ということがよく言われるようになった。いわゆるCultural Studies的な「懐疑的な読み」――テクストのコンテクストを歴史化することによって表面下に潜むその時代のイデオロギーにからめとれた主体の姿を暴くことを目的とするような読み――から距離をとって、テクスト自体が読者の心にどう訴えかけ、どういう「情緒」的な出会いを促してくれるか、という素直な読みを見直す動きである。これはテクストを歴史、文化、イデオロギーの「徴候」として読むのでなく、いわばテクストそのものの「表面」を丁寧に読もう、という呼びかけでもある。アメリカの批評家**Rita Felski**は「コンテクストは胡散臭い」（二〇一一年）という刺激的なタイトルのエッセイで、**Wai Chee Dimock**の通事的な「共鳴」という概念を評価してこう述べる。[15]

> テクストとは時間と空間を越えてはなはだしく移動するものである。そして新しい意味づけを可能にするネットワークに遭遇し、受容のあらたな可能性や領域を生み出すのが常だ。（略）芸術作品とは従って歴史的産物なだけではなく、[16]歴史を超えた読者との情動的な遭遇のなかで、

実現され、生命を吹き込まれるべき種類のものである。

漱石の『こころ』は研究者の間でも、いろいろな風に読まれてきた。その受容史を振り返ってみると、時代の風潮によってそれぞれ「近代的な自我（我執）」あるいは「近代的主体性の批判」はたまた「ポストモダン的な主体性の歴史化」のチャンピオンとして読まれ、評価のあり方がカメレオンのように反転してきた。これらの読みを矛盾としてとられるのではなく、時間を越えた「共鳴」をおおきく許容できるテクストの情緒的な豊かさの証拠として見るべきではないだろうか。遺書の先生の言葉が示唆するように「心」は主体と他者が情緒的に遭遇する場であり、相手（受容者）があって初めて生命がふきこまれ得るわけだから。「私は今自分で自分の心臓を破って、その血をあなたの顔に浴びせかけようとしているのです。私の鼓動が停まったとき、あなたの胸に新しい命が宿ることが出来るなら満足です」といい残す先生。姜尚中が言うように、「おそらくいまほど心の問題を考えねばならない時代はない」と思われる中、「未来を予見する人」漱石は、こんな今日のわれわれの「心」のありさまも、見通していたのかもしれ」ない。[17]

注

（1）佐藤裕子が『文学論』の中の「疑似体験としての読書」について的確な解説を加えている。『漱石のセオリー：「文学論」解読』（おうふう、二〇〇二年、七八頁）。

（2）小森陽一が批判した『こころ』の言説の背後に漱石の倫理を読んで寿ぐ、国語教科書的な読みである。「『こころ』を生成する心臓」（石原千秋編『夏目漱石『こころ』をどう読むか』河出書房新社、二〇一四年、一六九頁）。

（3）小森陽一「座談会：日本文学における男色」（『文学』六、一九九五年冬、二一〜二九頁）。Steven Dodd "The Significance of Bodies in Sôseki's Kokoro" *Monumenta Nipponica* 53:no.4, 1998.

（4）「文芸漫談・夏目漱石『こころ』を読む：奥泉光×いとうせいこう」（前掲『夏目漱石『こころ』をどう読むか』十二頁）。

（5）Tomoko Aoyama, "BL (Boys' Love Literacy: Subversion, Resuscitation, and Transformation of the (Father's) Text," *U.S.-Japan Women's Journal*, No. 43, 2012 と J. Keith Vincent "Sexuality and Narrative in Sōseki's Kokoro," *Perversion and Modern Japan*, Routledge, 2010を参照。

（6）「淋しい人間」（前掲『夏目漱石『こころ』をどう読むか』一三四〜五頁）。石原千秋も同じことを指摘している「こころはどう読まれてきたか」（前掲）六頁。

（7）ニーチェのルサンチマン的な思考パターンがあると思われる。永井均『ルサンチマンの哲学』（河出書房新社、一九九七年、一六頁）。イプセンの『棟梁ソールネス』と『こころ』における罪の意識の「過剰」については拙著「イプセンと漱石」（『北欧学のフロンティア』ミネルヴァ書房、二〇一四年）を参照。

（8）漱石は、数々の作品を通して「見合い結婚」と「恋愛結婚」の狭間にある現実と言説のずれの中で起こる誤解や思い違い、をドラマ化した。漱石の主人公たちの結婚は事実上、ほとんど

「見合い結婚」と変わりなく、夫婦が対等でないからこそ、男のほうが家父長としての倫理的な責任を感じて不幸せの原因について一人で悩む。（当時の日本では不倫する男が溢れていたことを考えると、まじめな男たちであった、と褒めることはできる）

（9）オスロ大学で博士論文を書くことになってテーマを漱石にしたのは偶然ではなかった。見合い結婚と恋愛結婚の狭間で「真面目に」悩みぬくカップルの姿を描いた『行人』『明暗』がなぜ西洋ではあまり人気がないのかについての考察もふくめ、英語で書いた本を九八年にドイツの出版社から出すことができた。Reiko Abe Auestad, *Rereading Sōseki: Three Early Twentieth-Century Japanese Novels*, Wiesbaden: Harrassowitz, 1998. 現在絶版になりYale CEAS（Council on East Asian Studies）Occasional Publication Seriesよりデジタル版として再出版予定（二〇一五年）。

（10）例えば、米国ジューク大学出版の『情動論的転回』（二〇〇七）や『情動論リーダー』（二〇一〇）を参照。

（11）Jonathan Flatley, *Affective Mapping: Melancholia and the Politics of Modernism*, Harvard University Press 2008, p. 12. Brian Massumi, Parables for the Virtual: Movement, Affect and Sensation, Duke University, 2002, 序文を参照。

（12）ここからの分析は拙著、「心を攪乱する情動」（『文学』一一、一月号、二〇一四年）と重なる部分がおおい。

（13）柄谷行人、「漱石の多様性：『こころ』をめぐって」（『夏目漱石「こころ」をどう読むか』前掲、八五〜九〇頁）。

（14）信原幸弘・大田紘史『シリーズ新・心の哲学Ⅲ　情動篇』（勁草書房、二〇一四年）。

（15）Felski, «Context Stinks» (*New Literary History*, 2011), 580~573. Dimock, "A Theory of Resonance" (*PMLA*, Vol. 112, No.5, October 1997). Eve Sedgwick の言う reparatory reading（修復する読み）なども同じ流れを汲むといってよい。

（16）これは決してテキストの歴史的なコンテクストを消去しろということではない。

（17）『夏目漱石：こころ』（ＮＨＫ出版、二〇一四年、八頁）。

「道のためなら」という呪縛

高田知波

Kは「先生」の遺書というエクリチュールの中にしか登場しないため、彼の心の中を読者が直接見ることはできない。Kが本当に御嬢さんに恋していたかどうかも明確ではない。本稿では、①高校時代、養父母を欺いて学資を払い続けさせるという大胆な行為について「道のためなら、其位の事をしても構はない」と断言していたKが、無一文で大学生活を開始したとき、「先生」の「物質的の補助」の申し出を一蹴したのはなぜか、②そのKが、一年半後に一転して「先生」への学資全面依存を受け容れたのはなぜか、という二点を切り口として、自殺にいたるKの内面過程に対する新しい読みの可能性を追求した。

1

一方は〝潤沢な財産を持って家郷を棄てた男〟として、他方は〝無一文で家郷から追放された男〟として共に大学生活を開始することになったとき、「先生」はKに「其場ですぐ物質的の補助を申出」て「一も二もなくそれを跳ね付け」られたという。「先生」は遺書の中で「自活の方が友達の保護の下に立つより遥に快く思はれたのでせう」と書いているが、Kはそれまでの三年間、養家を欺き通して学資を得てきた男である。Kが「大学へ這入つた以上、自分一人位何うか出来なければ男でないやうな事」を言ったという説明はあるもの[1]、高校では学資を詐取してもよいが大学に入ったら自活しなければ「男でない」という論理には説得力がない。周知の通り、かつて「それでは養父母を欺むくと同じ事ではないか」と詰」った「先生」に対して、Kは「道のためなら、其位の

たかだ・ちなみ――専門は日本近代文学。主な著書に、『樋口一葉論への射程』（双文社出版、一九九七年）、『〈名作〉の壁を超えて――『舞姫』から『人間失格』まで』（翰林書房、二〇〇四年）、『姓と性――近代文学における名前とジェンダー』（翰林書房、二〇一三年）などがある。

事をしても構はない」と答えたという。Kはもともと年齢ではなく、「道のため」という目的の崇高さに自分の行為の正当性の根拠を求めていたはずなのである。また養家を欺いた学資で第一高等学校（第一部）に入学する行為が初めから帝国大学文科大学への進学を予定していたことも言を俟たない。したがって高校の学資が「道のためなら」という論理で正当化されるのであれば、大学の学資を友人の好意に頼ることもまた正当化されてよいはずであろう。「大学へ這入つた以上、自分一人位何うか出来なければ男でない」というKの宣言は、『こゝろ』のテクストの中で、「元来学校を出た以上、出たあくる日から他の世話なんぞなるものぢやないんだから」（＝学校を出るまでは「他の世話」になって当然）という、「私」（上・中の書き手）の父親の苦言とコントラストを形成しているが、もちろん後者の方が当時の一般的な社会通念であった。(2)にもかかわらず「道のため」に養家を欺いてきたKが、大学学資について、友人の「物質的な補助」を一蹴したのはなぜだろうか。

この「物質的の補助」という表現は、『虞美人草』の中でも使われていた。甲野藤尾との結婚を望む小野清三から、過去の約束めいた関係を清算する代わりに「物質的の補助をしたい」という申し出を受けた井上孤堂が、「物質的の補助をするなんて、失礼千万な」と激怒する場面があり、『こゝろ』の「先生」はこれとまったく同じ言葉をKに向って発していたことになる。孤堂は「法律上の契約よりも徳義上の契約を重んずる人間」を自任する漢学者であり、「物質的の補助」が逆鱗に触れたのは、「小野の世話をしたのは、泣き付いて来て可愛想だから、好意づくでした事」――つまり「徳義」という無形の価値にもとづいておこなった自分の「世話」が、金銭で弁済できる貸借関係として扱われたためである。すでに指摘されている通り、孤堂の「徳義上の契約」は無償どころか、じつは無限の恩義を相手に負わせ続けるものであり、また彼は結婚における当人同士の愛情確認の必要性を毫も認めていない。Kと孤堂では世代も知的環境も大きく異っており、第一、孤堂の「徳義」が小野の「約束」違反を激しく問責するのに対して、Kの「道」は養家との約束の不履行を正当化しているのであるから、両者はむしろ対極に位置しているともいえる。しかし物質的なものよりも精神的なものの価値を上位に置くという点において二人は共通しており、無形のものを有形なものと等価交換するという発想はKにとっても我慢できないものであったと考えることはできる。高校入学時のKの大胆な学資計画に賛成したとき、「先生」は「万一の場合、賛成の声援を与へた私に、多少の責任が出来てくる位の事は、子供ながら私はよく承知してゐた」という。その「責任」のとり方が「物質的の補助」の提案だったわけであるが、Kはおそらくこういうかたちで親友に「責任」を取ってもらうことを望んでいたわけではないだろう。彼はいわば養家に自分の将来の進路を買い取られていたのであり、したがって三年間払わせ続けた学資そのものは、「弁償」額を計算できる物質的なものであった。一方親友との関係は物質的なものをはるかに超越した無形の価値の共有で貫かれているものとKが信じていたのだとすれば、親友の口から真っ先に出てきたのが「物質的の補助」だったという事実に衝撃を受けていた可能性は十分ある。

ではKが「物質的の補助」以上に「先生」に求めたものの核心にあったものは何だったのだろうか。学資計画が「道のため」であるという説明を聞かされた時のことについて、「先生」は遺書の中で次のようにコメントしている。

其時彼の用ひた道といふ言葉は、恐らく彼にも能く解つてゐなかつたでせう。私は無論解つたとは云へません。然し年の若い私達には、この漠然とした言葉が尊く響いたのです。

「恐らく彼も解つてゐなかつたでせう」というのはもちろん「先生」の主観であるが、しかし高校時代、ある時は珠数を勘定し続け、ある時は聖書を読み、コーランも読むつもりだと語る……といった数少ないエピソードをつなぎあわせていくと、Kの知的貪欲さは伝わってくるものの体系性が見えてこない、というよりむしろ手当たり次第といった印象を受ける。（「先生」によれば、Kは聖書を読み始めた理由を「是程人の有難がる書物なら読んで見るのが当り前だらう」と説明していたのである。）「Kの「修行」の目標に日蓮が掲げられ、養家に背く「覚悟」も生まれた」（野網摩利子『夏目漱石の間の創出』東京大学出版会、二〇一二年）という解釈が強引過ぎることは言うまでもないが、「当時の学生を中心とする青年層に浸透していた倫理的宗教的雰囲気」（木村功「「こゝろ」論——先生・Kの形象に関する一考察」『国語と国文学』一九九一年七月）といった一般論にも還元し切れない一種異様なランダムネスが、高校時代のKについての断片情報から伝わってくる。

Kは「常に精進といふ言葉を使」い、「彼の行為動作は、悉くこの精進の一語で形容されるやうに、私には見えた」とも「先生」は書いているが、「精進」は目的語になりにくい言葉である。何かのために精進することはあっても、精進を目的として何かをするという言い方は通常はしない。（修行を悟りの手段化することを戒めた「修証一等」という禅語があるが、これも精進の自己目的化を意味するものではない。）したがって大学での勉学に精進が必要だというのは当然だとしても、精進のために大学で学ぶというのはどうみても不自然である。にもかかわらず、自活生活の負担が重くにるにつれてKは「学問が自分の目的ではない」、「意志の力を養つて強い人になるのが自分の考へだ」、「それには成るべく窮屈な境遇にゐなくてはならない」と言うようになってきたという。「中学にゐた頃から、宗教とか哲学とかいふ六づかしい問題で、私を困らせました」というKの進学先が大学の哲学科であったことは間違いないと思われるが、(3)知性の錬磨が人格形成にかかわることは確かだとしても、学問的真理の探究の課題と自己の道徳的向上の課題を弁別することが近代大学教育の原理であるにもかかわらず、Kはあえて両者を一体化させようとしていた形跡がある。これはKの認識が混乱していたためでもなければ、「普通の坊さんよりは遙に坊さんらしい性格」だったためでもない。そもそも「意志の力を養つて強い人になる」ことは大学進学の目的にはならないし――『こゝろ』の四年前に書かれた『門』には、参禅にきた主人公に向って僧侶が「読書程修業の妨げになるものは無い様です」と語る場面が出てくる――、学資を独力で賄うことがいかに苛酷だったとしても、大学での修学自体がエリート的特権であり、「窮屈な境遇」の極致だとみなすことはできない。にもかかわらず、というよりだからこそ、大学進学を目指して養家を欺く自己の行為を正当化するためには、自己鍛錬と学問とを分離させない論理をKは必要としていたのだと思う。

おそらくKには、第一高等学校から帝国大学というコースに進む動機が私利私欲であってはならないという強いオブセッションがあったと思われる。もしも学資詐取の目的が「学歴貴族」（竹内洋）への上昇という枠の中にとどまるものであったならば、Kの行為は一般的な詐欺との差異を主張することができないからである。高校時代の「先生」とKは下宿の同室で「天下を睥睨するやうな事を云つてゐたのです」、「我々は実際偉くなる積でゐたのです」という。もちろんこの回想は「先生」の側からの一方的な視点で書かれており、当時の二人の会話が「大抵は書物の話と学問の話と、未来の事業と抱負と、修養の話位で持ち切つてゐた」という叙述にも主観のフィルターがかかっているとしても、しかし「偉くなりたい」と言い、「未来の事業と抱負」を熱く語る友人に対して、Kが不快や軽蔑の表情を示さなかったことだけは確かであろう。そして「先生」の遺書の中にKの「精進」についての言及が出てくるのは、この「偉くなりたい」云々が語られた直後なのである。自分の野心の情動を自覚するからこそ、Kは「道のため」という言葉で私欲性を制御しておく必要があったのだともいえる。養家が学資の代償としてKに命じた医学は、家業であると同時に公益性のイメージの強い進路でもあった。したがってそれを拒否して選びとった文科進学が、医学に匹敵する、あるいはそれを上回る非利己性を主張できなければKは自己の行為を正当できなかったはずである。「偉くなる」は「物質的」の端から「精神的」の端まできわめて幅の広い多義性を持った言葉であるが、この言葉から利己的な色彩を潔癖に剥落させる機能を果たしたのがほかならぬ「道のため」という「尊く響」く言葉の力だったのではないだろうか。学歴的向上心と禁欲的自己修養とを未分化状態に置き、他者救済的な香りを放つ宗教性も漂わせたこの言葉は、自分の行為を単なる詐欺から聖別するマジック・ワードとして機能していたのだともいえる。

養家から詐取した学資があったからこそ高校生活を送ることができ、高校を卒業したからこそ帝大に進むことができたKは、文科進学を自ら養父に報告し、それまで養家が負担してきた学資を「弁償」した実家から「勘当」されたことによって「物質的」レベルでの清算は完了した。しかし今後の大学生活が正真正銘「道のため」のものとして貫徹されなければ、人を欺いた行為の一切の正当性が失われてしまうことになる。「道のためなら、其位の事をしても構はない」という論理は、裏返せば「道のため」でなかったならばけっして赦されないという厳格な倫理的命題を内包しており、自分の修学が「道のため」のためのものであることを日々証明し続けることを要請していた。Kにとっては学資問題以上にこの課題の方が切実だった言ってもよい。このようにKの大学生活は、最初から背水の陣のような緊張の中で開始されていたのである。そのスタートにあたってKは養家事件の最初からの相談相手であった親友に、何よりも現在の自分の精神の緊迫に対する理解を求めていたのではないかと私は思う。だが、「先生」にはそれを理解する力が欠けていた。その当時だけではない。Kが自殺したあとでも依然として無理解のままであったことは、遺書の次の一節が端的に物語っている。

学問を遣り始めた時には、誰しも偉大な抱負を有つて、新しい旅に上るのが常ですが、一年と立ち二年と過ぎ、もう卒業も間近になると、急に自分の足の運びの鈍いのに気が付いて、過半は其処で失望するのが当り前になつて居ますから、Kの場合も同じなのですが、彼の焦慮り方は又普通に比べると遙に甚だしかつたのです。私はつひに彼の気分を落ち付けるのが専一だと考へました。

特に「Kの場合も同じなのですが」という箇所に注目したい。「普通に比べると遙に甚だし」い友人の「焦慮り方」を目の当たりにしながら、その根源に何かあったのかについて、遺書執筆時点においても「先生」が認識できていないことが顕著に表われているからである。「道のため」という言葉に呪縛された「Kの場合」は、自分の学問の鈍さに気付いて「其処で失望する」余裕などあり得なかった。「学問」だけだったならば自身の到達度や可能性をある程度測定することができるが、学理的知見の深まりと人格的研磨とが一体化した「道」を評価軸に据える限り――しかも比較する相手が「道のために体を鞭つたりした所謂難行苦行の人」であり、「昔の高僧だとか聖徒《セーント》だとか」のレジェンドや「偉い人の影像《イメジ》」だったというのであるから、必死に「精進」に努めようとすればするほど、自分の至らなさが目に付いてくるのは必然である。その結果、自分は「道のため」という目的から逸脱しているのではないか、養家を欺いた行為の正当性が崩壊してしまうのではないかという恐怖がますます彼の「焦慮り」を募らせていく……これが自活時代のKの「神経衰弱」の基本構図だったのではないかと思われる。にもかかわらず、「誰しも」や「普通」とは大きく異なったK固有の「焦慮り方」を、「感傷的《センチメンタル》になつて来た」という一般論の枠でしか把握できない「先生」の想像力の貧しさは覆うべくもない。かつて「物質的の補助」の申し出た自分の行為がKの求めるものと乖離していたことについても、「先生」は依然として無自覚のままである。「物質的な補助」を拒絶して自活の道を選んだKについて、遺書の中で「先生」は「彼は今迄通り勉強の手をちつとも緩めずに、新しい荷を背負つて猛進したのです」と書いているが、Kが背負った「新しい荷」の中身についての「先生」の理解は、学資調達と勉強との両立の厳しさという、やはり一般論のレベルにとどまっているからである。

2

Kが「先生」の下宿に移ってきたのは大学「二年生の中頃」である。遺書を読む限り、転居以降のKが「夜学の教師」を続けている形跡はなく、自殺までの一年間、Kの大学生活は完全な無収入状態だったと思われる。「先生」が「二人前の食料」を「そつと奥さんの手に渡」したというが、もちろんそのことにKが気付かなかったはずはない。それまで

「独力で己れを支へて」きたKは、下宿移動を機に、今度は学資のすべてを友人に依存するという正反対の経済生活へと一八〇度逆転したのであるが、それはKがこの大転換の正当性を自分の中でどう処理するかというあらたな課題を背負ったことをも意味していた。(4)

それにしても一年半前に「大学へ這入つた以上、自分一人位何うか出来なければ男でない」と啖呵を切って友人の「物質的の補助」を一蹴したKが、なぜ今回は学資全面依存への転換を承諾できたのだろうか。近年の『こゝろ』研究では「先生」がKを自分の下宿に呼んだ真の理由をめぐってさまざまに議論されているが、私は「先生」がKに同居を求めた理由よりも、Kがこれを承諾した理由の方に注目したい。

彼は寧ろ神経衰弱に罹つてゐる位なのです。私は仕方がないから、彼に向つて至極同感であるやうな様子を見せました。自分もさういふ点に向つて、人生を進む積だつたと遂には明言しました。(尤も是は私に取つてまんざら空虚な言葉でもなかつたのです。Kの説を聞いてゐると、段々さういふ所に釣り込まれて来る位、彼には力があつたのですから)。最後に私はKと一所に住んで、一所に向上の路を辿つて行きたいと発議しました。私は彼の剛情を折り曲げるために、彼の前に跪まづく事を敢てしたのです。さうして漸との事で彼を私の家に連れて来ました。

という「先生」の叙述がある。十数年後の「先生」の視点からの説明であるが、Kの側からみても、一年半前には「道」の中身に無関心なまま「物質的な補助」を申し出た友人から、今回は彼自身の「人生」の「向上」のために「一所に住」んでくれることを求められたことになったという大筋は確かだろうと思う。Kは己れのプライドを曲げて友人の恩恵にすがったのではない。「跪まづ」いたのは「先生」の方であり、Kはいわば〝「道」追求の先導的同伴者〟として招聘されたというかたちになる。だとすれば「先生」からの学資提供は「物質的な補助」ではなく、友人の精神的「向上」を先導する〝報酬〟だったのだともいえたわけである。

したがって下宿移動後のKの大学生活後半期は、自分の学業が「道のため」という目的と合致しているかという高校以来の厳しい自己検証に加えて、「道」を目指す「向上」のためにKとの同宿を懇願した「先生」の言葉が真実であることを日々確認していくという新たな課題をも背負うことになった。Kに「跪まづ」いたのは彼の「剛情を折り曲げるため」だったと「先生」は書いているが、「跪まづ」かれたKの方も、かつて「物質的な補助を申し出」たこの友人がいま自分を説得するために、あえて懇願という擬態をとっている可能性を視野に入れていなかったとしたらむしろ不自然であろう。したがってこの疑問を残したまま友人の言葉を額面通り受け入れたKの心には、一種の打算が潜んでいたともいえるが、前引の通り同居を「発議」するに至る経緯の叙述の中で、「先生」は当時の自分が「Kの説」に感化されていたことも認めており、Kが「先生」の「向上の路」にとっての自分の存在価値に手応えめいたものを感じていたとしても、それを自惚れだと決めつけてしまうわけにはいかない。Kには友人の言葉を疑う一方で、真実性を期待する根拠もあったのである。

　したがってKは次の二つの課題を担ったことになるが、

①「道」追求者として日々恥じることはないかという自己検証を続けること（高校学資が単なる〝詐欺〟ではないことの確認）

②友人が本当に「道」追求のために自分を必要としているかどうかを観察すること（下宿移動が単なる〝居候〟ではないことの確認）

この両者は、①の確信を維持できなければ高校入学以来の「道のため」という正当性の根拠が崩壊するばかりでなく、友人を先導する人間としての資格をも喪失することによって、自動的に②の正当性も維持できなくなってしまうという関係になっていた。しかも①は自己鍛錬の課題であるが、②の正当性を決めるのは友人の心の内部である。したがって下宿移動による「物質的」な生活条件の緩和と引き換えに、Kはこれまで以上に厳しい精神の試金石の上に自分を置かねばならなくなったのである。その上「先生」自身がK同宿に先立って、

> 私は溺れかゝつた人を抱いて、自分の熱を向ふに移してやる覚悟で、Kを引き取るのだと告げました。其積であたゝかい面倒を見て遣つて呉れと、奥さんにも御嬢さんにも頼みました。

という。あらかじめそのように方向づけられた奥さんや御嬢さんの眼差しを考えても、学資を友人に全面依存したKの正当性の根拠は早晩瓦解する運命にあったと言わなければならない。

　はたして同居生活の時間にともなって、Kは「一所に住んで、一所に向上の路を辿つて行きたい」という「発議」の真実性への疑念を深めていくことになる。まず「先生」の方

に微妙な変化があった。前述の通り、同居開始時点では「Kの説」の感化力を認めていた「先生」が、一年後には「道に達しようが、天に届かこうが構いません」という冷淡な態度になっているのである。もちろんここには御嬢さんを挟んだ「嫉妬」の力が強く作用していたことはいうまでもないが、Kの側からすれば友人の要請に応えて「一所に住」むようになってから、「Kの説」に対する友人の共感の度合いが減退の一途を辿っているように見えたはずである。そしてこの一年間の中間地点に房州旅行における有名な場面が位置している。周知の通り、この旅行中、海岸の岩の上に「何もせずに黙つて」座っているKの襟首を「先生」が背後から掴んで「斯うして海の中へ突き落としたら何うする」と訪ねたとき、Kは振り返らずに「丁度好い、遣って呉れ」と応じ、日蓮の生まれた寺を訪ねた翌日、「急に六かしい問題」を話し始め、それに取り合わない「先生」を「精神的に向上心がないものは馬鹿だ」と「さも軽薄ものゝやうに遣り込め」る。近年の研究ではこの時点でKがすでにお嬢さんへの恋情と禁欲的な「道」追求の理想との相剋に悩んでいたという解釈が有力になってきているが、見落としてならないのは、このとき「先生」を「精神的に向上心のないもの」だと認定してしまえば、追い詰められるのはKの方だったという点である。このとき「先生」は隣にいるのが「Kでなくつて、御嬢さんだつたら嘸愉快だらうと思」い、「Kの方でも私と同じやうな希望を抱いて」いるのではないかと疑っているが、Kが抱える懊悩の中心にあったものが、学資依存の正当性の崩壊の危機だった可能性について「先生」は思い及んでいない。またこのときKから「侮蔑」されたと受け止めた「先生」は、半年前に自分がKを下宿に誘うために「跪まづ」いたことの重大さにも気付いていない。「精神的に向上心がない者は馬鹿だ」という言葉は、友人の知的怠惰に対する嘲罵などではない。後に「先生」が上野公園でKに向って二度くり返すことになるこの言葉は、もともとはKに同居を「発議」した時の「一所に向上の路を辿つて行きたい」という「先生」の言説が起源だったはずであり、この「発議」こそがKの学資全面依存の正当性を支えていたのである。だとすれば房州のKは学資依存の正当性を懸けて、「発議」時の友人の言説を正確に反復してその真実性を問うていたのである。というより、この挑発を受けた友人が「精神的」な「向上心」の所有者であることを宣言してくれることを切望していたのだといった方が正確かも知れない。だがKの言葉に「侮蔑」を感じた「先生」は、「人間らしいといふ言葉」を使って反撃したという。「精神的」な「向上心」にこだわるKの価値観そのものの狭さを批判したわけである。

このときKは「もし私（「先生」――引用者）が彼の知つてゐる通り昔の人を知るならば、そんな攻撃はしないだらう」と言い、さらに「彼がどの位そのために苦しんでゐるか解らないのが、如何にも残念だと明言し」たという。「先生」の遺書の中でKについて唯一「明言」という表現が使われた箇所であるが、「そのために」という指示語がかつての「発議」の真実性＝Kの学資依存の正当性を指していたことは明らかであろう。それを「理解」しない友人を眼前にして、彼は自分の立場が〝「道」追求の先導的同伴者〟どころか、単なる〝居候〟に過ぎなかったという認識を迫られていたはずである。

3

Kが自殺したのは房州旅行からほぼ半年後である。Kの自殺原因考察の研究史は〝友人に裏切られた衝撃〟から〝「道」と恋の相克に悩んだ末の自己否定〟という方向への流れを形成してきているが、後者の解釈もまた、「御嬢さん」を中心にした二人の男の物語を編みあげた「先生」の遺書の呪縛の圏内にとどまっている。私はKがお嬢さんに恋していなかったと主張したいのではない。房州旅行後のKが自己の正当性について、これまで以上に深刻な危機に陥っていたことを軽視してはならないと思うのである。

房州で「精神的」な「向上心」をめぐるやりとりを経験してしまったKにとって、最も正しい選択肢はまず〝半年前に、時一所に住んで一所に向上したいと「跪まづ」いたのは本心だったのか〟と友人に問い質すことであり、嘘でなかったことが確信できれば同居を継続するが、嘘だったことが判明すれば決然と下宿を去って元の自活生活に戻る……という行動選択に踏み切るだったはずである。しかし実際のKは一度もこのことを「先生」に問い質さないまま半年後に自決した。これは問い質さないという決断したのではなく、むしろ決断をおそれて回避し続けていたのであろう。Kの遺書に書かれてあったという「薄志弱行」の四文字の意味も、その一半はここにつながっていたと解することができる。

Kが友人に問い質す決断を回避したのは、自活と勉学との両立生活の苛酷さの恐怖のためなのではない。この新しい下宿生活のコンフォート（居心地のよさ）が魅力を増し始めてきており、そこから離れたくないという欲望を抑制できなかったためではないかと私は考えている。「Kは母のない男でした」と「先生」は書いているが、たしかに早くに母を失い、「継母に育てられ」、中学生のとき医業を継ぐことを条件にして養嗣子になり、進路問題で養子縁組みを解消され、復籍した実家から勘当される……というKの経歴から浮かんでくるのは〈母〉を軸にした「家庭」の暖かさを知らずにきた男の姿である。「先生」は「私の神経が此家庭に入つてから多少角が取れた如く、Kの心も此処に置けば何時か鎮まる事があるだらうと考へた」と回想し、遺書で初めてKを登場させる言説で「其男が此家庭の一員となつた結果は、私の運命に非常な変化を来してゐます」と書いているが、Kにとってこの新しい下宿で「家庭の一員となつた」体験は、両親に愛された育った「先生」とは比較にならぬほど衝撃的な魅力であったに違いない。しかし奥さんと御嬢さんが中心になったこの小世界に、自分が今まで知らなかった「家庭」的なコンフォートを初めて見出したことと、御嬢さんに恋心を抱いたこととはけっして同義ではない。最初のうちはKが奥さんや御嬢さんに「段々打ち解けて来る」様子を見て「愉快」に思い、「成功に伴ふ喜悦」を感じていた「先生」が、次第にお嬢さんとKとの恋愛の可能性への疑念へと変化したのは、両親の死↓親戚の裏切り↓下宿に「家庭」の発見↓「神経」の鎮静↓御嬢さんへの恋心の自覚↓結婚という形での新しい「家庭」創出への願望……という経緯を辿ってきた「先生」自身の内面遍歴の投影として、Kもまた同じように辿り始めたのではないかと想像したためであろう。しかし「家庭」の発見後のK内面過程が先生と同じ軌跡を描いていたという証拠は何もないのである。姉が結婚して寺を出たあと女の肉親を知らなかったKは、一方で実家から養家へ譲渡される中で制度としての「家」の非情さを痛感していたと思われる。そんな彼が知った奥さんと御嬢さんとの世界は、何よりも〈父〉のいない「家庭」の魅力を持っていたとも考えることができるのだが、「先生」の想像はそこには及んでいない。

Kが「摂慾や禁慾は無論、たとひ慾を離れた恋そのものでも道の妨害になる」という極端な主張を「先生」がKから聞かされたのが、「Kが自活生活をしてゐる時分」——つまり御嬢さんを知る以前の時期に限定されていることを看過してはならない。つまり親友の前で〝恋＝道の妨害〟論を展開した時点のKにとって、「道」と恋の問題が深刻なテーマになっていたはずはないのである。「先生」は遺書の別の箇所で、「Kと私は何でも話合へる中でした。偶には愛とか恋とかいふ問題も、口に上らないではありませんでしたが、何時でも抽象的な理論に落ちてしまふ丈でした。それも滅多には話題にならなかつたのです」と書いており、おそらく二人の議論がたまたま「愛とか恋とかいふ問題」にまで及んだ時にKはこの観念的言説を繰り返していたのであり、自ら進んで恋愛論を展開したのではなかったと思われる。「愛とか恋」が「滅多には話題にならなかつた」にもかかわらず、Kの〝恋

＝道の妨害〟論については「よく彼の主張を聞かされました」という叙述の矛盾は、この話の聴き手だった「先生」が御嬢さんへの「愛」と「疑ぐり」の間で「煩悶」していたため「恋」の話題に敏感になっていたことに加えて、亡友を〝「道」と恋の相剋に懊悩した男〟として造形したい遺書の書き手としての「先生」の欲望の反映でもあろう。当時二人は「堅」い議論ばかりしていたと「先生」は書いているが、その「堅」い議論の中で、異性恋愛体験をまったく持たないKが右のような主張を述べたのは、快楽のすべてを潔癖に排斥しない限り、養家を欺いて修学してきた自分の正当性の根拠が崩されるというオブセッションを背負っていた彼が、恋愛を快楽の代表例とみなしていたからではないだろうか。「自活生活をしてゐた時分」のKが友人に伝えたかったのは観念的な恋愛論などではない。「道のため」という修学の正当性を保持するためには「道」追求の喜び以外の一切の快楽を放棄して「精進」し続けなければならないという切迫した心情が彼のテーマであった。そしてそのようなKにとって、大学生活の後半期に、新しい下宿の「家庭」的なコンフォートへの未練のために、学資全面依存の正当性と向かい合う決断を回避し続けている自分の姿自体が、ますます「道」追求の理想像から遠ざかっていくものに見えたに違いない。そしてそれを「恋」だけに限定してしまうと、かえってKの苦悩の本質から遠ざかってしまうのではないかと私は思う。

4

「先生」がKの「恋の自白」を聞かされたのは、百人一首の遊戯で御嬢さんがKに加勢するという事件があってから二、三日後だったという。この叙述箇所も財産をめぐる叔父との談判と同じように、遺書では直接話法による声の再現どころか間接話法さえ使われていない。「お嬢さんに対する切ない恋を打ち明けられた」というのも、「「恋」の「一文字」に囚われていた「先生」の一方的な要約に過ぎない」[5]のであり、しかも「先生」自身がその時の自分について「私の心は半分其自白を聞いてゐながら、半分何うしよう〳〵といふ念に絶えず掻き乱されてゐましたから、細かい点になると殆ど耳に入らないと同様でした」と、受信者としての非中立性を自覚しているのである。ではこのときKは何を友人に伝えようとしていたのだろうか。

「不思議にも彼は私の御嬢さんを愛してゐる素振に全く気が付いてゐないやうに見えました」と「先生」は遺書で書いているが、同宿する友人がお嬢さんに抱いている恋情にKが気付いていなかった可能性は低い。（嫉妬の様子を見せる度にお嬢さんが笑ったというエピソードは、「先生」が感情を顔に出やすいタイプだったことを示している。）そして大学卒業を半年後に控えた今、御嬢さんと友人との関係が結婚に向けて進捗していた方がKとしてはむしろ望ましかった可能性さえある。「一軒家に住む一人娘である御嬢さんとの有利な結婚」によって「財力を獲得できるかどうか」がKにとって「「道」のための精進」の成否の鍵を握っていたという松澤和宏氏の説が反響を呼んだが、(5) Kが「道のため」が「窮屈な境遇」を必要条件としていたことを見落としてはならないと思う。漱石は講演『道楽と職業』の中で、「道を求め」続けた禅僧が「物質的の窮乏」に陥る「原理」を「精神的に己の為にすればする程物質的には己の不為になる」と説明しているが、Kは卒業後も自分の進学が「道のため」であったことを立証し続ける必要があり、そのために「物質的の窮乏」――遺書の表現に従えば「窮屈な境遇」――をむしろ切望していたのではないか。『虞美人草』の小野は「文明の詩人は是非とも他の金で詩を作り、他の金で美的生活を送らなければならぬ」と考えて、財力のある藤尾との結婚を望んだが、Kにとっては財力的な安定を得ることと「「道」のための精進」に専念することとは原理的に相容れなかったはずである。一方母親と二人暮らしの御嬢さんと結婚する相手は財産家か、あるいは安定的な高収入の保証された職業に就くかのいずれかでなければならない。これは当時としてはごく当然の発想であり、故郷からの支援の道を絶たれ、卒業後も窮乏生活を必要とする自分には結婚の条件が初めから欠けていることを、Kが認識していなかったはずはない。(6)

さらにKは約二十年間の間に実家の姓→養家の姓→実家の姓という姓の変遷を強要されてきた男である。この変遷は夏目→塩原→夏目という姓の移動を経験した漱石自身と重なるところがあるとはいえ、漱石とは違って実家の戸籍に入ったまま「勘当」されたKはいわば〝姓喪失者〟であり、そしてその姓からの追放／解放は彼自身の「道のため」によってもたらされたものであった。したがってこの実質的な無姓性が「道」追求者としてのKの矜持でもあったとすれば、新しい姓の獲得が「道」からの逸脱の指標としてとらえられた可能性は小さくない。〈家〉制度の時代、結婚と無姓とが相反するものであったことは言をまたないからである。(7) したがって外的にも内的にもKには御嬢さんとの結婚という選択肢は初めからなかったのではないかと私は考えている。結婚というような未来への回路を遮断した〝現在〟の「家庭」的なコンフォート自体が彼にとっての魅力だったのである。したがってKには御嬢さんの夫の座を「先生」と争奪する気はなかったし、むしろ「先生」が御嬢さんと結婚してくれた方が、K

の「道のため」には都合がよかったのではないかとさえ考えられるのである。

だとすれば「先生」や奥さんの目の前で御嬢さんが露骨にKに味方したという正月の事件は、半年後の卒業を契機にこの家を離れ、「道のため」の窮乏生活に向かう心の準備をしていたKにとっては喜びよりも、むしろ混乱の方が大きかった可能性がある。というより、「家庭」的な空間の魅力が強かっただけに、困惑もまたいっそう大きかったのだといった方が正確だろう。この百人一首事件から二、三日後にKが友人に打ち明けた話の主眼は、恋の告白でもなければ、機先を制することで恋のライバルに対する優位性獲得を目指した策略でもなく、この戸惑いの全容を友人に理解してほしいという必死の願望だったのではないだろうか。それを「先生」がもっぱら「恋の自白」と受けとめたのは、百人一首事件の衝撃でKに対するライバル意識が最高潮に向かっていたためである。もちろん直接話法による声の復元がなされていない以上、これは可能性の域を超えるものではない。しかし前引の通りこのとき「先生」はKに打ち明けを「半分」の心でしか聞いていなかったのであり、またKの自殺原因を考究した経過の回想の中で「其当座は頭がたゞ恋の一字で支配されて居た」と認めていることを読者はけっして軽視すべきではない。「恋の一字で支配されて居」た「先生」の主観を起点として構築されたKの物語の枠組を打ち破る想像力が、『こゝろ』の読者には求められていると私は思う。

「先生」を上野公園の散歩に誘ったのはKの方であり、「先生」の意見を求めたのもKである。

> 彼は私に向つてたゞ漠然と、何う思ふと云ふのです。何う思ふといふのは、さうした恋愛の淵に陥つた彼を、何んな眼で私が眺めるかといふ質問なのです。一言でいふと、彼は現在の自分について、私の批判を求めたい様なのです。

という有名な一節を読み直してみると、Kが発した言葉は「何う思ふ」という類いの質問だけであり、「恋愛の淵に陥つた彼を、何んな眼で眺めるか」というのは「先生」の解釈だった可能性が高い。したがってこの引用の後にKが「自分の弱い人間であるのが実際に恥づかしい」、「迷つてゐるから自分で自分が分らなくなつてしまつたので、私に公平な批評を求めるより外に仕方がない」、「進んで可いか退いて可いか、それに迷ふのだ」と言ったという叙述は、その時のKの発語が正確に復元されていたとしても、発信と受信との間に大きなずれが生じていた可能性がある。だとすれば「精神的に向上心のないものは馬鹿だ」という「先生」の言葉が、「其一言でKの前に横たはる恋の行手を塞」ぐ「策略」として発されたこと自体は確かだとしても、それは百人一首事件以後のKに対する誤解の線上に組み立てられた幻の敵を相手にした「策略」だったかも知れないのである。上野公園で「何う思ふ」という言葉でKが友人に伝えたかった／尋ねたかったのは、やはり正当性の問題だったのではないかと私は考えている。「進んで可いか退いて可いか、それに迷ふのだ」というKの問いかけは、御嬢さんとの恋愛に向かって突き進むべきかそれとも断念かべきかというという二択だったのではなく、この状況の中でなお「道のため」という正当性に向かう方法があるのか、それともこの家を去って自活の道に戻る以外にないのかについての助言の要請であった。「公平な批評」という言葉をKが実際に使っていたとすれば、このときKは自分が直視を回避し続けていたあの同居「発議」で「跪まづ」いたのときの友人の言葉の真偽に向かい合おうとしていたことになる。

したがって、「精神的に向上心がないものは馬鹿だ」という「先生」の応答を聞いたとき、Kにとって最も好ましかったのは、〝君は僕の「道」追求の先導者ではないか。房州で「精神的に向上心がないものは馬鹿だ」と言ってくれた君はどこに行ってしまったんだ。僕は君に学んで「道」を追求したいのだ〟という叱咤激励としてこの言葉を解釈することであろう。「先生」はこの言葉を、かつて房州で「彼の使つた通りを、彼と同じやうな口調で、再び彼に投げ返した」というが、Kの側からすれば、房州の自分のあの発言を友人がかくも真剣に覚えていてくれたということが最後の拠り所になっていたのかも知れない。だが奥さんから「先生」の婚約を知らされとき、その期待は完全に打ち砕かれた。婚約を聞いたKが奥さんに言ったという「金がないから」いう一言には、友人にとって自分はただの〝居候〟に過ぎず、また「道」の追求者として失格したことによって養家事件も単なる〝詐欺〟行為でしかなかったとを最終確認した痛切な思いが込められていたのである。

もちろんKは一人称回想体の語りの中にしか登場しない人物であり、その内面は不鮮明なままである。とりわけ「金がないから」発言から頸動脈切断までの数日間におけるKの心の動きは永遠に謎であろう。そのことを前提にした上で「道のため」という目的の崇高さを正当性の根拠にして一高文科に進学した時からKの強いオブセッションが始まっており、親友にも理解されない孤独の中で自死に至った軌跡の可能性を浮き彫りにしようとしたのが本稿の主旨である。

注

（1）「先生」の遺書の特色としてこのKの発話も間接話法で書かれており、Kの発話がこの通りだったかどうかは不明であるが、「男でない」という論理は「先生」の語彙ではないだけに、かえってKの発話復元だった可能性が高い。同様に「道のためなら」という言葉もKの発話の反復だった可能性が高いといえる。なお「先生」の遺書の間接話法多用と、「私」の手記の直接話法多用との対比構造とその意味については、旧稿（「他者の言葉──『こゝろ』の話法」『〈名作〉の壁を超えて──『舞姫』から『人間失格』まで』翰林書房、二〇〇四年）で考察しておいた。

（2）漱石作品に登場する多数の大学生と大学卒業生の中で、自活で学資を賄った経験を持っているのは、Kのほかには『野分』の高柳がいるだけであり、『門』の野中小六も坂井という学資支援者の出現によって大学進学が可能になっている。Kの大学生自活論は漱石作品においても特異な主張である。

（3）「同じ科に居りながら、専攻の学問が違つてゐました」という遺書の記述を根拠にして「先生」とKがともに哲学科の学生だったとする解釈もあるが、「同じ科」とは文科大学のことであり、「専攻の学問が違つてゐました」は二人が別々の学科に在籍していたことを意味すると読むのが自然であろう。なお当時の哲学科にはまだ宗教学という科目は設置されていなかった。

（4）Kの食費と住居費が「先生」の払う「食料」で賄われていたことは明確であるが、「書物で城壁をきづいてゐた」というKは相当な書籍代も必要としていたはずである。「先生」は「私の買ふ書物の分量」が奥さんを驚ろかせたと書いているが、K同居後は、Kが必要とする書籍も「先生」がKの自尊心を傷つけないかたちで購入する工夫していた可能性がある。

（5）松澤和宏氏「沈黙するK──『こゝろ』の生成論的読解の試み」（『季刊文学』一九九三年七月）。ただしこのときのKの発話内容の解釈が、氏と私とでは大きく異なっている。

（6）母娘の「経済状態」について「先生」は「大して豊だと云ふ程ではありませんでした」と書いている。小石川の「邸」を売って購入した持家があるとはいえ、固定収入は軍人恩給法にもとづく寡婦孤児扶助料（再婚したら受給権喪失）だけである。奥さんの亡夫については「日清戦争の時か何かに死んだ」軍人としか書かれておらず、最終階級は不明であるが、この表現は彼の死が大きく報道されなかったことも示唆している。かりに死亡時の階級が少佐だったとしても、軍人恩給法が規定する扶助料の金額は、「戦闘及公務ノ為メ死歿シタル」場合で年額三百円、それ以外は年額百五十円であり、これは朝日入社前に漱石が東京帝大と一高から支給されていた年俸合計額の一、二割程度でしかない。同じ夫（父）のいない家であっても、「婿の財産で世話になるのは、如何に気に入つた男でも幅が利かぬ」と考える余裕のある『虞美人草』の藤尾の母とは財産規模が大きく異なっていた。帝国大学に近い小石川に転居して素人下宿を始めたのも、母と娘の将来の安定を保障してくれる男性を探そうという計算があってのことだと思われる。（もともと「市ヶ谷の士官学校の傍」に居住し、近隣には「軍人の細君」である「叔母さん」も住んでいたという奥さんが夫の死後あえて市ヶ谷を離れたのは、軍人の夫を亡くした彼女が、自分の娘が軍人の妻になるコースを強く忌避したためであろう。）

（7）別稿「『こゝろ』の「先生」は大学を卒業したか」（『駒澤國文』二〇一五年二月）でも触れておいたが、「寡婦」である奥さんは娘の婿入婚を望んでいた可能性が高い。「先生」の名前は作中で姓名ともに秘されているが、家族を失い故郷との完全な絶縁を決断していた「先生」には、姓の移動に対する抵抗感が少なかったのではないかと私は考えている。

第三章　誕生後一世紀を経た『こころ』をめぐって

朝日新聞の再連載からみる「こころ」ブーム

中村真理子

なかむら・まりこ——朝日新聞社企画事業本部文化事業部。

朝日新聞では二〇一四年春、一〇〇年ぶりの『こころ』再連載を始めた。大きな反響を呼び、再連載は『三四郎』『それから』と続いている。担当者として、取材を通して見えてきた、二十一世紀に生き続ける漱石の姿を報告したい。

はじめに

大学を辞して朝日新聞に這入ったら逢ふ人が皆驚いた顔をして居る　（東京朝日新聞、明治四十年五月三日）

夏目漱石は一九〇七年に朝日新聞に入社した。この「入社の辞」は、大学を辞めて新聞社に入るまでの経緯や、大学での不満、新聞社への期待が、漱石らしいユーモアを交ぜながら書かれている。大学から新聞へ——。漱石の大胆な選択に、当時の人々は驚いた。漱石はどの作品も書き出しがすばらしいが、この「入社の辞」もまた、読む者をひきつける言葉で始まる。

それからおよそ一〇〇年後、漱石は再び朝日新聞に登場した。今回もやはり、大きな驚きをもって。

東京朝日新聞で「先生の遺書」という題で連載が始まったのが一九一四年四月二十日。その年の九月、前年に創業したばかりの岩波書店から、初めての刊行物として、『こゝろ』は発売された。それからちょうど一〇〇年後の二〇一四年四月二十日、朝日新聞では、『こころ』の全文再連載を始めた。一〇〇年前の小説を載せるより、現代の作家の新作を載せ

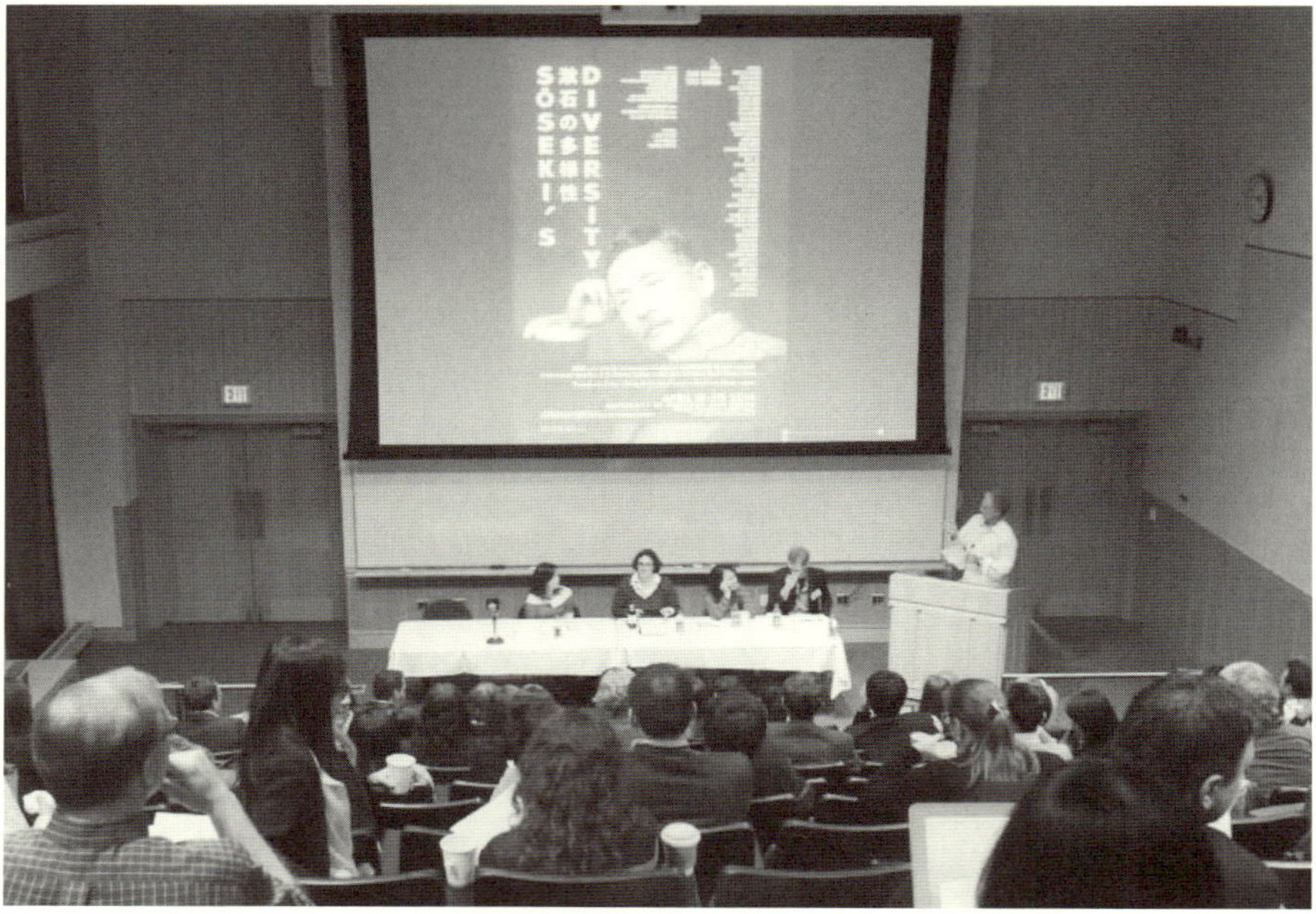

るべきではないか。多くの人がすでに文庫で読んでいるものを、新聞でもう一度読むだろうか。疑問はあった。新聞は日々のニュースを、つまり、今起きている出来事を載せるものだ。過去の名作、しかも全文を再掲載するというのは前代未聞だった。はたして読者にどう受け止められるのだろうか。不安な点はいくらでもある。いや、不安しかない。

漱石はブームになる、というかすかな期待があったとすれば、アメリカから届いたひとつの情報だった。それは、ミシガン大学で漱石をめぐる国際シンポジウムが開かれる、そこには世界各地から漱石研究者が集まるらしい、というもの。ボストン大のキース・ヴィンセント准教授が中心となって呼びかけた、「Soseki's Diversity」だ。

始まりはアメリカから

『こころ』再連載の始まりの瞬間、私はアメリカのミシガン大学で開かれていた、漱石国際シンポジウムの会場にいた。四月二十日付の朝日新聞、朝刊一面で、「漱石　いま世界が読む　『こころ』100年で米シンポ・全集や新訳も」という記事を掲載し、漱石の作品が世界の研究者にどのように読まれているのかを紹介した。キース・ヴィンセントさんの「漱石の描いた人間関係の難しさは全く古びていない。読む

右　国際シンポジウム　Soseki's Diversity の風景（2014年4月、米ミシガン大学にて）
上　パネリストのスティーブン・ドッド氏、アンジェラ・ユー氏、ケン・イトウ氏
（写真はいずれもシンポ主催者提供、アンソニー・リー氏撮影）

たびに新しい発見があり、様々な視点で考えられる」というコメントは、このシンポジウムを端的に言い表している。

記事は、シンポジウムの報告を中心に、村上春樹さんの英訳で知られ、『三四郎』の訳者であるジェイ・ルービンさんらのコメントも交えて構成した。アメリカで実感した、漱石の作品の現代性、そして国境をこえる普遍性を日本の読者に伝えられたら、と思いながら。ミシガン大学の学生たちが、それぞれ好きな漱石の作品の題をスケッチブックに書いてカメラに笑いかけている、にぎやかな写真もあわせて掲載された。

漱石の人気は別格だ、と実感したのは帰国後、数日してから。「きょうはどこに載っているのか」「『こころ』の連載が見つからない」という読者からの問い合わせが殺到していたのだ。

ぱらぱらとめくって、気になる記事があれば目をとめる。これが多くの読者の新聞の読み方なのだろう。問い合わせの殺到は、めあての記事を探すという習慣のない読者が多かったことの表れではないだろうか、といまは想像している。

のちにネットを使った閲読率の調査をすると、『こころ』再連載は安定して高い数字を出していた。もちろん、一面や社会面の数字にはかなわないが、中面では、『こころ』の人気の高さが目立っていた。同時に、読者の熱心さ、閲読の質の高さも感じた。

朝日新聞『こころ』再連載とは

朝日新聞では、朝刊のオピニオン面で月曜から金曜まで、『こころ』を全一一〇回、再連載した。二〇一四年四月二十日にはじめ、最終回は九月二十五日付。紙面の都合から土日は休載したため、一〇〇年前とは少し掲載日がずれていってしまったが、日々の紙面から、大正の香りを感じてもらえたのではないかと思っている。

題字の「心」や「漱石」の文字はデザインをそのまま再現した。「大正三年四月二十日」という初出の日付は、右から左へ横に流した。レトロなレイアウトは、読者に好評だった。原稿は、岩波文庫を底本とした。当時の朝日新聞を元にすべきだ、という意見もいただいたが、現代の読者に広く届けるため、読みやすさを優先しようと判断した。朝日新聞デジタル（http://www.asahi.com）では、当時の紙面をＰＤＦで公開した。

注釈は、武蔵大学の大野淳一教授にお願いした。岩波文庫『こころ』の注の担当者。岩波文庫の注をもとに、より現代の読者にわかりやすいよう、適宜、修正して手を入れていただいた。

日々の紙面作りを作業していて気づいたのは、大正期の新聞は編集が自由であったこと（二〇一四年秋から『三四郎』の再連載を始めて、明治はもっと自由だった、いや、いい加減であった、と驚かされるのだが）。気ままなタイミングで、題字の「心」はデザインが変化した。ノンブルの振り忘れにも驚いた。大正期は、最後が「一〇九」回で終わっていた。当時の紙面をどこまで再現するべきか。悩んだ結果、再連載ではノンブルの振り忘れを補って、正しい回数を入れた。

新聞の連載小説は現在、一回あたり十九字×四十六行（四〇〇字詰め原稿用紙二枚強）と分量を固定している。だが、大正期は、ストーリーの流れによって、連載一回あたりの原稿の長さが違っていた。だいたいは原稿用紙四枚前後なのだが、ときおり二〇〇～四〇〇字ほど短い回があり、余白が出来てしまう。漱石の筆の流れのおもむくままに、ということだろうか。

困ったのは、現代の編集者だ。そのため、余白スペースに、「漱石こんな人」「こころの風景」「回顧一九一四年」というミニコラムをいれた。漱石の素顔を紹介し、当時の暮らしや、時代背景の説明をつけたのだ。分量をそろえる苦心の策は、意外にも、本文と同様に好評をいただいたようだ。一〇〇年前の広告を再掲載したのも、実は、日々大きさの異なる余白を埋めるための窮余の策の一つ。こういった小さな試みは思いのほか喜ばれた。

読者からの熱い声

読者からの感想は日々届いた。

毎朝、『こころ』を楽しみにしている。ＮＨＫの朝の連続テレビ小説のように、少しずつ読むのが楽しい。これぐらいの分量だと挫折せずに読み続けられる。きりぬいてノートに貼っている。ノートに貼って朗読している。書き写している。

こういった、新しい慣習ができた、という報告が多かった。その熱心さにただただ感動した。

一九五〇年代に登場して以降、すべての高校国語教科書で『こころ』は採用されている。本が読まれなくなったと言われて久しいが、『こころ』を読んだことのある人はさすがに多いだろう。しかし、だからこそ、年を重ねて読み直して発見があった、若い頃には気づかなかった漱石の深さがわかった、という声がとても多かった。『こころ』は高校生より、中高年向きなのかもしれない。また、一〇〇年前の読者と同じようなリズムで物語を追いかけていくのがおもしろい、という声もあった。文庫では一息に読んでいたためわからなかったが、連載の形になって、読みどころの山や次回への「ひき」をつくる漱石のワザが見えてきた、というのだ。新聞で再連載する意味は、読者から教えられて初めて気がついた。

反響編の特集をしようと、感想を募った。『こころ』再連載後に届いた感想のメールは一〇〇件を越えた。驚いたのは数だけではない。一件一件の内容が濃密なのだ。寄せてくれたのは、六〇~八〇代が中心だった。『こころ』の「下　先生と遺書」で描かれる「先生」の孤独を、自分の半生と重ね合わせながらつづったものもあった。添付ファイルで長文を記す人が多い。「時代は変わっても、人のこころは不変なのではないか」「漱石はなぜここまで人のこころの動きを書けるのか」。一〇〇年前の物語を、自分に引き付けて読み込んでいる。読者の問いが、次の取材のテーマとなった。

少し余談を。編集の都合から、感想はメールで募り、専用のメールアドレスを紙面で紹介した。中高年の読者には酷だったのかもしれない、と反省したのは、メールでの募集にかかわらず、封筒やはがきの投稿が相次いだから。なかには、「小生はパソコンが使えず、口述筆記で嫁にメールを書いてもらっている」と一言添えてくれた高齢の男性がいれば、はがきの表面に住所や宛先のかわりにメールアドレスが書かれたものもあった（このはがきは編集部に無事に届きました）。

文庫にも余波

意外なところで、余波があった。

朝日新聞の再連載スタートを機に、岩波文庫、新潮文庫など、各文庫の『こころ』が、急に売れ始めたのだ。岩波書店と新潮社は、朝日新聞再連載にあわせて特製の帯をつくった。新しい装いの『こころ』が書店にずらりと並んだ。新潮文庫の『こころ』は毎年決まって三万部を増刷し続けるという大ベストセラーにもかかわらず、その売り上げは二倍以上にのびたそうだ。新潮社は二〇一四年七月、累計発行部数が七〇〇万部を突破した、と発表した。

反響のほとんどが好意的だったこともうれしい。二〇一四年は朝日新聞にとって試練の年であった。離れそうになる読者を、『こころ』と『三四郎』がつなぎとめてくれたそうだ。

漱石は一九〇七年四月、朝日新聞に入社した。四九歳で亡くなる一九一六年までの十年弱の間に、朝日新聞で十編の長編小説を連載し、『夢十夜』『文鳥』などの小品や、『思い出す事など』といった随筆を残し、文芸欄を創設し、そのことで読者の質と量を一気に高めた。一〇〇年後の私たちはこの偉大な先輩に、今も助けられている。

『こころ』一〇〇年をめぐる動き

『こころ』一〇〇年にあわせて、イベントや関連書籍の刊行が相次いだ。『こころ』をより深く、多角的に楽しんでもらえたら、と思いながら、各イベントの様子を紙面で報告し、書籍を紹介してきた。

二つの大規模なイベントが特に印象に残っている。

『こころ』の刊行一〇〇年を記念して、二〇一四年九月二十日、岩波書店と朝日カルチャーセンター共催で開かれた講演会は、三二〇人が集まり、会場をびっしりと埋めた。作家の大江健三郎さんが登壇し、『こころ』の先生が、青年の私に対して、「あなたは本当に真面目なんですか」と問いかける場面をひきながら、古井由吉さんの解説の言葉でもある「真面目の力」をキーワードに、原発事故以降の日本への思いを語った。その姿を、参加者たちはそれこそ「真面目」に聴きいっていた。その後、作家、水村美苗さんと東大教授の小森陽一さんの対談は、大江さんの「真面目」の言葉を継ぎながら、漱石の作品とどう出会い、どんなふうに読んできたかを語る、楽しいものだった。

もう一つは、二〇一七年二月に「漱石山房」記念館（仮称）の創設を目指すプロジェクトの一環として、東京都新宿区が主催した「夏目漱石と青春」と題したイベント。作家の夏川草介さんは、代表作『神様のカルテ』の主人公が『草枕』を愛読している。自身も、ペンネームの夏川は夏目漱石から、草介は『草枕』からとった、という漱石ファンだ。

漱石関連の取材を通してよく聞いたのは、『こころ』の先生が、誰にも語ることのなかった暗い過去を青年の私にだけは明かし、その二人の信頼関係をもって、『こころ』という作品から希望をくみとるものだったが、夏川さんの読みはまったく逆だった。長野県で勤務医として働く夏川さんは、『こころ』の先生の自殺について、医療の現場で痛感する患者の孤独や絶望と重ねて読んでいた。「自殺は、人間関係を断ち切ることで、最大の裏切り行為」だと言い、『こころ』という作品の「絶望的な暗さ」を語った。「しかし、絶望的だからこの作品はリアリティーがある。孤独は簡単に癒やされるものではない」と。その語りは穏やかで、同時に鬼気迫るものがあった。

書籍では、早稲田大学の石原千秋教授が責任編集した『夏目漱石『こころ』をどう読むか』が二〇一四年五月に、『夏目漱石『三四郎』をどう読むか』が十月に、いずれも河出書房新社から刊行された。代表的な論考を集めた、良質なセレクションだ。

ブックデザイナーの祖父江慎さんがこだわりぬいた、新装版の『心』(岩波書店)は、ブックデザインというアプローチで、新しい漱石の読み方を示してくれる。美しく楽しい一冊になった。『こころ』の装丁は漱石自身がてがけたもの。初版本は、背表紙の表記が「こゝろ」で、納める箱の背は「心」となっていた。朝日新聞の連載は「先生の遺書」という題だ。題や表記が揺らぐ。漱石の筆名だって、言い間違いから生まれた「漱石枕流」という中国の故事が由来している。正しさへの疑いが、漱石に、そして祖父江さんにもある。なにより、漱石について語ることが楽しいようで、取材もうちあわせもおしゃべりがとまらない。誰もが驚く大胆なデザインの源は、漱石が好きで好きでたまらない、というシンプルな情熱だった。

変わらない人間のこころ

漱石は一〇〇年前に生きた作家。だが、その言葉は現代の私たちの胸を打つ。

『こころ』の再連載にあわせて、漱石を愛読する文化人に、漱石の魅力を語ってもらうインタビューを続けた。振り返ってみれば、どの取材も、「なぜいま漱石なのか」が一貫したテーマになっていたように思う。

政治学者の姜尚中《カンサンジュン》さんは、「現代の私たちが抱える問題を見通していた、長い射程の文明論を持った作家」と漱石を評した。その問題とは、「近代的自我」とどう向き合うか。「近代日本、そして戦後日本が目指した最大の価値が自由や自己意識だった。漱石はそれらが人間の孤独しかもたらさない、と言った。彼の描いた時代の病は、日本だけでなく、近代化や高度成長の後で誰もが通らなければならないもの」。漱石と同じ悩みの沼から、私たちはまだぬけられない、と気づかされる。

解剖学者の養老孟司さんは、漱石が胃潰瘍で苦しんだ理由を、その「近代的自我」に求めた。「漱石の中で西洋文明の個の感覚と、江戸以来の日本の文化がぶつかり、抜け道がなくなった」と養老さんは言い、それは現代の日本社会にそのまま重なる、と指摘する。

西洋との衝突は、明治人が共通に抱えた悩みだった。同時代の作家、森鷗外は、ドイツ留学をへて日本に戻る。「鷗外が漱石と違ったのは、彼が軍医で、日々患者と接していたこと。そのため鷗外は、西洋風の頭を、日常の中で日本の土俗性にあわせて修正せざるを得なかった。その結果、鷗外は官僚としても成功した。それにひきかえ、英文学者だった漱石は、日本の土俗性にあわせる必要が日常でなかったから、自我の問題を一人で抱え込んだ」と養老さんは想像する。漱石は晩年、「則天去私」の思想に至る。天に則り私を去る。「無我ですね。最後は日本に戻ってきた。それが漱石の解決だった」。

『三四郎』のはじまりで、九州から上京する汽車のなか、主人公の三四郎はのちに広田先生とわかる髭の男と出会う。

「亡びるね」。広田先生はこう言い、三四郎を驚かせた。広田先生にこう言わせた漱石の心には、いかんともしがたい絶望感があったのではないか。それが現代の私たちにも響くなら、この一〇〇年は何も進歩していないのではないか。

社会問題と重ねて

取材では、『こころ』について、『三四郎』について、と作品を決めてインタビューを依頼することもあれば、どの作品を選ぶかを相手にゆだねることもあった。とくに後者は記事の多様性につながり、あらためて漱石の奥の深さを実感させられた。

東京大のロバート・キャンベル教授は、『道草』を選んだ。『こころ』を読み返して、手にとりたくなったのが、この自伝的小説だったという。『道草』の主人公、健三は、『吾輩は猫である』を書き始めるころの漱石自身に重なる。

数十年ぶりにすれ違った日を境に、養父は金の無心に健三を訪ねてくるようになる。すでに縁は解消されているのだから、拒絶していい。「世の中に片付くなんてものは殆んどありゃしない」という健三のせりふをひきながら、キャンベルさんは、「この片付かない、割り切れなさは誰もが抱えているのではないか」と語った。

養父に対して、健三は養ってもらった恩と、つらい目にあわされたトラウマの両方を抱えている。養父には、養ってやったんだ、恩返しがあって当然だ、という思いがある。キャンベルさんは、「他者と記憶を共有できるだろうか」という問いにつなげて考えを深めていった。

「個人の問題に限らない。やや唐突かもしれないが、国と国、民族と民族の関係にも見えてくる。ウクライナとロシアは互いにそれぞれの歴史を背負っている。ウクライナから見れば、ソ連時代の虐げられていた恐怖がむくりと現れたようなものだろうか、養父の出現のように」。世界情勢になぞらえて、日本が健三で、極東アジアが養父だ、とも言えるかもしれない、とキャンベルさんの読みは広がる。

『道草』を読むと、互いに共有できない記憶をどうやって乗り越えるか、論理だけでは律することができない問題を考えさせられる。時間がたつにつれて、それぞれの記憶に違うストーリーが並列してしまうことも、漱石は教えてくれる」。キャンベルさんの指摘は、漱石を読むことが、困難な今を生き抜く可能性につながると示唆しているように感じた。

現代社会にひきつけて読む、という切り口では、福井県の高速増殖炉もんじゅをモチーフにした、非公式ゆるキャラ「もんじゅ君」の読みが、刺激的だった。

もんじゅ君は、「はやくお仕事やめたいよ」などとゆるく脱原発をつぶやくツイッターが大人気。以前、もんじゅ君が脱原発の本を出したときに取材をした縁で、漱石好きだと聞いていた。もんじゅ君が選んだのは『坑夫』だった。震災後に思い出したという。漱石のなかではやや異色の作品で、なぜに『坑夫』？　とも思われるだろうが、もんじゅ君だから『坑夫』なのだ。

『坑夫』は、主人公の青年が家出をして東京から離れ、偶然出会った手配師に誘われるまま、銅山に連れて行かれる。たどり着いた仕事場は劣悪な環境で、危険を伴う仕事だが、待遇は悪い。給料の大部分は親方がピンハネして、残った額からさらに布団代など細かく経費を引かれてしまう。

「多重下請けっていわれる現代の原発作業員さんのことをつい想像しちゃう」ともんじゅ君。病気で寝ついた坑夫の金さんは、借金を返せず、健康も家族も失ってしまう。「日本の産業を支えているはずの銅山なのに、その厳しい現場の姿は、はなやかな東京からは見えないように隠されてる。この『忘れられている感じ』の構造は今も同じかも、と原発事故のあとに考えたよ」

アジアとの関係や、原発の是非など、賛否が分かれる問題をめぐって、議論を交わすのではなく、頭から相手を否定して異論を一切受け入れない、という風潮が最近、強くなっているように感じる。この二人の視点で読みとけば、漱石の作品は、社会の矛盾を浮き上がらせると同時に、他者を理解する難しさを私たちに教えてくれるのではないだろうか。

文学とは違う視点から

漱石についての特集紙面では、ふだん本を読まない読者にも関心を持ってもらえるよう、文学の世界だけでなく、さきのもんじゅ君のような、文学という専門をこえる人選も心がけた。取材のなかで、新しい視点を与えられることが多かった。また、いろいろな読みを可能にする漱石の作品の深さを改めて実感した。

デザイン評論家の柏木博さんは、間取りに焦点をおきながら、漱石の『こころ』を読んでいく。「漱石は、間取りを心の投影に巧みに使った」という漱石評は斬新だ。

柏木さんは二〇一四年三月に、『日記で読む文豪の部屋』（白水社）を出した。漱石と部屋の親密な関係が面白く論じられていて、もう少し漱石と間取りの話を聞かせてほしい、と取材をお願いした。

『こころ』で、先生は、友人のKを自分の下宿先に呼んだ。Kは、狭くても一人がいい、と先生の八畳間の隣、四畳を選ぶ。先生が自室に行くには、Kの部屋を横切らなくてはいけない。先生とK、下宿先の奥さんと御嬢さん、四人の人間関係は、部屋の関係とともに展開していく、と柏木さんは指摘する。

先生が、Kの部屋を通り抜けるとき、それまでKと話していた御嬢さんが、先生の顔を見て笑う場面がある。なぜ笑われたのか、先生は二人に聞けない。

「先生とKの部屋が離れていたら、疑心暗鬼の種は生まれなかっただろう。同じ部屋に布団を並べていれば、相手の心の裏を読もうとせず、素直に気持ちを伝えられたのではないだろうか。実に見事な間取りです。Kはもう寝ただろうか、と先生はふすまの向こうの気配を読み取ろうとする。微妙な隔たりが、二人の気持ちに齟齬を生み、物語に気味の悪さを与える」と柏木さんは話す。視点を変えるだけで、作品の世界が、少し違った色をともない、新しい風景がみえてくるから不思議だ。

脳科学者の茂木健一郎さんは、科学者の視点から、『三四郎』の野々宮君の研究室に注目する。故郷から届く母の手紙をもとに、三四郎が東京で最初に訪ねたのが、野々宮君の実験室だった。茂木さん自身、東大理学部の物理学科で、「まさに野々宮君の穴倉にいました。世間から隔絶され、浮世離れした感じは今も変わりません」という。光線の圧力の試験や、『吾輩は猫である』で語られる「首くくりの力学」が、科学者から見て非常に面白く、漱石の科学センスに驚かされるそうだ。

女性を見つめる

『こころ』再連載の反響を受けて、二〇一四年十月からは『三四郎』の再連載を始めた。読者にアンケートで、再連載で読んでみたい作品を尋ねると、『坊っちゃん』『吾輩は猫である』『三四郎』が上位にあがった。再連載が『三四郎』に決まったのは、『坊っちゃん』と『吾輩は猫である』が残念ながら朝日新聞の連載ではなかったためだ。

『三四郎』の当時の紙面をめくると、毎回、名取春仙の挿絵が入っていた。これが楽しい。線が柔らかく、さらさらと落書きのように力がぬけた画風だが、挿絵のヒトコマで、その回のテキストをみごとに絵にしている。一回目の挿絵は、広島から来た女と、汽車に駆け込んで肌を脱いだ爺さん、戦争に翻弄される二人を尻目に、真ん中でのんびりと寝ている三四郎。作者の思いをすべてくみとった、みごとな構成だ。再連載では挿絵もあわせて掲載した。

『三四郎』の魅力は、美禰子という謎めいた女性の存在に負うところが大きいと思う。

東京大の小森陽一教授は、以前、成城大学で教えていた十年間、一年生のゼミで必ず『三四郎』を読ませたという。すると、「美禰子は三四郎をどう思っていたか」という点で毎年決まって、男子対女子に分かれての大論争になったそうだ。

小森さんは、女のまなざしに注目して読む。それは「漱石のこだわりだった」と。三四郎はなかなか美禰子と視線をあわせない。顔を見あわせても、三四郎の視線は、「美禰子の二重瞼に不可思議なある意味を認めた」とまぶたでとどまり、ひとみへと移らない。「眸と瞼の距離が次第に近づくように見えた」と続き、ようやくひとみを見つめた時、「美禰子」は「女」と表記される。この女の描写の変化は、私が自分で読んでいたときにはまったく気づかなかった。小森さんの指摘にはっとした。

冒頭に登場する汽車の女と三四郎は、途中の名古屋で同宿する。部屋には布団が一枚だけ。三四郎はシーツを端からぐるぐると巻いて女との仕切りをつくり、何事もなく朝を迎える。「あなたはよっぽど度胸のない方ですね」。女の最後の一言が衝撃的だ。

「三四郎は大変なショックを受け、最後までこの女を忘れられない。美禰子と視線があうたびに、汽車の女の記憶がよみがえる」と小森さんは語る。もう一人、汽車の女がいる。「それは轢死した若い女」。野々宮の家の近くで轢死事件があり、三四郎はそれを見に行く。その夜、三四郎が見た夢は幻想的でまがまがしい。轢死した女は野々宮と関係があり、野々宮の妹は死んでいて、その妹は「池の女」だった……。「すべての女が夢の中で重なる。美禰子の背後にはいつも汽車の女がいて、美禰子に見られるたびに三四郎は汽車の女のまなざしにおびえる」

女性の立場から、『三四郎』の女たちを語ってくれたのは、一九九一年生まれの詩人、文月悠光《ふづきゆみ》さん。美禰子、野々宮君の妹のよし子、汽車の女、田舎の御光さん。「みな立場が違う。結婚など生き方の選択肢に迷う現代女性の兆しが、すでに現れている」

「美禰子は謎めいている、と言われるが、三四郎の視点はあまり信用できない」と文月さんは言う。美禰子は、本当はどう思い、何を考えていたのだろうか。美禰子の心理を漱石は描かない。「美禰子の立場で読むと面白い。本郷文化圏の男性たちにつりあう知性を求められながら、美禰子は生意気な女という扱われ方。二人で歩いただけで『この女は我儘に育ったに違いない』と三四郎に思われる。時代背景もあるのだろうが、美禰子に同情します。頑張った女性を箱に押し込めるところは現代も同じ」。文月さんの読みもやはり、「いま、なぜ漱石を読むのか」につながってくる。

「美禰子自身、自分の生き方に確信を持っていたわけではないと思う。池の端で出会った美禰子は花を落とし、三四郎はそれを拾い、池に投げ込んだ」。この花は、何を象徴するのか。「私は『死』のように感じた。矛盾を引き受ける存在として、女性たちが描かれていると思う」

漱石をめぐる新発見

『こころ』『三四郎』の再連載にあわせたかのように、漱石をめぐる新資料の発見が続いた。

正岡子規にあてた漱石の書簡が、東京都内の古書店で見つかった。一八九七年八月二十三日付で、俳句が九句書かれており、そのうち二句が未発表。未発表の句は、「愚妻病気心元なき故本日又鎌倉に赴く」という前書きに続いて、「京に二日また鎌倉の秋を憶ふ」とあった。妻の鏡子は、体調を崩し、この夏を鎌倉の別荘で療養していた。病身の妻を思いながら、東京から鎌倉に向かう心情を漱石は詠んでいる。未発表のもう一句は「円覚寺にて」の前書きがついて、「禅寺や只秋立つと聞くからに」とあった。

また、『虞美人草』の連載直前に、作品への迷いや不安を吐露した漱石の書簡が見つかった。宛先は当時の朝日新聞の社会部長、渋川玄耳。熊本で出会い、朝日新聞入社のきっかけを作った中心人物だ。差出人は夏目金之助となっていて、消印は「六月十六日」。東京都内の古書店が個人蔵だったものを入手した。全集未収録だ。

書簡では、「只今九十枚（二十回分）ばかり出来居候／何だか前途遼遠の模様」とつづり、執筆のもどかしさを打ち明ける。

『坊っちゃん』や『草枕』は、大学で教えながら短期間で書き上げたのに対して、『虞美人草』は「此位悠々と執筆する事なく此位はかどらぬ事も稀に候」と筆が進まない様子。さらに、「是で失敗したら縁を切る方がまし」「虞美人草が出来ねば或は月給をもらひに出ぬかも知れぬ」とまるで自信がない。

新発見というにはおおげさだが、こんな「気づき」も楽しい。

漱石の直筆署名が、箱根の老舗旅館「富士屋ホテル」の宿帳（レジスターブック）に残されていた。一九一五年十一月十六日付で「K　Natsume」と記されている。漱石は箱根の旅を日記に書き残しているが、署名はVIP用ではなく、一般客用の宿帳に紛れていたため、誰にも気づかれず、九九年の間、ひっそりと埋もれていた。

元京都府立総合資料館長の中山禎輝《よしてる》さんが発見した。「朝富士屋を出て湯本へ行く途中」と始まる一九一五年十一月十七日付の日記をホテルのスタッフに見せ、史料展示室に保管されていた宿帳を調べてもらったところ、漱石の署名があった。日記の日付と、宿帳に記された出発日も符合する。富士屋ホテルは、中山さんの問い合わせで初めて気がついた。

このほか、全集収録済みの資料ではあるが、松根東洋城にあてた漱石の書簡が確認できた。一九一四年十一月二七日付。『心』御約束の処其後署名を怠り居候ためそれからそれからとなくなり只今手本に一冊も無之候」と書かれている。刊行まもない『こころ』初版本をめぐるやりとりが想像できる。この書簡は一九一七年刊行の全集に収録されたきり。日本女子大名誉教授のソーントン不破直子さんが保管していたものだったが、父が俳人の故不破博さん。東洋城主宰「渋柿」の同人で、東洋城死去の際に形見分けで譲られたものだという。朝日新聞の再連載を機に、公にしよう、と連絡をいただいた。

いずれも、漱石に注目が集まったことのすばらしい副産物であった。

終わりに

朝日新聞での漱石再連載企画は続いている。

二〇一五年四月から『それから』が始まった。漱石が一九〇七年に創設した「文芸欄」にならって、朝日新聞の朝刊では「文化・文芸欄」を週五日、展開している。漱石をめぐる新しい動きは、朝日新聞にとどまらない。熊本日日新聞では『草枕』が、愛媛新聞では『坊っちゃん』の連載が始まったそうだ。どちらも、郷土ゆかりの作品を選んでいるところが楽しい。

私は記者になって十五年、文芸や読書面などの文化記事を主に書いてきた。同僚やデスクの助けを得ながら漱石再連載という企画を続けてきたが、至らない点も多々あったと思う。

二〇一五年五月に人事異動で記者職を離れ、文化事業部に移った。わずか一年の漱石担当ではあったが、いろいろな立場の方から漱石について聞くという日々は、刺激的であった。新聞記者は目の前のニュースに追われてしまうもの。漱石という作家ひとりにしぼって、じっくりと取材を続けられたことは貴重な経験であり、幸運だったと思う。記者をはなれるタイミングで改めて振り返る機会を与えていただいた、上智大のみなさん、なかでも、ミシガン大で大変お世話になったアンジェラ・ユーさんに感謝申し上げます。

注

朝日新聞朝刊（二〇一四年四月二十日～）の漱石『こころ』『三四郎』『それから』再連載、および、その関連記事を元に構成しています。いずれも中村の取材によるものです。

主な記事は、

- 「漱石、いま世界が読む　『こころ』100年で米シンポ・全集や新訳も」（二〇一四年四月二十日朝刊）
- 「『真面目の力』現代こそ　記念の催し、大江健三郎氏が講演」（二〇一四年九月二十一日朝刊）
- 「100年前ではない、いまの言葉　講演・夏川草介さん」（二〇一四年一二月二十二日夕刊）
- 「（フロントランナー）ブックデザイナー・祖父江慎さん　自由奔放に本のカタチ探る」（二〇一四年九月二十七日朝刊別刷）
- 「自分とは　漱石も苦悩　抜け道なき西洋との衝突　養老孟司さん」（二〇一五年四月八日朝刊）
- 「（漱石こころ100年）記憶の呪縛『道草』と重なり　ロバート・キャンベルさん」（二〇一四年六月三日朝刊）
- 「（リレーおぴにおん）『坑夫』で思う原発労働　もんじゅ君」（二〇一四年六月二十五日朝刊）
- 「（リレーおぴにおん）間取りと人間関係の妙　柏木博さん」（二〇一四年七月九日朝刊）
- 「（三四郎ふたたび）私と漱石　脳科学者・茂木健一郎さん」（二〇一五年三月二十六日朝刊）
- 「（三四郎ふたたび）底に流れる『女のまなざし』小森陽一さん」（二〇一四年九月二十九日朝刊）
- 「（三四郎ふたたび）女性　矛盾引き受ける存在　詩人・文月悠光さん」（二〇一四年十一月九日朝刊）
- 「漱石、妻を思うこころ　子規への書簡に未発表句」（二〇一四年八月十三日朝刊）
- 「弱気な漱石　初の新聞連載前に」（二〇一五年二月二十一日朝刊）
- 「吾輩、名前はまだあった　箱根・富士屋ホテル、99年前の宿帳」（二〇一四年五月二十六日夕刊）

シンポジウム「一世紀後に読み直す漱石の『こころ』」を顧みて

長尾直茂

ながお・なおしげ——上智大学教授・同研究機構長。専門は中国古典学・日本漢学。主な著書・論文に、「近世漢文考證随筆管窺——夜半鐘声を題材として」（『江戸の漢文脈文化』竹林舎、二〇一二年）、「日本漢詩文に見る楠正成像——諸葛孔明との関連において」（アジア遊学一七三号『日中韓の武将像』勉誠出版、二〇一四年）、『吉嗣拝山年譜考證』（勉誠出版、二〇一五年）などがある。

二〇一四年十一月二十八日（金）に上智大学研究機構の主催で標記のシンポジウムを開催した。このシンポジウムは学術的な高い水準にある研究成果を提示する場であると同時に、参加者の対象を高校生から専門の研究者までの幅広い層に設定した、いささか啓蒙的な意味合いを含み併せた場としても企図された。そのため、パネリスト間の言説の有機的な結びつきを重視して一つの結論へと収斂してゆくことよりは、パネリスト各自の自在な話題提供によって来場者を巻き込みながらブレイン・ストーミングをしてゆくタイプのシンポジウムとした。よって、来場者が何らかの刺激や示唆を受けて会場を後にしたとするならば、それで所期の目的は果たされたと見なすことを共通認識として、上智大学研究機構のスタッフとともに開催準備を始めた。

ここで、上智大学研究機構について簡略な説明を行うことを許されたい。本機構は上智大学における組織的研究活動を戦略的かつ総合的に推進するために二〇〇五年度より活動を開始した組織であり、三つの研究部門（常設研究部門、時限研究部門、学内共同研究部門）より構成されている。このうち常設研究部門には一一の研究所が属しており、活発な研究活動を行うとともに、講演会やセミナーなどの開催、あるいは学術的な刊行物の出版等を通じて、積極的にその成果を社会に発信している。研究機構はこうした研究所の運営・活動を管轄そして促進する立場にある組織であり、その意味からも二〇一四年にはさらなる研究活動の推進と発展を目指すために“SOPHIA OPEN RESEARCH WEEKS 2014”を開催することにした。このウィーク間、つまり十一月十五日から二十八日までの二週間に研

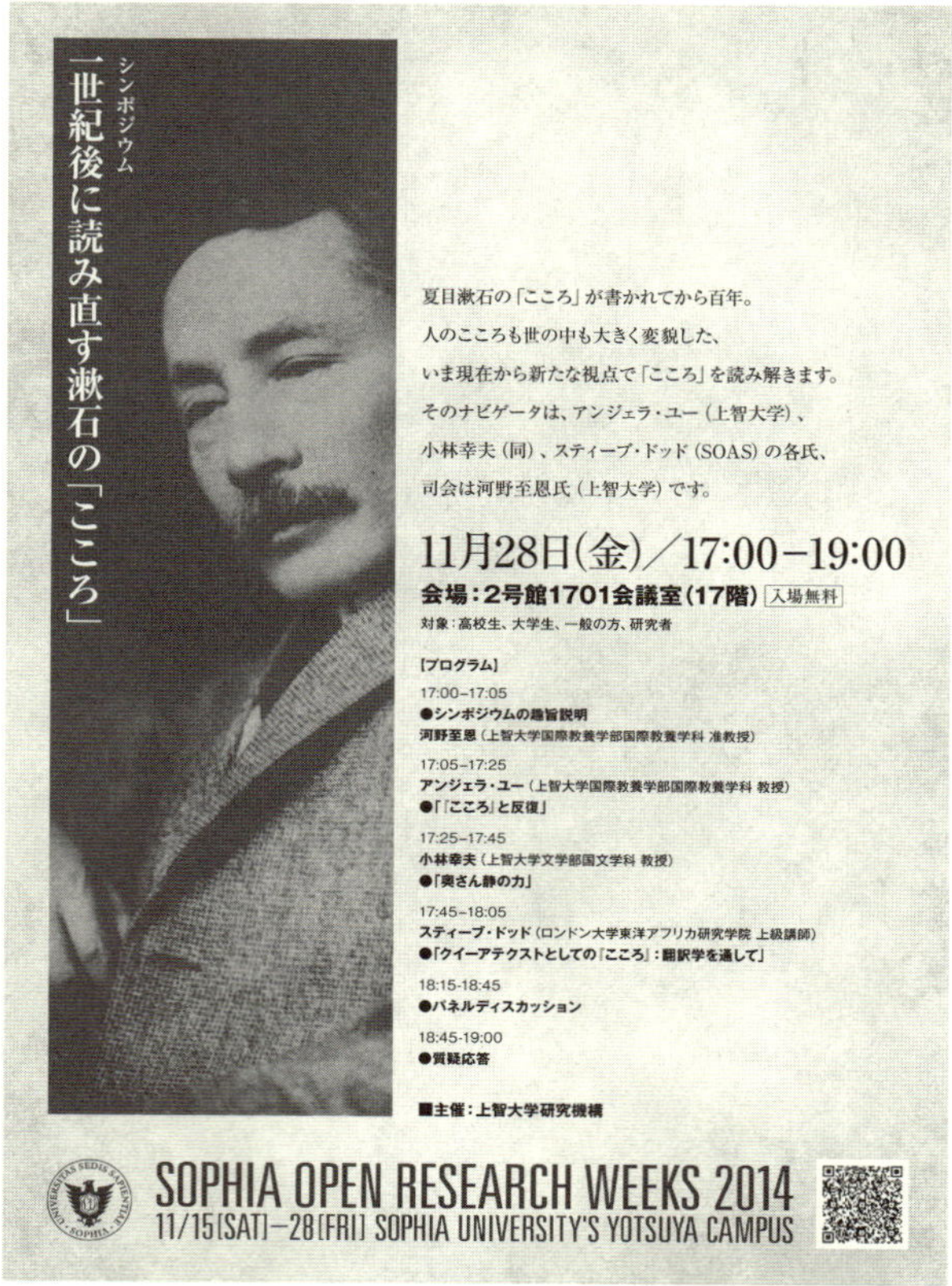

シンポジウムのポスター

究所主催の講演会やシンポジウム、ワークショップを行い、ふだんは関係者以外は立ち入ることができない研究施設の公開（ナノテクノロジー研究センター）なども行われた。そのウィークのフィナーレを飾る企画として、標記のシンポジウムを開催したのである。

シンポジウムの企画は、漱石の『こころ』が執筆されてから一世紀が経過した現在において、あらためて『こころ』という作品の読み直しをしてみようという、素直な興味から始まった。一つの刺激として、アンジェラ・ユー氏（上智大学国際教養学部教授）が参加した、アメリカのミシガン大学で開催された学術会議（「漱石の多様性 Soseki's Diversity」二〇一四年、本誌所収の中村真理子氏の文章を参照されたい）の動向もあったが、まずはテクストとしての『こころ』がどう読めるのか、あるいはいかに読めばよいのかという問題を虚心坦懐に問い直してみてはどうだろうかという問題設定がなされたのである。そして、ユー氏とその友人でもある日本文学研究者スティーブン・ドッド氏（ロンドン大学東洋アフリカ研究学院上級講師）をジャパノロジー的な立脚地にある研究者としてパネリストに選び、日本近代文学の伝統的な文献読解を基盤におく研究者として小林幸夫氏（上智大学文学部教授）を加え、司会は上記の二つの立場に見渡しの利く研究者として河野至恩氏（同国際教養学部准教授）にお願いすることにした。

会場には、高校生・大学生などのティーンエイジャーから一般の聴衆、あるいは専門家まで一〇〇名を越す来場者が参会した。入場の際に、あらかじめシートを配布し、パネリストに対する質問や意見を記入して頂くことをお願いした。このシートは休憩時間に回収し、後半のパネルディスカッションや質疑応答に活用した。

当日はパネリストが各自二十分ほど自説を開陳することから始めた。

ユー氏は「『こころ』と反復」と題する発表を行った。その内容を、ユー氏のアブストラクトから抜粋する形で紹介すれば、以下の通りである。

『こころ』ほど、反復が用いられた小説はないだろう。そこには、言葉、イメージ、出来事、歴史・架空人物の反復のみならず、書くという行為、読むという行為の反復も顕著に見られる。…(中略)…本発表では、プラトン、ニーチェ、キルケゴール、プルースト、ドゥルーズ、そしてJ・ヒリス=ミラーの「反復論」を用いながら、『こころ』の反復の意図を探っていく。また、『こころ』を構成する多様性のある反復を調べる上で、作中人物と代々の読者による、読むという行為の反復を分析していく。

ユー氏は、先生が追憶の中でKを思い、Kの死を再現するかのように生きた後、自らも死を選ぶという行為がプラトン的反復（静止した原型originを再現する）であると定義した。原型は強力であり、それから抜け出すことは困難である。それゆえ原型を求め、追憶のとりことなった先生は、前に進むことも出来ず原型に固執し、結果として死へと向かってゆく。しかし、『こころ』という作品の構造という点を考えた時、過去の先生の記憶は、読者が作品を読むことで、あたかももう一度生き直されるかのように体験される。そこに、同じテクストを異なる読者が異なる反復をすることによって、新しく前方に向かって開かれるキルケゴール的反復が見受けられると、ユー氏は説明した。

次に登壇した小林氏のアブストラクト（「奥さん静の力」）は以下の通り。

夏目漱石の『こころ』は、男女の三角関係のドラマであり、二つの自殺によって派手に彩られている。その一方で、登場人物間の心理の関係が〈濃い〉小説である。先生とKは言うまでもなく、先生と学生の「私」もそれなりに〈濃い〉。そして、ある意味で、先生と、奥さんとなってからの静も、夫婦の生活において〈濃い〉と言えるのではないか。…(中略)…これまで、夫である先生を相対化する他者として捉えられることの多かった妻の静は、実は先生の生き方を結果的に導いてしまう側面がある。この点に注目したい。

小林氏は、従来余り注目されて来なかった先生の妻静に焦点を絞り、先生との関係性をテクストに即して分析した。

パネリストのスティーブン・ドッド氏とアンジェラ・ユー氏

小林氏は、静の言葉によって、先生の沈黙が深くなると指摘し、静が先生の意識の中の死を、実際の行為としての死へと誘っていると説明。そして、最終的には「殉死」という言葉が静から出て来て、それが先生の死を誘発するという結末に到ったとした。加えて、作品の特徴として、小説中の目に見えないもの、文字という記号によって明記されないものから何を読み取るのか、あるいは行間をどう読むのかということが読者にゆだねられており、大切なことが書かれないという印象がある事、また物語構造としての語り手の不在によって作品中の決定的事項がなく、様々な読みを可能にさせてしまう等の重要な指摘もあった。

最後にドッド氏は、「クィアテクストとしての『こころ』：翻訳学を通して」と題して、以下の発表を行った。

二十一世紀の読者はどれだけ『こころ』をクィアテクストとして読めばいいのか。その上、『こころ』の「意味」を多種多様な文化や時代のなかで簡単に翻訳して伝え得るだろうか。もっと基本的に考えれば、テクストの意味というものはいったいどこにあるだろうか。そして、その小説が書かれた時代と現代とを比べると同性性欲関係という観念には、実際に共通点があるのか。…（中略）…今回の発表では、翻訳学を通して『こころ』を見なおし、クィア学のアプローチにまた新しい光を当てることになる。

ドッド氏の発表は、ある意味でセンセーショナルであり、会場が熱気のピークを迎える瞬間を現出させた。ドッド氏は、『こころ』を同性性欲 same-sex desire をテーマとするクィアテクスト queer text として読み直すという試みを、物語中の実際の描写を引用し、数少ない語句で表現しようとする文章中に見出せるリビドー、身体性という要素を指摘しつつ行った。また、漱石の蔵書中に、ハ

司会の河野至恩氏とパネリストの小林幸夫氏

ブロック・エリスHavelock Ellisの古典的著書『性の心理学的研究Studies in the Psychology of Sex』があったことや、明治以前から続く日本の男色の伝統等も考慮した時、漱石が『こころ』のビルディング・ブロックの一つとして同性性欲を取り入れた可能性はあるとも説明した。

パネリスト各自の発表の後、ディスカッションに移った。いくつかのトピックスがあって話題は尽きなかったのであるが、その中でも三者が何度か表現や言葉を変えながらも、そこに通底する話題が一つあったと筆者は認識する。それは、『こころ』には言葉で表されない部分、あるいは敢えて書かれなかった部分が多々あり、それらをいかに読み解くかということが読者に委ねられているということである。ユー氏は読者の反復に委ねられるのだという説明をし、小林氏は因果関係の関係性を明らかにしないミステリー的な手法であるといい、ドッド氏は言文一致運動からさほど時間が経過しない時点での文体上の試行錯誤が関係するのではないかと説明した。そのいずれを是とするかは、今後の課題であろう。

こうしたシンポジウムの常として時間の余裕がなくなり、フロアとの十分な質疑応答ができないという事態となってしまうものである。多分に洩れず今回のシンポジウムもその事態から免れることは出来ず、尻切れトンボの印象を残して閉幕せざるを得なかった。しかしながら、フロアからの質問には、「殉死という静の言葉が先生の死を誘発したとするならば、静が黙っていれば先生は死ななかったということになるのだろうか？」というような秀逸なものもあり、パネリストをしばし絶句させる場面もあった。

冒頭で触れた、事前に配布して記入をお願いしていたシートには、いくつかの貴重な意見や質問が書き記されていた。その全てを当日のディスカッションに用いることは出来なかったので、最後にそれらを紹介しておく。

〈ユー氏への質問〉

『こころ』の枠組――たとえば恋愛の三角関係、お金の重要性、「先生」めいた人物――は漱石の他の作品に何回も登場するが、いつも変わった形で現れる。これはどのような反復であろうか。また、こういった反復は、作家の作業および読者の行為とはどのように関わるのだろうか。

〈小林氏への質問〉

先生の死を導いたのが静であるならば、死の原因は先生が静に理解を求めたこと、つまり他者が自分の認識を共有できるという期待にあるのではないか。「先生と静が違う層にいる」（小林氏の言葉）と説明されたが、そのことを先生が理解できていたならば、先生の感じる孤独感は和らいだのではないか。

〈ドッド氏への質問①〉

先生と私の間に同性愛的な欲望が読み取られるのと同時に、先生とKの間にも同性愛的な欲望を見出すことができるのではないか。これは、イヴ・セジウィックEve Sedgwickの『男同士の絆Between Men』ですでに定式化された、男同士のホモソーシャルな欲望が、一人の女性の交換／ライバル関係を通じて示されるという構造と一致していると考えられる。セジウィックが十九世紀の英文学から論を展開していることを考えると、これらの英文学から漱石がこの三角関係を引用しているとも考えられるのではないだろうか。

〈ドッド氏への質問②〉

「男色」には「ホモセクシャル」と翻訳すると、こぼれ落ちる、あるいは完全には重ならない領域があるように思われる。吉屋信子の少女小説などに描かれる「エス」を「レズビアン」と置換することができない領域があるのと同様ではないか。こうした日本近代文学におけるヘテロセクシャルではないセクシャリティの「翻訳」について、どう考えればよいのか。

以上の質問・意見に対する何らかの解答は、本冊子に掲載されたパネリストもしくは他の執筆者の文章に用意されているものと考える。ゆえに、ぜひともそちらでご確認願いたい。

第三章　誕生後一世紀を経た『こころ』をめぐって

『こころ』の授業実践史
――教科書教材と学習指導の批判的検討

稲井達也

『こころ』はこれまで約半世紀にわたり、高校国語教科書に採録されてきた安定教材である。教科書にはあらすじを付けた上で「下　先生と遺書」を中心に部分的に採録されている。教室ではこれまで「恋愛・友情か、エゴイズムか」という倫理的な観点によって二項対立的に捉える読み方が多くなされてきた。これは作品の部分採録という構造的な問題が影響していると考えられる。本稿では、このような『こころ』の読まれ方について、十年ごとに改訂される学習指導要領と関連付けながら概観し、教室での読みの課題について批判的な検討を行う。

はじめに

『こころ』は芥川龍之介『羅生門』や中島敦『山月記』と並ぶ高校の三大小説教材の一つであり、長年にわたって多くの教科書に採録されてきた教材である。中でも『羅生門』は『国語総合』の全ての教科書に採録されている。国語総合という科目は全ての高校一年生が履修しなければならない必履修科目のため、結果として『羅生門』は全ての高校一年生が読む小説ということになる。その点においても国民的な教材という性格を帯びている。

このような作品は教科書に継続的に採録されてきたという意味で「安定教材」といわれている。実は教師にとっても教科書から外れることがないという期待をもった意味での安定的な教材でもある。これまで森鷗外『舞姫』も多くの教科書に採録されてきたが、文語文で書かれているため、現代の高校生にとっては古典に近いように感じられることもあり、採

いない・たつや――日本女子体育大学教授。専門は国語科教育学。主な著書に、『これならできる！　楽しい読書活動』（編著、学事出版、二〇一五年）、『教科力シリーズ　小学校国語』（分担執筆、玉川大学出版部、二〇一五年）、『授業で活用する学校図書館――中学校・探究的な学習を目ざす実践事例』（編著、公益社団法人全国学校図書館協議会、二〇一五年）などがある。

録する教科書が少なくなってきた。明治・大正期の近代文学の採録がほとんどなくなってきた中にあって、『こころ』は貴重な作品でもある。石原千秋は『こころ』が旧制高校生の必読書であったことに触れ、その理由として、友人を裏切るようなエゴイズムの否定という道徳的メッセージや人間形成の理想が書かれていることをあげた上で、このことは学校空間そのものであるとし、人格を重視する旧制高校の教養主義が前提にされていると指摘した。(1)

国語教科書にはこのような安定教材は少なくなく、どれにも道徳的メッセージがある。小学校では、新美南吉の『ごんぎつね』(四年)、椋鳩十の『大造じいさんとがん』(五年)などがあり、中学校では、ヘルマン・ヘッセの『少年の日の思い出』、太宰治の『走れメロス』(二年)、魯迅の『故郷』(三年)があげられる。

本稿では、長年にわたって国民教材と言われるほどの確かな位置を確保している『こころ』という教材が高校国語の中でどのように扱われてきたかについて批判的に検討することを目的にしている。

国語教科書と『こころ』

教科書採録と教材化の影響

一九五六(昭和三十一)年、清水書院『高等国語二』に初めて『こころ』が採録された。「六　こゝろ」という単元の中で「二　先生とわたくし(夏目漱石)」として二番目に排列されている。この単元には他に「一　殿上の闇討(平家物語)」「三　新現実主義の文学(島崎藤村)」、「四　項羽乗紀(司馬遷)」、「五　源頼朝(今昔物語)」があり、文学作品重視の傾向が見られる。

清水書院版では「上　先生と私」から採録している。初めにあらすじが置かれ、「恋愛に関して、自分の親友を裏切る行為」が「深い罪の意識と、人間自体の持つエゴイズムに苦悩の毎日を送ることになった」とあり、作品のいわゆる「主題」を示しただけではなく、「倫理的見地から自己の存在に全く絶望し、ついに自己の生命を絶ったのであった。」と結末も明かしている。

次に採録されたのは、一九六三(昭和三十八)年の筑摩書房版「現代国語二」である。ここでもあらすじを載せているが、清水書院版のように「主題」に直接的に言及しておらず、あらすじとして内容を簡潔に説明するに留め、「下　先生の遺書」に絞って本文の一部を載せている。本文の終わりにもその後の展開について要約した文章を載せている。

その後、筑摩書房版以降、一九七〇年代には殆どの教科書に採録されるようになった。あらすじで「上　先生と私」、

「中　両親と私」の内容を簡潔に紹介した上で、「下　先生と遺書」のうち「先生」の自殺の前後を中心に抜粋するというパターンが固定化し、安定教材化した。新聞小説の痕跡となる章立てをあえてせず、あたかも一本の小説のように見せた。(2)

教科書では「先生」が「K」の「覚悟、――覚悟ならない事もない。」を読み間違え、自室に戻って「覚悟」の意味を反芻しながらも「K」の「覚悟」が「お嬢さんに対して突き進む」方の「覚悟」と解釈し、「K」を追い込んでゆく場面を中心に採録されている。このような採録の仕方に対しては、これまでにも度々文学研究者によって批判されてきた。小森陽一は『こころ』全体の中で「下　先生と遺書」が中心化され、倫理的な読みが強制されたと批判した。(3)藤井淑禎は教科書と指導書を調べた上で、「恋愛・友情かエゴイズムか」という二項対立的な主題へと収斂されるような強制的な読みの方向付けを行ってきたと批判した。(4)この単純な図式化によって高校生にとってはいわゆる「主題」というものを捉えやすくなり、「先生」に感情移入しやすくなっている。小森(5)や石原(6)のテクスト論は、「先生」の「遺書」が「私」によって語られた手記の中で引用されたものであるという視点を提示した。この視点は教室の場では浸透しなかったが、石原が編集委員として関わった第一学習社版『現代文Ⅰ』(7)では、要約とともに、「上　先生と私」から先生の墓参りに始まる部分、「K」との房総旅行の部分を併せて採録することにより、全体の構造が把握できるように工夫されている。

教室の場では「K」の自殺の理由とともに、「先生」の死の理由が中心的に扱われてきた。本文には「先生」が「明治の精神」に言及する箇所が採録された教科書はなく、「その後のあらすじ」の中で説明されているものはある。このような採録の仕方では「先生」の自殺の理由を「明治の精神」と関連付けて考えるには、情報が不足している。本文末に付されたあらすじでは「自由と独立と己とに充ちた現代」に言及しており、これを手がかりにして「明治の精神」を考えさせることは可能である。しかし、学習者の理解は浅くなりがちである。確かに「明治の精神」は研究者によっても諸説があり、学習者とっては難題であるため、あえて教科書には採録しなかったとも考えられる。(8)「明治の精神」という問いは積み残されたままになるが、先生の自殺の理由の分からなさは、部分採録の影響だけではなく、作品の構造的な問題も大きく影響していると考えられる。

学習の手引き

国語教科書には教材の終わりに学習問題が置かれている。

この問題は「学習」とか「学習の手引き」と各社で表現はさまざまだが、演習問題であることに変わりはない。この問題を見ると、教材を通して何を考えさせようとしているのか、いわば編集の意図が読み取れる。

最初に『こころ』が掲載された清水書院版の教科書にも「学習の手びき」と題された問題が掲載されている。[9]「先生」の生き方や考え方について問う問題の他、漱石の他の作品や島崎藤村の作品を読まないと解答できない点で、学習者には広く読書を求めることを前提にしており、教養主義的な性格が強いものになっている。

筑摩書房版には「学習ノート」と「学習の手引き」が載る。[10]ともに「先生」や「K」の心理状態の変化を詳細に読み取らせる問題になっている。「学習の手引き」では自分の考えの根拠をあげるように求めており、教材化の工夫がみられる。また、文体の特色について考える問題もみられる。「学習ノート」はメモをとったり話し合ったりといった言語活動を通して本文の読みを深めるための要諦が学習問題として設定されている。一方の「学習の手引き」も話し合いという言語活動を中心としつつも、「学習ノート」で考えたことを踏まえ、さらに小説の内容に核心的に迫るための学習問題になっている。なお、この教科書の編集委員長は西尾実である。西尾は昭和二十年代から言語生活の充実を国語科教育に位置付け、時枝誠記と文学教育について論争した。[11]文学を読むことを言語生活の大切な言語行為の一つとして位置付けようとした西尾の考え方が伺える設問になっている。

現行の国語教科書の「学習の手引き」では、多くが具体的に本文箇所を示し、「私」と「K」の心情を考えさせる問いが中心に設定されている。また、表現面では「先生」と「K」を隔てる「襖」の意味、他流試合、居直り強盗、狼、羊などの暗示的、象徴的な表現を取り上げて、文脈に即した意味について考えさせるようになっている。この傾向は一九六三（昭和三十八）年の筑摩書房版「現代国語二」と大きく変わらないが、[12]現行の教科書ではより具体的な叙述に即して考えさせるつくりになっている。「学習の手引き」からは、「K」や「先生」の自殺の理由を考えさせることまでは求めていないことが分かる。

『こころ』を読ませることに意義を感じている教師は多い。本質的な変わらなさが新奇な読みを生むことなく、教える側にとってテクストは安定的であり、教えることの安心感を生んでいる。近代文学の金字塔として高校国語教科書の中で不動の地位を築いているが、教科書によっては漱石の「則天去私」の図版を掲載したものもあり、結果として『こころ』こそが漱石の思想の中心的なものとして位置付けられることになった。これもまた「下　先生と遺書」の採録による影響と考えられる。(13)

国語教科書の思想と『こころ』の位置――「近代的自我」の確立

国語教科書、中でも今日『こころ』が採録されている「現代文」は、多くの高校が二年と三年に設置する選択科目である。実際には全員に履修させる必修科目として教育課程に位置付ける学校が多い。

高校の小説と評論はともに近代化を題材にした教材が多くを占める。日本の場合の近代化とは西洋化のことであり、集団との相克の中で自分とは何か、自己の存在意義を問うこと、つまり、自我の確立を問うことでもある。『舞姫』では国家と個人、国家との間で揺れる自我の葛藤が描かれる。『山月記』はまさに自我という厄介なものを正面から扱った作品として読むことができる。『こころ』では自我の確立の先に立ち現れる絶対的な孤独が描かれた。個人の中で自己完結してしまう倫理を中心に描きながらも、国家とは切り離すことができない個人の深い孤独を描いている。まさに近代化されつつある人間の孤独であり、近代的な人間の生き方への批判の手がかりになる。

高校国語教科書では小説以外には「説明的文章」として様々な現代評論が採録されている。(14)評論では近代主義的な社会のありようについての批判が多くを占める。近代化を目指して戦後の社会が必死に築き上げてきた成長や発展という価値観に対して再考を促す内容が多く含まれる。一人ひとりが確かな主体となること、国語教科書的に言い換えれば、近代主義的な価値観を乗り超えることが主題にされている。従って、読み手である高校生には文章の背景的な知識が必要とされる。

しかし、近代とはいっても、我が国では敗戦後から高度経済成長期までと、バブル経済崩壊後の失われた十年を経て現在に至るまでの時代では大きく社会状況が異なるため、当然に同じ次元で取り扱うことはできない。丸山真男『「であること」と「すること」』は古典的な評論として安定教材になっているが、この教材は戦後社会が大きく変貌していく社会での民主主義社会のあり方が論述されたものである。いわば前近代的な価値観と行動に対する批判になっている。戦前のような国家主義的な文脈と対置し、「であること」から「すること」という個人の主体性の確立を主張したものであり、二項対立の論述方法が学べるため、論理的に読む練習には適した教材になっている。皮肉なことに今日読んでも古びることはない。集団や組織、ひいては日本社会の中で個を相対的に捉えるという視点は普遍性を帯びており、国家と対峙し、いかに主体を確立するかが問われた内容と言える。

平成に入り、バブル経済崩壊後の長引く平成不況の中で、成長を神話とした社会もまた根底から覆された。多くの評論は、現在をポスト・モダン社会として捉えることを前提にしており、成長や豊かさを中心的な思想とした近代社会をどう乗り超えるかがテーマになっている。「現代文」の教科書に載る多くの現代評論とされるものでは、これまで当たり前に恩恵を享受してきた近代社会が孕む課題が指摘され、それを乗り越えるものとして、ポスト・モダンの後の社会の方向性が提唱された文章が採録され始めている。(15) ポスト・モダンに関する背景知識がすなわち文章を読むために前提されたスキーマとなる。

このように国語教科書には高校生という発達段階に適した「自我」の問題を扱うことを通して教養を深めるための小説教材と論理的思考力を身につけるための評論教材という性質の違う文章が含まれている。(16) そして、近代主義への批判を中心にしながらも、既に多くの教材はポスト・ポストモダンへと移行しつつある。近代批判とポスト・ポストモダンが混在した評論は、近代を二重の意味で扱っており、評論重視の中にあって教える側にとっては一層の難しさを生んでいる。後述するが、小説を論理的思考力のトレーニングとして扱う方向性も出てきており、『こころ』の教養主義的な位置付けも揺れ始めている。

『こころ』の授業実践

読解指導と作品論に立脚した読み

学習指導要領はほぼ十年ごとに改訂され、時代や政治状況が如実に反映される。十年経てば十年前の教育状況とは大きく異なることが多く、基本的には前の学習指導要領を引き継ぎながらも、常に新しい教育内容が示され、指導事項として盛り込まれる。学校現場はその新しい教育内容の実現に翻弄される。

我が国の学校教育では大正新教育の児童中心主義や、戦後初期の新教育における経験主義に代表されるように、脈々と学習者主体の経験主義的な教育が尊重されてきた。しかし、その一方で経験主義に対する揺り戻しもあり、系統主義的な教育への偏った理解が台頭し、テストの得点が取れるという意味での学力向上施策に席巻された時代もあった。その歴史は今もなお繰り返されている。

一九七〇（昭和四十五）年改訂学習指導要領は、教育内容の一層の向上（教育内容の現代化、時代の進展に対応した教育内容の導入）が図られた時期である。高校国語の目標は「生活に必要な国語の能力を高め、国語を尊重する態度を育てる。」と示された。(17)「生活に必要な国語の能力」という点に、実用的な国語力の育成が求められていたことが読み取れる。しかし、『こころ』の場合、教師での作品論に基づいた倫理的な読み方が変更されることはなかった。他の文学作品の扱い方と同様に、『こころ』の「あらすじ」や「学習の手引き」においても、できるだけ主題に接近するような読み方が方向付けられ、「主題」の読み取りが重視されていた。

このように学習指導要領が実学の方向性を示しても授業が大きく変わることはなかった。それは同時にまだ国語教育と文学研究の間に接点が見られた時代の授業の仕方でもあった。この状況は、一九七八（昭和五十三）年改訂の学習指導要領がゆとりある充実した学校生活の実現、すなわち学習負担の適正化を図ろうとしても、大きく影響されることはなかった。

読者論の方法を取り入れた読み

小説の読解の授業に学習者中心の考え方が現れるのは、一九八〇年代半ばであり、国語科教育の中に読者論の影響が見られた時代である。読者論は個の読みを尊重する。おりしも校内暴力やいじめ、自殺など、学校化された社会の弊害が社会問題化した時代だった。

町田守弘[18]は、文学を読む行為を創造的なものとして位置付け、『こころ』の中で説明されていない、いわば小説の空白部分を自己の読みで補うことを学習の中心に据えた。例えば、遺書の語り手である「私」（先生）が認識しきれなかった心理を想像しやすくするため、「私」という一人称で語られたものを、他者である「K」、「奥さん」、「お嬢さん」の視点に置き換えて、それらの心情を想像して書くという学習を行った。また、全編を読み、『こころ』の続き物語を創作したり、やはり全編を読み、「私」（先生）の日記を書いたりするなど、書くという行為を通して創造的に読んだことを具体化させた。読書にもつながる、学習者一人ひとりを読者として尊重した実践として出色のものである。

続く一九八九（平成元）年改訂の学習指導要領は、「社会の変化に自ら対応できる心豊かな人間の育成」を特徴とした。高校国語の目標は「国語を的確に理解し適切に表現する能力を身に付けさせるとともに、思考力を伸ばし心情を豊かにし、言語感覚を磨き、言語文化に対する関心を深め、国語を尊重してその向上を図る態度を育てる。」である。コミュニケーション能力の育成のため、高校ではあまり実践されてこなかった「話すこと・聞くこと」が重視され、音声言語教育としてコミュニケーション能力の育成を目指した実践が多く見られるようになった。『こころ』の実践においても、教師の一方的な講義ではなく、生徒の主体性を引き出すため、ディベートや討議を学習活動の中心に置いた実践が見られた時期である。

筆者は、一九九〇年代末に新設校の現代文の授業でパネル・ディスカッションという方法を取り入れた『こころ』の授業を行った。パネル・ディスカッションは、学習者の多様な読みを引き出し、読みの交流を主体とするために取り入れた。[19]グループ学習により、興味や関心、疑問を「課題」として出し、一度全体の場に持ち寄り、グループごとに分担して課題解決を図る学習を行った。その後、改めて全体の場でパネル・ディスカッションによって意見を交流することにより、読みを深めるようにした。学習者が関心を持って設定した主な課題には、「先生はどうして自殺したか」、「『覚悟』とは何か」、「『明治の精神』とは何か」などがあった。「明治の精神」を考える上で、『私の個人主義』を参考資料として示して分析するグループも見られた。この実践では、学習者を一人の自立した読み手として尊重し、読みが他者との相互作用の中で生成するという立場に立った。

しかし、読者論の読みに代表されるように、学習者の読みの多様性を保証するということには、どの読みまでを妥当とするかという判断が常につきまとう。結果として教師が線引きをすれば、かつての読解授業のように正解到達主義と変わらなくなる。

作品論を乗り越える方法としては、他にテクスト論が注目され、前述したように教科書も工夫された。[20]しかし、教室の場ではテクスト論は一般的にはならなかった。

文学偏重への批判——ゆとり教育と学力低下論

一九九八（平成十）年の教育課程審議会答申で「文学的文章の詳細な読解に偏りがちであった指導の在り方を改め」ることが提唱されたが、学校現場では「脱文学」と受け止められた。これを踏まえた一九九八（平成十）年改訂の学習指導要領は、「基礎・基本を確実に身に付けさせ、自ら学び自ら考える力」などの「生きる力」の育成を特徴とした。翌一九九九（平成十一）年改訂の学習指導要領の高校国語の目標は「国語を適切に表現し的確に理解する能力を育成し、伝え合う力を高めるとともに、思考力を伸ばし心情を豊かにし、言語感覚を磨き、言語文化に対する関心を深め、国語を尊重してその向上を図る態度を育てる。」である。「伝え合う力」は学校現場ではコミュニケーション能力と受け止められ、小・中学校では校内研修の課題に据える学校も多く見られた。それほど「伝え合う力」は今日的な課題として受け止められたのである。

一九九八（平成十）年改訂の学習指導要領以降、学校教育に多大な影響を与えたのは、二〇〇三（平成十五）年ＰＩＳ

A調査の結果である。これを契機として学力低下論が喧伝されるようになり、ゆとり教育批判が沸き起こった。高校国語教科書から文学作品が少なくなり、現代評論重視の編集に変わった。グローバル化を前提にした知識基盤社会という概念が示される中で、文学作品を扱うことの意味が問われ始めた。PISA型読解力は国語科がこれまで大切にしてきた読解力を無効化するほどの影響力を示した。PISA型読解力はOECDのキー・コンピテンシーに基づく能力であり、汎用的な読解力として位置付けられた。

澤口哲哉は[21]『こころ』の授業にPISA型読解力の育成を養う試みを取り入れた。いわば国語科への批判を、批判の矛先である文学作品であえて試みようとした実践でもある。PISA型読解力は「情報の取り出し」と「評価」を行う。澤口はワーク・シートを用いて、例えば「私とお嬢さんとの結婚話を決めたことにたいして賛成か反対かとその理由」という問いを示して、解釈（意見）と根拠を答えさせた。グループごとに意見を持ち寄り、討論し、最も説得力のある意見に絞る。グループ発表を行い、全体討論を行うという手順である。答えは一つとは限らないため、根拠が確実で論理的整合性のあるものを正解として認めた。最後に「あなただったらどうするか」「あなただったら結末を変えるか」などの答えが一つに決まらない問いに取り組ませた。これは「情報」に対する「評価」の一つと考えられる。PISA型読解力が実用性を前提にしたものであるため、小説の読みに適している手法であるかについては疑問の余地は残るが、自己の読みを改めて振り返る学習には、批判的な思考力を促す評価的な読みが含まれており、先進的な取り組みと言える。

学力向上施策の時代と学習者論の台頭

二〇〇八（平成二十）年改訂の学習指導要領では、校種を問わず、全ての教科等において、「言語活動の充実を図る」指導を通して「思考力・判断力・表現力の育成」が目指された。翌二〇〇九（平成二十一）年改訂の学習指導要領の高校国語の目標は「国語を適切に表現し的確に理解する能力を育成し、伝え合う力を高めるとともに、思考力や想像力を伸ばし、心情を豊かにし、言語感覚を磨き、言語文化に対する関心を深め、国語を尊重してその向上を図る態度を育てる。」と示された。この学習指導要領から現代文Aと現代文Bが設置された。[22]また言語活動の充実を図るため、この改訂から「言語活動例」が示された。現代文Bの小説の学習では「ア　文学的な文章を読んで、人物の生き方やその表現の仕方などについて話し合うこと。」が挙げられるが、「話し合い」という言

語活動を通して指導事項を指導するという位置付けである。(23)

いつの時代にも学習指導要領の改訂の度に国語科においても指導の傾向、いわばブームのようなものが見られるが、二〇〇九（平成二十一）年改訂の学習指導要領では論理的な思考力の育成を踏まえ、小説の指導においても、テクスト中の根拠を示しながら自己の読みを示すという指導が重視されるようになった。

埼玉県教育委員会による授業研究の一つとして、県立浦和第一女子高校では二年を対象に、『こころ』——先生・K・お嬢さんの視点から」をテーマとし、アクティブ・ラーニングの手法の一つであるジグソー法を取り入れた授業を行った。(24)授業者は「ジグソー課題」として、「先生、K、お嬢さんはそれぞれどのような人物か」を設定した。「期待する回答の要素」として、「各々の登場人物について生徒が他の生徒と話し合いを行い、それを通じて、生徒が作品解釈、考え、意見、感想等を提示し、その根拠・理由なども述べる。」をあげ、「エキスパートA」は、「先生はどのような人物として描かれているか」を、「エキスパートB」は、「Kの自殺の原因は？」を、「エキスパートC」は、「お嬢さんはどのような人物として描かれているか」を設定した。

この試みの背景には、高度情報化社会の急速な進展の中で、小説の読みを通して汎用性のある能力（generic Skill、Generic Capabilities）を育てようとする意図が伺われる。前述の一九九九（平成十一）年改訂の学習指導要領での文学作品偏重を乗り超えようとした試みとして位置付けることもできる。

一方、二〇〇八（平成二十）年改訂の学習指導要領の前後の指導から、国語教育者の間には文学教育の衰退という危機感も見られるようになった。例えば、「語り」を意識させる読みの実践が提唱されるようになった。(25)難波博孝(26)は、小・中・高の学習者も大人の読者もまた「物語＝語られていること」を享受する傾向にあると述べ、小・中・高の学習者は「語り手」という「読むための『関数』」を持っておらず、それを学習者自身に強制的に取り入ることは、学習者の読みを教師自身に誘導することであると批判し、「語り手」を教室の場において学習者に意識させる方法として読み聞かせを提唱し、抽象的な方法論に陥りがちな「語り手」論を実際の教室の場で具体化した。

高大接続と称する大学入試制度改革の中で、次の学習指導要領では、高校授業改善の方策として、埼玉県教育委員会が授業の実践研究を推進したように、アクティブ・ラーニングをはじめとした協働的な学習が積極的に導入されることが予想される。当然、教室での小説の読みの方法論も改善を余儀なくされる。文学の内容よりも指導の方法が先行し、『こころ』を叙述に即してていねいに読むという営みが軽視されることが危惧される。

課題と展望――学習者論からその先へ

倫理的な観点から長く読まれてきた『こころ』であったが、一九九八（平成十）年改訂の学習指導要領から「伝え合う力」の育成が入り、他者との関係性の中で国語の力を育てるということが喫緊の課題になった。従ってこの目標を実現させるためには、教育方法が重要な役割をもつ。また、二〇〇八（平成二十）年改訂の学習指導要領以降、国語科教育の方向性はグローバル化や言語力の育成といった教育観の中で文学教材の扱い方が問われるようになった。[27] 国語教科書は現代評論が中心の編成になり、文学作品はかつてのようには重視されなくなった。また、「教材を教える」（内容を教える・文学研究の立場）は「教材で教える」（方法を教える・教育学研究の立場）に駆逐されつつある。これは文学研究と国語科教育が切断されてしまったということでもある。教科書教材は論理的思考力の育成や協働的な学習のための手段としての役割をもつようになった。

金本宣保は一九八六（昭和六十一）年度と二〇〇四（平成十六）年度の学習者の『こころ』の作文を比較し、両者の読みの共通点として、「先生」の苦悩する姿を捉えている点をあげた。二つの授業者はそれぞれ異なるが、金本は前者の学習者は「先生」を「知識人」として捉えたと分析している。[28] 苦悩する「先生」を「知識人」として捉えるか否かは、人物像の理解度に大きく影響する。「知識人」が苦悩するという理解の仕方であれば、学習者の「先生」に対する共感は高校生の分身ではない。「明治の精神」に生きた「知識人」の心性に接近するための入口に立つことになる。しかし、「知識人」という理解の仕方でなければ、「先生」は恋愛か友情かに苦悩する高校生の身近な分身として一般化されてしまうだろう。このわずか十五年間の読みの隔たりはけっして小さくはない。

作品論から読者論やテクスト論、学習者論へと至る変遷を見てきた。ネット社会の中で道具的に双方向の言葉が産出される中に生きる高校生たちは、物事をすぐに区別したがる傾向があるので、「恋愛・友情かエゴイズムか」は確かに主題として理解しやすい。しかし、この一点だけでは『こころ』を読んだことにはならないだろう。学習論でいえば、教室の場で主題を問うことの意味は既に消滅しているからである。

かつては文学研究と国語科教育には接点があったが、両者の経路は絶たれているように見える。もう作品論に立脚した教師主導の精読主義には戻れない。既に高校の教室は学習者の主体的な言語活動を通して学習指導要領の指導事項を指導するという義務的状況に置かれているからである。この場合の授業者の役割は、先行研究の知見を情報として持ちながら、学習者に自分たちの読みを作らせていくことであり、生徒の気がつかない点を補う役割を負うことである。例えば、「K」の死と「先生」の死という二つの死の間には時間的な隔たりがあるということが、これまでの授業では見落とされがちな点だった。改めて「先生」の「遺書」を相対化して捉えることにより、なぜ「先生」は自殺したのかを問う前に、「K」の自殺から何年も経って「先生」が死を選び取ったということを改めて取り上げる必要が生じる。二つの死の間に横たわる時間の隔たりを確認するためには、授業者による教科書の「あらすじ」の授業での押さえ方が変わったり、教科書の採録部分以外からも必要な箇所を提示したりする必要が生じ、『こころ』という作品の構造的な読み方を行うことも必要になる。このような授業の実現には、松本修が提案するような「読みの交流」が大切にされなければならないだろう。[29] 具体的に言えば、生徒相互で自己の読みを交流させながら、一つ一つの読みを簡単に排除することなく、対立的な読みも含めて全員で検討するという丁寧さとそれを保証するだけの十分な時間の確保が必要であろう。

　今後の大学入試改革やグローバル教育、授業改革としてのアクティブ・ラーニングの高校教育への導入など、学校が一層の教育状況の変化にさらされていく中にあっても、『こころ』がそのような変化に耐え得る作品であるためには、効率とは無縁な、教室で文学を読むことの意味について、教師だけではなく、もちろん生徒自身も、共に自覚的である必要があると考える。

注

(1) 石原千秋『「こころ」で読みなおす漱石文学　大人になれなかった先生』(朝日文庫、二〇一三年)、「利子と物語――『こころ』②」(『漱石と日本近代』第二六回、「波」二〇一五年八月号、新潮社)。

(2) 高山実佐「教材『こころ』(夏目漱石)の研究――作品研究史・教材史・教材研究史の検討」(全国大学国語教育学会『全国大学国語教育学会発表要旨集』第一〇一号、二〇〇一年、二一四―二一七頁)。高山は、本文では、一部の段落あるいは文章が省略されており、隣り合った二～三つの章の一部分をそのまま続けて、一章にしていることや、途中で省略した章について何も触れていないこと、省略した章の前後で区切る以外、全く章立てをせず、一挙に掲載していることなどを指摘している。

(3) 小森陽一「『こゝろ』を生成する『心臓《ハート》』」(『成城国文学』成城大学、一九八五年、四一―五二頁)。小森は『こゝろ』の学校での取り扱いは教科書によって強制される読みとして捉え、「先生」の「倫理」的、「精神」的な死の前に跪かされ、萎縮し、自己の倫理性と精神性の欠如を、神格化された〈作者〉の前で反省させられてきた」と批判している。

(4) 藤井淑禎「甦る『こころ』――昭和三十八年の読者と社会」(『日本文学史を読むV　近代I』有精堂、一九九二年、二〇九

―二四二頁)。

(5) 前掲(3)。

(6) 石原千秋「『こゝろ』のオイディプス――反転する語り」(『成城国文学』一九八五年三月(玉井敬之、藤井淑禎『漱石作品論集成　第十巻』おうふう、一九九一年)。

(7) 第一学習社版「現代文Ⅰ」。検定済年・著作年は一九九五(平成七)年。使用年は一九九五(平成七)年~一九九八(平成十)年。著作者は竹盛天雄ほか十名による。

(8) 上松恵理子「教科書教材をメディア・テクストとして読むことの考察――高等学校現代文『こころ』(夏目漱石)の読みを例として」(『現代社会文化研究』第四三号、新潟大学大学院現代社会文化研究科、二〇〇八年、一六一―一七八頁)。

(9)

一、本文に現れているところから、「先生」の人格を説明してみよう。

二、「先生」の墓参りはどういう意味があるか。本文を読んだだけで推測してみよう。さらに「こゝろ」全文を読んでその点を検討してみよう。

三、「先生」のような考え方について、おの〳〵感じた点を語り合おう。

四、この文は、たとえば「吾輩は猫である」「坊っちゃん」などすでに読んだはずの漱石の作品と、何か違った感じを受けないか。受けたとすれば、それはどういう点か話し合い、「三四郎」「道草」などの作品に親もう。

五、島崎藤村の「桜の実の熟する時」と比較して、青木などの人生追求のしかたと「先生」の生き方とを考え合わせてみよう。そこからふたりの作家の人生に対する態度を導き出してみよう。

(10)

【学習ノート】

一　この小説を読んだ感想を、ノートに書いてみよう。そのうえで、特にこういう点について友人たちと話し合って、さらに考えてみたいと思う問題点を、別にメモしておこう。

二　「わたくし」とKの性格は、どのように描かれているか。そのようくうかがわれる部分をメモしておこう。

三　「わたくし」のKに対する態度や気持ちは、どんな原因で、どう変化していくか。要点をメモしてみよう。

四　次の場合の「わたくし」の心理状態について、クラスで話し合うことができるように、確かめておこう。

㋑　十一月の雨の降る日に、往来でKとお嬢さんとのふたりに偶然出会ったおり。

㋺　Kから、はじめて不意に、お嬢さんに対する窓を打ち明けられたおり。

㋩　奥さんに、お嬢さんとの結構を申し込んだあとで、Kに対したおり。

㊁　Kの自殺を発見したおり。

五　作者夏目漱石について、簡単な年譜を作り、その文学の特質についても研究してみよう。できれば、『こころ』の全部を通読してみよう。

【学習の手引き】

一　この小説を読んで、最も強くこころに残った問題は何か。「学習ノート」にメモした問題をあげながら、読後感を話し合ってみよう。

二　次の点について、あなたの考えの根拠になるような部分をあげながら、話し合ってみよう。

㋑ Kの、お嬢さんに対する関心は、初めの間はどのようであったか。あとでどう変わっていったか。
㋺ Kの、お嬢さんに対する関心の変化につれて、「わたくし」のKに対する友情は、心理的にどのように変わっていったか。
㋩ 奥さんに、お嬢さんとの結婚を申し込んだあとで、「わたくし」は、この新しい関係を、どうしてKに知らせるこ　とができなかったか。
㋥ 奥さんから、「わたくし」とお嬢さんとの結婚の話を聞いた時のKの態度は、どうか。その時のKの様子を聞いた　「わたくし」の気持ちは、どうか。
㋭ 「おれは策略で勝っても人間としては負けたのだ。」と感じた「わたくし」の気持ちなついて、話し合ってみよう。
㋬ Kを自殺に追いやった原因は何か。「わたくし」は、Kの自殺の原因をどう受けとめているか。

三 友情と恋愛の問題から、この小説に描かれている人間関係について話し合おう。
四 作者は、友情と恋愛の問題を追及しながら、この作品で何を描こうとしていると考えられるか。
五 この小説の文体の特色は、どんな点にあると思うか。

(11) 一九四九（昭和二十四）年九月二十三日に開催された第二回全日本国語教育協議会の質疑応答で、時枝は国語教育の目標が言語教育か文学教育かを問われ、「言語を正しく理解していくところに文学教育が成就していく」と答え、西尾が文学教育を言語教育から独立したものとして考える立場と考えを異にした。

(12) 三省堂版『明解現代文B』では、次のような問題が示されている。

1 「K」の性格や考え方がどのようなものであったか、そしてそれが「お嬢さん」に恋をしたことにより、どうなっていったのか、本文の記述をもとにまとめよう。
2 上野の公園での「私」と「K」の次の部分の心情について考えよう。
① 「私はまず『精神的に向上心のない者はばかだ。』と言い放ちました。」
② 「『ばかだ。』とやがてKが答えました。『僕はばかだ。』」
③ 「〜私にはKがその刹那に居直り強盗のごとく感ぜられたのです。」
④ 「覚悟、――覚悟ならないこともない。」
3 襖を開けて「私」の名を呼んだ時の「K」の思いについて考えてみよう。
4 「お嬢さん」との結婚を申し込み、長い散歩から帰ったあと、夜までの「私」の心の動きを整理しよう。
5 「K」が自殺した夜の「Kと私の部屋との仕切りの襖が、この間の晩と同じくらい開いています。」などの部屋の状況から、その夜の「K」の行動と思いを想像しよう。
6 「私はついに私を忘れることができませんでした。」とはどういうことか、説明しよう。

(13) 前掲（3）。

(14) 評論の安定教材としては、岩波新書青版の丸山真男『日本の思想』を出典とする『「であること」と「すること」』がある。この他、加藤周一「日本の雑種文化」、随想に近いものとして山崎正和「水の東西」、清岡卓「失われた両腕」（「手の変幻」あるいは「ミロのヴィーナス」というタイトルで載る教科書もある）、「無常ということ」（小林秀雄）などがある。

(15) 現行の「国語総合」「現代文」教科書はともにポスト・ポストモダンの傾向があり、現代性が色濃い内容をとりあげている。内田樹、大澤真幸、鷲田清一など、現代社会に生きる個人を鋭く批評した文章が多く採録される。大学入試によく出題される書き手が多く採録される傾向にある。

(16) 出口汪『やりなおし高校国語――教科書で論理力・読解力を鍛える』(筑摩書房、ちくま新書、二〇一五年)。

(17) さらに「このため、1 国語によって的確に理解し表現する能力と態度を養う。2 国語による理解と表現を通して、思考力・批判力を伸ばし、心情を豊かにする。3 国語による伝達を効果的にして社会生活を高める能力を伸ばし態度を養う。4 言語文化を享受し創造するための基礎的な能力を伸ばし態度を養う。5 国語に対する認識を深め、言語感覚を豊かにし、国語を愛護してその向上を図る態度を養う。」と5項目が示された。

(18) 町田守弘「文学教材としての「こころ」――その扱い方をめぐって」(『授業を開く――【出会い】の国語教育』三省堂、一九九〇年)。町田は、遺書の中で語り手である「私」(先生)の視点から語られた次の場面を取り上げて、別の人物の視点で心情を想像させた。①上野の散歩とその晩に襖を開けた場面(「下」四十二)をKの視点で語ってみる、②「私にお嬢さんを下さい」と言った場面(「下」四十二)を奥さんの視点で語ってみる、③お嬢さんへの結婚を申し込んだ日の夕食時にお嬢さんが一緒に食卓に並ばなかった場面(下)をお嬢さんの視点で語ってみる(「下」四十六)、④Kが奥さんから「私」とお嬢さんの婚約を知らされた場面(「下」四七)など。

(19) 稲井達也「討論型授業における文学作品の読みの交流に関する諸問題」(第九十九回全国大学国語教育学会山形大会、山形大学、二〇〇〇年十月)。

(20) 前掲(7)。

(21) 「PISA型読解力について考える 第2回」による。澤口哲弥は二〇〇七年度、勤務校の三重県立津西高等学校の普通科二年生を対象として授業を実践した。

(22) 現代文Bの目標は、「近代以降の様々な文章を的確に理解し、適切に表現する能力を高めるとともに、ものの見方、感じ方、考え方を深め、進んで読書することによって、国語の向上を図り人生を豊かにする態度を育てる。」と示された。現代文Bの小説の学習に関係する指導事項の主なものとしては、「イ 文章を読んで、書き手の意図や、人物、情景、心情の描写などを的確にとらえ、表現を味わうこと。」があげられる。

(23) これは国語科においては校種を問わず、交流活動が重視されているためである。経験主義的な教育観が現象しており、小学校においては、学習指導要領への移行初期段階では指導の目標と言語活動の整合性のない指導が多く見受けられたこともあり、活動主義の弊害が指摘された。

(24) 東京大学・大学発教育支援コンソーシアム推進機構により提案され、「新しい学びプロジェクト――市町村と東京大学による協調学習研究連携」として、二〇一四(平成二十六)年度は、埼玉県教育委員会が初任者研修や、二十一世紀型スキル育成研修会を通して試みられた。埼玉県教育委員会ではこれに先行し、二〇一〇(平成二十二)年度から県立高校学力向上基盤形成事業として、国語、英語、数学、理科、地理歴史、公民、芸術(美術)、家庭の各教科で知識構成型ジグソー法による授業の実践研究を進めた。ジグソー法は、もともと人種間の理解を図るための方法として生み出された。日本語教育でもよく取り入れられている方法である。ジグソー法は、担当者同士(エキスパート・グループ）が集まり、課題の解決に取り組むとともに、担当内容についてのエキスパートを目指した学習活動（エキスパート活動）と、その後、元のグループ（ジグソー・グループ）に戻り、担当内容について責任をもって説明する学習活動（ジグソー活動）という二つの学習活動から構成される。

(25) 日本文学協会国語教育部会は、ＰＩＳＡ型読解力を踏まえた読みは一過性のブームとしてみており、ブームに加味しない読みの可能性を追求した。その主なものとしては「語りを読む」という観点である。「語り」は田中実が提唱した「第三項の読み」とセットで、文学・文学教育研究の価値相対主義的世界観を乗り越え、ポスト・ポストモダンの展望を開くものとして提唱された。文学研究と国語科教育を架橋するという意味はあるが、教室の中での方法論的な具体化が急がれる。

(26) 難波博孝「合言葉はＦ」（『日本文学』第六十四巻八号、日本文学協会、二〇一五年八月）。難波は「『語り手』関数」を擬似的に経験させるための方法として、読み聞かせの意義を指摘した。読み聞かせは、文学作品が語り手に支配されていることを知ることができるため、「擬似的にしろ語り手の経験をすることができるもの」として提唱した。

(27)『月刊国語教育研究』二〇一五年九月号（日本国語教育学会）は「グローバル社会に対応する国語教育」という特集を組んだ。この特集の中で、髙木まさきは「問題提起　グローバル社会の中で求められる国語の力」（二―三頁）で、グローバル社会は「国家が衰弱し経済が優位に立つ社会」であり、「人は『消費者』となり、『市民』としての面を衰弱させる」社会とした。髙木は、そのような社会で「求められる国語の力」とは、「他者との関係性を土台として社会と自らへの問い直しが必須」とした上で、「問い直し」のためには、「対象認識を支える豊かな語彙、言葉と対象・言葉と言葉の関係などを吟味する力、さらには他者への想像力などが不可欠」とし、こうした力が「真に必要な『思考力・判断力・表現力』の土台となる」と指摘した。

(28) 金本宣保「高校生の小説の受けとめ方は変わったか――夏目漱石「こころ」の授業から」（『中等教育研究紀要』広島大学、二〇〇五年、一八五―一九〇頁）。

(29) 松本修「『こころ』の語り手――語り手「私」をめぐって」（『Groupe Bricolage紀要』Groupe Bricolage、一九九七年、六七―七一頁）。松本はナラトロジー論の立場に立って、小森陽一や石原千秋が提案した「語り手」を意識した読みを教室で一般化するための方法になり得るものとして、解釈の交流を中心にした学習を提案している。

第三章　誕生後一世紀を経た『こころ』をめぐって

カタストロフィへの迂回路――「イメージ」と漱石

林　道郎

はやし・みちお——上智大学国際教養学部教授。専門は美術史および美術批評。主な著作に『絵画は二度死ぬ、あるいは死なない』（全七冊、ART TRACE、二〇〇三～二〇〇九年）、『死者とともに生きる』（現代書館、二〇一五年）、「光跡に目を澄まして——宮本隆司論」（宮本隆司写真展、二〇〇四年）、"Tracing the Graphic in Postwar Japanese Art" (*Tokyo 1955-1970: A New Avant-Garde*, New York: The Museum of Modern Art, 2012) などがある。

絵画を始めとする視覚像との関係は、漱石の作品において重要な役割を果たしている。「イメージ」概念を用いて、『草枕』『三四郎』『それから』を中心に、それを経験する主体がどのように描かれているかを分析し、それを手がかりに『こころ』の持つテクストとしての独特の性格に迫る。並行して漱石における「写生」概念を再考する。

序

漱石が視覚芸術とりわけ絵画と呼ばれる営みに強い関心を抱きつづけた人であることは、広く知られている。二〇一三年には、ついに、「夏目漱石の美術世界」と題された彼と美術のかかわりを総覧する展覧会までひらかれ、その美術史的な検証は、ひとつの結節点を迎えるにいたった。このとき学芸員をつとめた古田亮は、展覧会をなす過程で蓄積された知見をもとに、『特講：漱石の美術世界』という書物を上梓し、芳賀徹の『絵画の領分』や佐渡谷重信の『漱石と世紀末芸術』などの「古典」にも言及しながら、これまでの研究を手際よく概観し、自説とともに紹介してくれている。(1) さらに近いところでは、前田恭二の『絵のように』が、明治期の文学と美術の関係を、広汎な資料渉猟に基づき、これまでにない多角的な視点から論じた好著として話題を集めたが、その中にも、漱石をめぐる考察が散りばめられていた。(2)

こうした先達の蓄積の飽和を前にして、今さら漱石と美術について何を語ることができるのだろうか。美術史的な実証研究において新しい知見を得ることが甚だ困難であることは言を俟たない。たとえその困難を克服したとしても、極小の盲点を埋めることで好事家の満足を得るだけの、いわば発見のための発見には、報告の意味はあっても考察の意味があるとはとても思えない。加えて、此処で論じるべく私に与えられている課題は『こころ』であって、漱石と美術と言えば誰もがまず思い浮かべるであろう『草枕』でも『三四郎』でもないのだ。『こころ』は、ある意味で、漱石が残した作品群にあって、もっとも美術に無縁のものといってもよいほどで、実際、美術作品に関する言及が圧倒的に少ない。わずかに、末尾に近い箇所で渡辺崋山への言及が認められるだけで、他には画家の名も作品のタイトルもその文中に発見することができない。この崋山への言及には陰影に富むニュアンスがあり、それを除けば、ほとんど「美術」の世界には無縁のままに終わるのが『こころ』という作品であり、そのことでこの作品は、例外的と言っていい位置を占めてもいる。

このような事情で、私の眼前には二重の困難が置かれている。ひとつは、『こころ』という、漱石の仕事の中でも最も「非美術的」な小説について、美術あるいは視覚論的な観点から語るべきことがあるのかという設問であり、もうひとつは、飽和に達しつつある従来の美術史的なアプローチとは違った方法で漱石における「絵画問題」あるいは「イメージ問題」を語ることが可能かという設問である。ある意味で、この二つの問いは、ひとつの同じ回答を要求している。つまり、従来の美術史探偵的な実証とは違う次元において考察した時に、初めて、『こころ』もまた、視覚論的な観点から語りうる、いや語るに価する対象として論の視野に入ってくるということである。

「イメージ」について

出発点に「イメージ」という概念がある。「イメージ」とは、甚だ曖昧で、つかみどころがなく、ことに美術作品を語るときにこの言葉ほど思わぬ罠を私たちに仕掛けるものはない。たとえば、絵画を分析しようとする際に、非物質的な次元への高い親和性をもつこの概念を濫用すると、支持体と絵具の物質的な存在性とその構造が、よほど気をつけないと視野からはずれ、知らず知らずのうちに解釈に恣意的な傾斜が生じてしまう。これはなにも絵画に限ったことではないし、美術作品に限ったことでもない。「イメージ」という語は、一般的に、物理的に存在する「作品」を分析する際には「取扱注意」なのである。しかし、逆から見れば、この概念の曖昧さ、融通性は、漱石という言葉の人にとっての絵画あるいは絵画的なるもの、つまりは隠喩的に拡張された「絵」の意味や機能を探求する際には、ひとつの梃子になりうる。私は、そのような「イメージ」の意味範囲の広がりを意図的に利用してみたいと思う。具体的に言えば、この言葉で私は、漱石が実際にその作品の中で言及する絵画作品に限らず、『草枕』の画工が意中に思い描いているような未生の「絵」や夢、あるいは『三四郎』の中で三四郎が美禰子を想起するその心的表象などをも含むヴィジョン全般を包摂してみたいのだ。

「イメージ」概念によって包摂される表象の領域は、今挙げた例からもわかるように、単一的ではありえない。だが、その内的複数性にこそ、書き手としての漱石の心的機制を浮き彫りにする契機がある。もちろん、「イメージ」という言葉そのものが漱石自身にとってのキーワードでは必ずしもなかったという意味では、これは時代錯誤的な分析ということになるのかもしれないが、漱石の中に繰り返し現れる視覚像のヴァリエーション――絵、夢、鏡、写真、水面など――を想起してみれば、これらを包摂する「イメージ」という抽象概念を用いることで、それらが共通に暗示している構造的な問題について語ることが可能になるという見通しがたつだろう。

イメージの二重性

漱石の作品中において、強い視覚的印象の刻印とそれによって誘発される心的欲動は、物語を推進していく契機として重要な役割を果たしている。『こころ』の冒頭で「私」が「先生」と初めて出会う海辺および海中の場面や、『三四郎』で三四郎が初めて美禰子に出会う池の場面など、例をあげればきりがない。それらの経験は、つねに時間の静止とともにある。あたかも、横に流れる世界の営みの時間が突然断たれ、瞬間的な「イメージ」の結晶が、垂直の時間を立ち上げるかのように眼に刻印される。そしてこの断絶にうながされて、あらたな物語の時間が起動する。この決定的な「イメージ」は、物語の時間の整序された流れに解消されず、ある超越的な過剰としてその進行に憑きまとう。

『草枕』は、そういう観点からみれば、物語の次元が最小化され、寄生的であったはずの断絶と起動のメカニズムだけが主流になってしまったかのような、不安定な反復によってなりたっているともみえる。温泉宿に滞在する主人公（＝画工）の目の前にくりかえし現れてはその心を撹乱する那美さん。その幻像＝イメージによって、そのつど「絵」への期待と欲望はかき立てられるものの、明瞭な輪郭は捕獲以前に流れ去る。周知のとおり、「絵」の中心をなすはずの「あはれ」は、物語の掉尾、戦場に向かう列車に乗って去っていく久一さんを見送った那美の表情において突然姿を現すのではあるが、私たちは、その瞬間を主人公が「胸中」の画面に捉えたことは知るものの、実際の絵にそれが転換されたかどうかは、知る由もない。また、最後に画工が胸中の絵を完成したとしても、そこに至るまでの『草枕』のあれこれの挿話は、そのような捕獲の不可能なことをめぐって変奏を反復するのみである。

『草枕』は、反復への傾斜が極端に強くなった例かもしれないが、その他の漱石作品においても、この超越的なイメージの刻印と反復、そしてその反復をつうじて変化する関係というパターンはくりかえしあらわれる。そして、その「関係」という点からみれば、この反復には、つねに、イメージと経験主体のあいだの主導権の争いという側面がつきまとっている。イメージの噴出と封印と言い換えてもいいが、漱石の描く主人公たちは、多くの場合、眼前に出現したイメージの強烈な引力、あるいは自分に向かって溢れだすその流出を前に、なんとかその力を制御し、主体としての距離を確保しようと苦闘する。それは、枠づけされた絵の溢れを阻止し、その枠をなんとか維持しようという努力に似ている。

その背反的な力の争いをもっとも端的に表現しているのは『三四郎』だろう。かつて蓮實重彦はその『夏目漱石論』でそのことを、水の氾濫と絵画的なイメージへの封印の相克としてとらえている。(3) 彼は、美禰子の存在が、最初から「池」すなわち「水＝水面」、さらに「色彩」に結びつけられた存在として登場することから、その絵画的イメージとの親和性、およびその強迫的な溢れと枠への封印の相克をこの作品の構造的な支柱とみている。

美禰子の「黒眼」が三四郎を撃った瞬間が、『草枕』において、画工が鏡が池の対岸の崖の頂点に那美の姿を認め、「余が視線は、蒼白き女の顔の真中にぐさと釘付けにされたぎり動かない」と感じた瞬間と比較されている。(4) 美禰子も那美も、主人公を立ちすくませる衝撃力をもって、彼らの眼を射ている。そしてそれが、『三四郎』の語りを牽引していくのだが、この物語は、やがて、その美禰子が「絵画」の枠の中にイメージとして収められることで終焉へと向かっていくのだ。三四郎と美禰子の関係が、画家原口が描く美禰子の肖像が完成に向かい、展覧会に出品される過程と並行して終焉を迎えることは読者諸子にはすでに説明の要はないだろう。あの、直接に三四郎を撃ったイメージは、絵画の枠内に閉じ込められて、三四郎から離れていく。もちろん、だからといって、美禰子のイメージの束縛から完全に三四郎が解放されるとは限らない。だが、イメージとの間に距離が発生し、別の時間が流れようとする過程が、絵画化と重ね合わされていることに私たちは注目しなければならない。一体に、絵画と観る者とのあいだには、その物理的な距離とは別に、心理的（あるいは精神分析的）な距離の伸縮のドラマがつきまとっているが、『三四郎』では、実際の二人の関係の遠近が、このような絵画をめぐる距離の問題を通じて隠喩的に表現されている。[5]

枠の中に収まる固定化されたイメージと、その結界を越えて溢れ出してくるイメージの流出。この相反する動きの弁証法的な緊張は、『草枕』においても反復されている。蓮實は、漱石における「水」のテーマを追いかける中で、枠との緊張関係について語っているのだが、その仮説を私なりにもう一歩進めれば、そこでいう「水」とは絵具の隠喩的形象にほかならない。

溢れるもの：水、絵具、色彩、レトリック

いうまでもなく、絵画においてイメージは、液体としての絵具によって描き出される。そしてその液体としての絵具が、画面上の無数の他の絵具との関係によって固定した場と機能を与えられ、表現される対象と結びつけられたときに、その不定形な液体は「形」となり「意味するもの（シニフィアン）」に転換される。と同時に、画家は、自分の手と連続して動いていた絵具の跡を、その身体から離れ独立した存在として、距離を介して見つめることが可能になる。

『三四郎』と『草枕』における水の横溢のモチーフとは、イメージがイメージの枠を自ら超えて、主人公の身体あるいは知覚器官へと直接に働きかけ、その存在を囲繞したり、それへの没入を唆したりし、安定した形体とそれを認識する距離の感覚を失わせるような役割を負っている。このとき水あるいは液体的なるものは、形体以前あるいは以降の未定形の媒質であると同時に、その形体への結晶をめざす両義的な働きをしているというべきだが、絵画のおける「絵具」とはまさにそのような両義性の中にある媒体にほかならず、とりわけ属性として絵具に付随する色彩はそのような両義性の空間において徴候的な働きをすることになる。

さらに言えば、この隠喩的類似は、テーマ的な次元を超え、テクストの実践的な次元においても認めることができる。ジャクリーン・リクテンスタインがその浩瀚な『色彩の雄弁』で手際よくまとめているように、言論における論理とレトリックの関係と絵画における形体と色彩の関係は、古代以来、しばしば相似の関係にあるとされてきた。[6] 東洋にも「巧言令色」という言葉があるように巧みなレトリックは色の効果としばしば結びつけられてきた。そのような考え方か

ら言えば、漱石の書く行為において「絵具＝色彩」の溢れに対応するのは、水のモチーフだけではなく、むしろ、そのレトリックの装飾性ではないかという仮説が想定できるだろう。事実、たとえば『草枕』において、画工が、旅館の中をくりかえし移動しながら「入口にあらわれては消え、消えてはあらわれる」那美さんの姿に惹かれながら彼女を描写する次のような文章。

暮れんとする春の色の、嬋媛として、しばらくは冥邈の戸口をまぼろしに彩どる中に、眼も醒むるほどの帯地は金襴か。あざやかなる織物は往きつ、戻りつ蒼然たる夕べのなかにつゝまれて、幽闃のあなた、遼遠のかしこへ一分ごとに消えて去る。燦めき渡る春の星の、暁近くに、紫深き空の底に陥いる趣である。(7)

その病的なまでに過剰な言葉の「織物」はさらにその絢爛を増してつづくのだが、この絢爛は、ここに言及されている那美がまとっていた「織物」の絢爛と見事に呼応している。しかしそれは、いわゆるリアリズムの文章が「記述」するような現実の細部を見せてくれるわけではない。このレトリックは、まさにレトリックとして現実との蝶番を失って、空疎に、そして過剰につみかさねられる。そして、そのことによって、逆に、画工が受けた印象が、記述の枠に収められないある種の力として作用しているのだということを読者にうかがわせる。この意味で、漱石の「筆」は、いわゆる小説的な結構と輪郭の枠をはみだして、溢れてくるのだ。

主体の死：『それから』と『こころ』

そして重要なことは、この絵具＝色彩＝レトリックの溢れが、つねに、漱石の作品のなかで「私」の不安定性、「私」の喪失、そして「死」というモチーフと結びついていることである。『草枕』では、画工が那美の姿に衝撃をうける場面は例外なく「自失」の気配によって支配され、はては、鏡が池の場面でのように「はたりと画筆を取り落とし」、絵としてその姿を捉えることすら不可能な主体性の喪失を経験している。この場面においては、那美の姿をとらえる直前、画工は、池の対岸に赤い椿をみつけ、その「黒ずんだ、毒気のある、恐ろしい味を帯びた調子」におどろくが、その花の「異様な赤」は、「ぽたりと落ち、ぽたりと落ち」、「一眼見たが最後！　見た人は彼女の魔力から金輪際、免るゝ事は出来ない」とされている。(8) さらに、ぽたりぽたりと落ちている椿の花は、「ああやって落ちているうちに、池の水が赤くなるだろう」と連想させるまでに強烈な引力で画工の眼をとらえる。この描写に、絵具が水に溶かされるプロセスを重ね見るのは、あながち行き過ぎた想像とも言えないだろう。実際、赤は、このような絵具性をもった特権的な色彩としてたびたび漱石の作品には登場するのであり、その際には、つねに、イメージの溢れ、飛沫、浸透を示唆するものとして作用し、イメージと作中の登場人物との距離をきわめて不安定にするのだ。そしてまた、この水に沈む椿のイメージが死のそれと深く結びついていることもまた、確認しておこう。椿という確固とした像としてのイメージは、一つ一つ落ちていき、その赤は液体となって水底に沈んでいく。それは「血を塗った、人魂のように落ちる」のだ。(9)

この赤=血=死という連鎖は、水のイメージと一体化しながら様々な広がりを見せる。そして、私とイメージの間に不分明で触覚的な空間をつくりだし、イメージを見る者は、それを対象化する距離を奪われ、闇の中で空間を手探りするような心もとない状態へと追いやられる。換言すれば、色彩とりわけ赤の氾濫は、漱石において、ほとんど盲目性と同義なのだ。そして、その過剰性の空間こそが、彼にとっては、イメージがそこで生成し解体する母胎的な生成の空間なのであり、そこから絵画的に整頓されたイメージが立ち上がる時、それは枠に収納され、距離の向こうに姿を現す。その出現と同時に、ラカンのいう鏡像関係が成立し、イメージを欲望する「私」もまた、その関数として安定した輪郭をあたえられる。次の瞬間にはすぐにイメージを成立させている絵具=液体の氾濫によって流出してしまうにしても。

その意味で非常に象徴的なのは、『それから』の末尾での赤の氾濫であり、そして、読者は意外に思うかもしれないが、『こころ』における「血潮」の反復である。前者では、三千代への想いをとげるべく、その覚悟を決め、家族とも絶縁をした代助が、焦燥にかられ街へと一人でくり出す場面、目に入るすべての物が「赤」に見えだす。「烟草屋の暖簾が赤かつた。売出しの旗も赤かつた。電柱が赤かつた。赤ペンキの看板がそれから、それへと続いた」となり、そして「世の中が真赤になった」と全面的な赤の勝利が宣言されていることに注意しよう。(10)私には、ここで、「赤ペンキ=絵具」が登場し、すぐにその色彩が全面的に世の中へ拡張（感染?）していくことが、漱石が意図したかどうかはともかくとして、とても偶然とは思えない。ここでもまた、世界のイメージは、ペンキという液体の拡散を通じて世界に溢れ、浸透してしまうのだ。そして代助は、「自分の頭が焼け尽きる」まで、電車に乗っていこうと決心する。それまでの代助の「私」は、この赤に塗れ、赤に焼かれ、死（＝狂気）を通過せざるをえない。赤は、色彩として認識されながらも、次第にその激しさは、代助の全存在を包むまでになる。認識を可能にする「距離」が焼き尽くされるのだ。このようなイメージの破裂＝溢れという展開は、三千代の存在が小説の中で最初に暗示されるのが、写真――フレーミングされたイメージ――としてだということを想起すると、一層、説得力をもって私たちに迫ってくる。「花瓶の右手にある組み重ねの書棚の前へ行って、上に載せた重い写真帖を取り上げて」ページを繰る代助の目にとまるのは、「廿歳位の女の半身」であり、「眼を俯せて凝と女の顔を見詰めてゐた」とある。この枠づけられたイメージとの邂逅、それとの眼差しの交換のうちに、すでに、やがて訪れるであろうその破裂＝溢れが予告されているのは、いうまでもない。(11)

さらに言えば、『それから』における赤の噴出は、実は、その冒頭において、代助の「血潮」をめぐる想念によって伏線をはられている。彼は、心臓に手をあてながら「此鼓動の下に、温かい紅の血潮の緩く流れる様を想像」しながら「是が命である」と考えるのだ。(12) しかもその心臓の動悸を「自分を死に誘う警鐘」のようなものと感じながらも、時々「此処を鉄槌で一つ撲されたなら」と思ったりもしている。(13) 心臓とその破裂というこのモチーフが、はなから『それから』という作品の主調音を決定づけているのである。結論部の赤の氾濫は、その意味で、導入部で言及されるこの血潮、代助の心臓を破って溢れでてきた赤にほかならない。三千代が枠づけられたイメージから、代助の空間へと溢れ出し、その距離を無化することと、代助の心臓が破裂し、その血潮が世の中全体を赤に染めるという展開が、重ね合わされているのが『それから』の基礎的な結構を決定しているのだ。

『こころ』において、この赤と血潮とのつながりは、より鮮明に、正面切って表されている。それは、作品の構造上、二度決定的な役割を果たしている。最初は、先生と私を結びつけるものとして、そして二度目は、先生とKの関係のカタストロフィを徴づけるものとして。まず、「先生と遺書」の第二節を引いてみよう。

其極あなたは私の過去を絵巻物のように、あなたの前に展開して呉れと逼つた。私は其時心のうちで、始めて貴方を尊敬した。あなたが無遠慮に私の腹の中から、或生きたものを捕まへやうという決心を見せたからです。私の心臓を立ち割って、温かく流れる血潮を啜ろうとしたからです。其時私はまだ生きていた。死ぬのが厭であった。それで他日を約して、あなたの要求を斥けてしまった。私は今自分で自分の心臓を破って、其血をあなたの顔に浴びせかけようとしてゐるのです。私の鼓動が停つた時、あなたの胸に新しい命が宿る事が出来るなら満足です。(14)

ここでは、端的に、先生の遺書そのものが「血潮」であることが語られている。当初先生は、「私」に対して不信の念を抱いていたのだが、その「無遠慮」なまでの欲求の強さと真面目さに打たれ、隠されたKとの物語を「絵巻物」のように書き物にして手渡すことを決心する。ここで「絵巻物」というメタファーが使われていることに注目したいが、同時にそれは、距離をとって第三者的に鑑賞できる類の「絵巻」ではなく、先生が「私」の「顔に浴びせかけ」ようとする「血」で描かれた絵＝イメージであり、赤いテクストなのだ。そしてこのイメージは、その枠内にとどめおかれることはなく、読者である「私」にふりかかり、体内に侵入し、その「胸に新しい命」を宿す交配の働きをなす。

しかし、この遺書を読み進めていくと、私たちはやがて、その血の遺書が、それに先立つもう一つの血の遺書によって動機づけられていることに気づくことになる。それは、自殺したKの部屋の「襖に迸ばしつている血潮」である。(15) 隣の部屋で死んでいるKを発見した夜中、先生は、彼が残した遺書を発見し、その内容に目を通し、自分に都合の悪いことが書かれていないことを確認したあと元の場所にもどし、振り返ったとき、「襖に迸ばしつている血潮を始めて」見る。そしてさらに、夜明けをむかえ、奥さんを起こし、事件について報告をし、二人で事後のさまざまな処理をはじめたときには、あらためて朝の光の中で次のように確認することになる。

Kは小さなナイフで頸動脈を切って一息に死んで仕舞つたのです。外に創らしいものは何にもありませんでした。私が夢のような薄暗い灯でみた唐紙の血潮は、彼の頸筋から一度に迸ばしつたものと知れました。私は日中の光で明らかに其迹を再び眺めました。そうして人間の血の勢というものの劇しいのに驚きました。(16)

色彩に関する言及が比較的にすくない『こころ』にあって、この襖の唐紙にほとばしった血潮のイメージは例外的に鮮烈な印象を与える部分である。重要なのはしかし、この血潮への言及が、彼の「遺書」の発見の直後に置かれていることであり、そのほとばしりの激しさが、再度、朝の光の中で確認されていることだ。自殺の理由についてくわしく語るわけではない抽象的な言辞がならぶ「遺書」に対して、この血潮は、いわば、第二の解読不能な「イメージ＝遺書」として襖（唐紙）の上に残されている。そしてこの血のほとばしりが、そこに至るまでに何度も繰り返される「黒い影」つまり、輪郭をくっきりともつシルエットとしてのKの存在と対照されていることに留意しよう。もし、お嬢さんへの愛を争う先生とKが、柄谷行人のいうように、模倣関係にあり、互いの存在を媒介にして欲望の主体性を獲得することができたのだとするならば、このKの影とは先生の分身にほかならず、その輪郭の崩壊と血の噴出が先生における「自己」の崩壊の契機となることは当然のなりゆきというべきだろう。(17) 先生の生は、それから緩慢な死を死ぬ過程となるほかなく、唯一残された「生」の可能性は、解読不能な「襖絵＝血潮」の痕跡を、自らの「血潮＝絵巻物」として模倣し、言語化し、若い媒介者に手渡すことだったという構図が、ここにはある。そして、血潮こそが、この異様な反復を可能にしている特権的な徴であり、受け継がれるシニフィアンということになるだろう。その血潮としてのテクストを受けとった「私」は、またこの連鎖になんらかの形で巻き込まれざるをえない運命であることが予想されるのであるが、それについてあれこれと言辞をつらねることは控えよう。私は、むしろ、この血潮の反復の場面にもうしばらくとどまってみたい。なぜなら、この反復は、特殊な主体の状態なしにはあり得なかった反復であり、その状態をもっともよく象徴している「目」のことについて、私たちはまだ十分に吟味したとは言えないからだ。残されたスペースを使って、そのことについて考えてみたい。そしてさらに、その考察を通じて、漱石における「写生」という問題へと迫ってみたい。

硝子の義眼：漱石にとっての「写生」

『こころ』で先生がKの自殺の場面を目撃したときの描写に、このような一節がある。

> 其時私の受けた第一の感じは、Kから突然恋の告白を聞かされた時のそれと略同じでした。私の眼は彼の部屋の中を一目見るや否や、恰も硝子で作った義眼のように、動く能力を失いました。私は棒立ちに立ち竦みました。(18)

あまりのショックに先生の目は、「硝子で作った義眼」のようになってしまう。つまり、彼の正常な意識の媒体であるはずの目が、ここでは、無人称のレンズへと還元されてしまうのだ。そして、このあと文章は、「もう取り返しが付かないという黒い光が、私の未来を貫ぬいて、一瞬間に私の前に横はる全生涯を物凄く照らしました。そうして私はがたがた顫え出したのです」と続く。[19] 硝子の目を通じてみた光景が、反転して、その内部では黒い光として、これからつづくであろう全生涯を照らし出す。さきに、私は、Kの死のあとの先生の生は、緩慢な死を死ぬ過程にならざるをえなかったと書いたが、ここで暗示されているのは、まさにそのような事態である。そして、その生の中で彼は、Kの遺書を反復せざるをえなくなるのだが、その反復の中心には、この空虚化された無人称の硝子の目がある。

この硝子の目は、意志を失い、完全に受動化している。したがって、世界を記憶化するための解釈の格子もまた欠損している。そのような目の表面に刻まれた記憶は、「私の記憶」として十全たる形式を与えられることを拒み、「過去化」を許さず、現在にとどまり続け、来たるべき言語化の機会を待ち続ける。そして、生活をつかさどる流れとしての時間に対して、反復の時間を挿入し、先生の生をその中に閉じ込める。彼の日常が、欠かさず行われるKの墓参りの周辺に組織されているのはそのためにほかならない。逆から言えば、先生の目が、このように硝子化してしまったからこそ、Kの血潮の記憶は、いわば冷凍保存され、解凍の可能性として現在時に残りつづけたともいえる。その解凍として成立するこの遺書の時制はそうすると、先生の生に対して、あるいは死に対して、どこかねじれた時制を抱えていることになるのだが、そのことについては、後で触れることにしよう。ここでは、もう少し、「硝子の義眼」の問題にとどまってさらに考察を展開してみたい。

そのための補助線として、先にあげた著作『絵のように』の中で前田恭二が展開している正岡子規の「写生」をめぐる議論を引いてみたい。[20] 彼は、明治三十年代の子規および「ホトトギス」周辺で表現論の中心的課題になっていた「写生」概念にひそむ重層性を、子規、虚子、寅彦、そして漱石などの言説を再読することによって明らかにしたのだった。大枠を言えば、その原点にいる子規の考えていた写生と、それをついだ虚子による写生概念には、相容れない対極的な面があるというのだ。前田は、一般に、この時期の写生概念の説明装置として、光学装置的なメタファーが持ち出されることをまず確認する。その無人称の装置を介在した主客の安定した関係は、写生の冷静さ、均質さ、平明さにつながるものとして重要視されていたというのだ。カメラ・オブスクーラが、外界を主観で歪めることなく均質に映し出す装置であるとすれば、写生を重んじる主体も、同じように、主観を括弧に入れて、均質な投影幕にならなければならないという考え方だ。実際、虚子は、概ねこのような考え方にしたがって写生論を推し進めるのであり、彼の中での主客の安定的な関係は揺らがない。

ところが、子規の実践には、そのような説明モデルから逸れるどころか、まっこうから対立するような側面が見えると前田は指摘する。それは子規が病床にありながら世界を見つめていたことと密接にかかわる。たとえば、子規の『ランプの影』には、彼が熱でぼんやりとした意識で病床からガラス障子越しにランプを見る場面がある。その時彼は、そのランプの火影が次から次へと奇怪な変容をとげる幻覚に近い経験をする。こういう場面を通じて明らかになるのは、子規においては、受動的なスクリーンであるはずの自分の身体そのものが、透明あるいは中性的ではありえないという事実である。前田の言葉を借りれば、「病者という条件によって、子規は見ることがこの身体に帰属すること、すなわち私が生けるスクリーンであることを受け入れていた。その場合、観察は不正確さを免れず、夢想や回想、幻覚が入り交じることもある」ということになる。[21] つまり、子規によって示唆されているのは、目を、その初発すなわちイノセンスの状態へと還元することは、客観を必ずしも保証しない、むしろ、記憶や夢の混入を招き、世界を多重化する結果に至るかもしれないという逆説なのだ。子規においては、したがって、虚子のように主客を単純な二項対立的な概念として捉えることではなく、むしろ、主客の交差状態をふたたびメタ次元から捉え直す「自己の二重化」ということが問題だったのだと前田は結論づけている。[22]

ところで、漱石はどうかと言えば、彼のよく知られた写生文の定義は、「大人が小供を視るの態度である。両親が兒童に對するの態度である」というものだった。[23] 明治四十年に発表された「写生文」で開陳された彼のこの考えは、前年から続く坂本四方太や虚子の写生文に関する文章への応答だった。[24] つづめていえば、漱石の一節は、四方太が写生文について「只だ小供のような心になれ」と説いたことに対する反論であり、描写される対象との同一化は写生ではなく、むしろ、その同一化を避け、親が小供を見るように、「寫すわれと、寫さるゝ彼との間に一致するところと同時に離れて居る局部がある」のが写生だと主張したのである。ここに前田は子規の自己の二重化と同じ態度を読みとっているのだ。つまり、写生とは、必然的に、写生する目の自己言及的な反省を呼び起こすものであり、その回路を切断してしまったのが、虚子や四方太の単純素朴な写生派の態度だというのである。

この前田の指摘を受けてさらに考察を進めるならば、私たちには、子規にとってのガラス障子と先生の硝子の目という二つのガラスの照応が与えられている。子規にとってそれは、病床にいて動けない自分が世界を見るための窓であり、しかも、それを通じて数々の幻覚——たとえば、ランプの灯影の中に、眼の丸い、くるくるした子供の顔が現れたり——が現実と交錯する万華鏡のごとき役割を果たしている。一方、先生の硝子の目は、上記したように、眼前の衝撃的な光景に刺されて、正常な機能を失って空ろになっている。そのありようは対極的とも見えるが、両者とも、意識によってコントロールされた通常の「目」がブロックするはずの他者的なるものの侵入を招くレンズとしての機能を果たしている。通常の目が正常な主観を保証しているとすれば、この硝子の目は、両方とも、主観の喪失＝死という事態を暗示しているといっていい。これは、主観を括弧にいれて、正確に外界を写す光学的装置としてのガラスという以上の事態を示している。主観が括弧にいれられて仮死状態にされたことは、子規や漱石において、必ずしも虚子的な純粋無垢の目の出現を許すことにはならず、むしろ、外界への通路が閉ざされるような経験を招いているという、転倒が生じているのだ。

漱石が「大人が小供を見るよう」だと写生を定義した際に、はたしてこのような主体の死という問題が意識されていたかどうか、それは疑問だ。小供と彼がいうときに出される例が、泣いたり怒ったりというような感情的な動揺を経験する小供であるということが、主体の喪失という自体を暗示しているととることも可能かもしれないが、漱石が自覚的にそのことを理論化しているとまではいえない。だが、明らかに、漱石には、観察が観察として成立しなくなるような知覚のカタストロフィへの志向が一貫している。イメージとの距離が無化し、他者的なものがとめどなく侵入してくる無防備な受容器としての「私」、私ではなくなってしまった「私」への志向が。そしてときに、その動揺は、それをメタレベルから記述する「大人」の視覚へも感染するかに見える。

写生という志向は、そういう意味で、安定した写生を成立させる主客の構造を破壊し、私の底を踏み抜いてしまうような恐ろしさを垣間見せることがある。子規は、まさにそのような次元へと写生を推し進め、もはや通常の意味で「写生」とはいえない他者的なイメージが跋扈する力動的な空間へと足を踏み入れてしまったのだろう。そのとき描くべき対象とそれを見る自分を隔てる距離は霧消し、主体—レンズ—客体という安定した知覚の構造はこわれざるをえない。彼が、媒介するレンズとしての言語の構造そのものを再び問い直さなければならなかったのは、このような写生の底のさらに底へと歩みを進めて（落ち込んで？）行ったからにほかならない。それは、色彩と闇が同義であるような空間であり、言語の箍がはずれてしまう空間だ。したがって、その感覚を言語的表象を介して示唆しようとすれば、今一度、主体―言語―対象の関係を建て直さなければならない。そのような原理的な建て直し、つまり新しい対象の発見と言語の創造の必要性から、子規の新しい俳句は生まれてきたのであり、それは無からの創造ではありえない。旧来の、言語と対象の透明で安定した関係が揺らぎ、混沌の中に送り返されたとすれば、新しい可能性を手にする手がかりは、対象が霧消してしまっている以上、すでに与えられている言語の貯蔵庫以外にはないだろう。過去の伝統が潜在的な可能性の光のもとに見られるのは、そういう要求に迫られてのことだ。いささか唐突にひびくかもしれないが、セザンヌが、自然に帰れと強く主張しながら、ルーブル美術館通いをやめなかったことにも同じことが言える。「自然」と「絵画言語」は、子規における「対象」と「レンズ」と同様、過去の辞書を媒介にして、同時に発明されなければならなかったのだ。

このような主体の死を垣間見させる「写生」は、たしかに前田が指摘したように、書く自己の二重化という事態へと至るのであろうが、しかし同時に、この二重化は、安定したメタレベルへの安住、レベルの階層化をゆるさない深い動揺をともなうものとみなさなければならない。対象化され距離をへだてて眺められるイメージと、枠あるいは箍を外され、とらえどころなく、直に触れ、侵入してくるイメージの間に広がる未決の領域、このような領域こそ、死にいたる時間を意識させる場であり、書くという行為が、（主体の）死とわたりあう生の営みとして成立する場ではなかっただろうか。『それから』の掉尾における異常な加速度をもった赤の氾濫も、『草枕』のレトリックのアラベスク的な過剰も、文章のスタイルとしてはまったく異なるにもかかわらず、私には、そのようなカタストロフィの兆しを含んだもののように感じられる。

『こころ』は、このような観点から見ると、きわめて示唆的な作品だということができる。なぜなら、この作品の主要部をなすのが遺書という形式をとっているからだ。自殺者の遺書というのは、一般的に、矛盾した構造をもっている。それは、死にたいと考えている者によって書かれるが、それを書いているあいだは、死ぬことができない。書くことによって死を先延ばしにし、結果的に生の時間を長くすることになる。むしろ、死を前にしたこの刻々の書字の時間は、ハイデガー的な見地から言えば、最も充実した生の痕跡となるかもしれない。その時間は、先生自身が「私が死なうと決心してから、もう十日以上になりますが、その大部分は貴方に此長い自叙伝の一節を書き残すために使用された」と言っているように、書くことがそのまま過不足なく生そのものであるような時間とならざるをえない。[25] この、自らの秘密をすべて語り尽くそうという遺書は、過去を表象するメタ言語であるだけではなくて、書くという行為そのものが、その行為のあいだだけ生の時間を引き伸ばし、その鼓動と同一化するというパフォーマティブな働きをなしてもいる。

それは、夢がその内容を表象すると同時に、夢の時間だけ睡眠を引き延ばす働きをするというのに似ている。夢に現れる耐え難いトラウマは、その臨界点においては私たちの睡眠を破り、覚醒状態へと私たちを差戻すが、その臨界点にいたるまでは夢として私たちの睡眠を引き伸ばしてくれてもいる。いかに苦しい夢でも、それは夢である限り、表象の次元における苦痛と、機能的な次元における睡眠の確保という引き裂かれた二重性を追っている。この二つの次元が両立不能になるのが夢の臨界点であり、そこで私たちの睡眠は破裂するのだ。いや、夢と現実の時間が共約不可能性による生じるずれを伴っているというのは、なにもトラウマ的な夢に限らない。どの夢も、本質的に現実とは異質な時間をもっている。

その意味で、先生が、この遺書の最後で自分の姿を渡辺崋山に重ねている部分は象徴的である。崋山が自死を決めたあと、その決行を先延ばしにして描いた最後の絵こそ、なにあろう、『黄粱一炊図』という題名で、「邯鄲の夢」の話に材をとったものだったのだ。盧生という青年は、粥が煮立つあいだに一生分の栄枯盛衰の夢を見、世俗的な欲の儚さを知った故事上の人である。この話は、もちろん、それまで青年自身が生きてきた、あるいはこれから生きるであろう人生の時間を夢に喩えたものと読むのが正当な読みというものかもしれない。そして、崋山もまた、人生を一編の夢として回想したのかもしれない。だが同時に、私には、夢の機能という面から見れば、崋山がこの邯鄲の絵を描いている当の描画の時間、そして先生が遺書を書いている書字の時間、これらをもまた、夢のようなものとして捉えることが可能なのではないかと思える。

事実、崋山の絵以上に、先生の遺書は、自叙伝という文字通り人生の時間を凝縮した語りであるという意味で、二重の時間が孕まれた夢のように見える。そこで語られる長くつづく過去の時間と、紙面に言葉が書き連ねられていく進行形の行為が確保する「十日以上」の生の時間、この二つの次元を異にする時間の感覚が分かち難く絡まり合って、読者をねじれた時空の中に巻き込んでいく。先生が自分の過去に対してとる態度は、写生的な大人の視線を体現しているかもしれない。そこには、淡々として、過去の自分を冷静かつ分析的に表象する現在の「大人」の自分がいるかに見える。ところが、この現在の目は、ただの大人というよりは、すでに自死を決めた死者の目なのであり、その写生の行為は、書き続ける言葉の運動によってのみ支えられている。メタレベルに位置していたかにみえる写生の目は、自らが生産する記述行為——オブジェクト・レベルの行為——によってかろうじて生かされているという次元の混乱が、読み進むうちに読者に、独特の切迫感を感じさせる。死に向かって書き連ねられる言葉。この言葉が途切れるのは「死」によってだという感覚。カタストロフィに向かう迂回路としてのエクリチュール。破裂を前にしてできるだけ時間を引き延ばす夢。生によって生産されるのではなく、生そのものになってしまったエクリチュールなのだ。

この次元の混乱は、なによりも、『こころ』という作品が、「先生と遺書」の章で唐突に終わっていることによって確定的なものにされる。「私」と先生の出会いから始まり、私が見る先生の経験から書き起こされたこの作品は、通常ならば、先生の遺書による独白のあと、私による感想なり後日談なりが置かれ、遺書全体をメタ次元の物語の展開の中に位置づけられるはずである。そのことによって、この遺書は、物語の「絵巻物」を構成する「シーン」あるいは「イメージ」として枠に収められるはずなのだ。ところが漱石は、この作品を「先生と遺書」の章で切断してしまった。そのことで、私たち読者は、先生が「死んだ」という確定記述を目にすることがなく、本当に死んだのかどうかも、実は、客観的には知ることができない。淡々と死に向かうエクリチュールと同期してきた私たちの視線は、最後に中空に放り出されたままなのだ。私たちは、与えられた絵巻物の外にも出られなければ、内に留まることもできない。

このフレーミングの欠落が、漱石が周到に仕組んだ仕掛けなのか、エクリチュールの実践から到来した要請に彼が従っただけなのか、いうまでもなく、私たちには決定不能だし、そのような設問には意味がない。唯一の方法である、私たち自身の読みの現象学から言えば、この宙ぶらりんの空白は、遺書を読んだ「私」にとってそうであったように、私たち読者にとっても、すでに起こってしまったかもしれない死の痕跡として、曖昧に不吉な相貌を晒したまま、輪郭をもたず、ただそこに揺曳している。死体は不在なままの、不在のアレゴリーとしての空白こそ、おそらくは、『それから』における赤の氾濫や、『草枕』におけるレトリックの過剰に匹敵する、漱石のエクリチュールの動揺と不確定性を物語っているのだ。先生の生／死のイメージは、ついにどちら側にも完全に閉じることがない。それは不意にやってくる空白の中に溶け出して、私たち読者の生／死への侵食を始める。イメージの流出が、主観―言葉―対象の構図の組み替えをうながすように、この空白は、遺書全体へと自らの未決性を送り返しながら、先生―「私」―読者という視点のレベルの分節を危機にさらすことになるだろう。そのような意味で、この末尾の空白は、反転した硝子の義眼ともいうべき機能を果たしているのであり、その無人称性の透明な媒体は、表面も底もない等価性に支配された空虚において、語り手と読み手が知らず識らずのうちにその眼差しを交換してしまっているような、非人情の世界の兆しとなっているのである。

注

（1）古田亮『特講：漱石の美術世界』（岩波現代全書、二〇一四年）。芳賀徹『絵画の領分：近代日本比較文化史研究』（朝日新聞社、一九八四年）。佐渡谷重信『漱石と世紀末芸術』（美術公論社、一九八二年）。

（2）前田恭二『絵のように』（白水社、二〇一四年）。

（3）蓮實重彦『夏目漱石論』（講談社文芸文庫、二〇一二年。一九八八年の福武文庫版を底本に、一九七八年の青土社版を適宜参照したもの）。

（4）『草枕』（漱石全集第三巻、（岩波書店、一九九四年）一二九頁）。

（5）蓮實『夏目漱石論』（二六五頁）を参照。

（6）Jacqueline Lichtenstein, *La couleur éloquente: rhétorique et peinture à l'âge classique*, Flammarion, Paris, 1989.

（7）『草枕』（漱石全集第三巻、八一―八二頁）。

（8）『草枕』（漱石全集第三巻、一二一頁）。

（9）『草枕』（漱石全集第三巻、一二二頁）。この一連の水に落ちる椿の描写は、『草枕』中で何度か喚起される、ジョン・エヴァレット・ミレーの《オフィーリア》の絵のイメージもまた重ね合わせられている。那美さん自身が「私が身を投げて浮いている所を――苦しんで浮いてる所じゃないんです――やすやすと往生している所を――奇麗な絵にかいて下さい」と述べ、水（水底）と死は明らかな親和性をもって語られている。

（10）『それから』（漱石全集第六巻、三四三頁）。

（11）『それから』（漱石全集第六巻、一五頁）。

（12）『それから』（漱石全集第六巻、三頁）。

（13）『それから』（漱石全集第六巻、四頁）。

（14）『こころ』（漱石全集第九巻、一五八頁）。

（15）『こころ』（漱石全集第九巻、二七八頁）。

（16）『こころ』（漱石全集第九巻、二八二頁）。

（17）柄谷行人「漱石の多様性」（『増補　漱石論集成』平凡社ライブラリー、二〇〇一年、四七九―四九九頁）。

（18）『こころ』（漱石全集第九巻、二七七頁）。

（19）『こころ』（漱石全集第九巻、二七七頁）。

（20）前田『絵のように』第6章「イノセント・アイズ」を参照。

（21）前田『絵のように』（二七六頁）。

（22）前田『絵のように』（二九五頁）。

（23）漱石「写生文」（「読売新聞」明治四〇年一月二〇日）。

（24）前田『絵のように』（二九三―二九八頁）参照。

（25）『こころ』（漱石全集第九巻、二九九頁）。

夏目漱石『こころ』研究史（二〇一三～二〇一五年）

原　貴子

はら・たかこ――作新学院大学講師。専門は日本近代文学研究（主に森鷗外、明治期の女性作家、詩歌など）。主な論文に、「森鷗外「吃逆」論――〈対等〉の実現」（『鷗外』第八八号、二〇一一年）、「森鷗外「蛇」と普通選挙運動」（『上智大学国文学論集』第四六号、二〇一三年）、「寺山修司短歌「そら豆の…」の解釈と指導法」（『作大論集』第四号、二〇一四年）などがある。

夏目漱石『こころ』の研究論文が膨大な数に及ぶことは、周知のとおりである。今回は、そのうち、二〇一三年一月～二〇一五年八月までに刊行された書籍や論文、随想などを取り上げる。その検出方法として、国立国会図書館や国文学研究資料館のホームページ上の検索機能を用いた。その検索結果のうち、筆者が目を通せたのは、雑誌に掲載された論文および随想が四十件、書籍が四件である。そのすべてを紹介するのは、紙幅の関係により差し控えることとして、殊に印象に残ったものを十二の問題に整理し、語りの問題、三角関係、三者関係における静、静から見た「先生」の変容、静は策略家かという問題、相続、反体制的側面、テーマ、「K」のモデル問題、西洋文学からの影響、読者層、翻訳の順で以下に示すこととする。

1．語りの問題

第一は、語りに関する論である。田中実氏の第三項理論を用いながら、「先生」と青年という二人の「私」による「語りの構造の意味するところ」を考察したのが、小山千登世『こゝろ』もうひとつの仕掛け――「私」と「私」の語りの向こう側」（『日本文学』第六二号、二〇一三年）である。氏は、「私」の手記と「先生」の遺書を対照することにより、「先生」が「私」に「会ふ気でゐた」（下五十五）ことを殊更強調するのは、「先生」の「語りの向こう側」に、自らに死を決意させたのは「私」であるという思いがあるものの、直接語ることはできないからだとする。氏は、自身の先行論である

『こゝろ』の仕掛け――手記と遺書の齟齬から見えるもの――」（『日本文学』第五五号、二〇〇六年）を踏まえつつ、「先生」は、自らの死と代替に「私」に話す「適当の時機」（上三十二）として、意図的に「私」の父親が死に直面した時期に電報を打って、「私」に父を捨て母を置き去りにさせるという体験をさせたと捉える。さらに、自らが「先生」の死を招いたと自覚させることによって、「K」の死をめぐる「先生」の苦悩と相似形をなす体験を「私」にさせたとする。それにより、未熟な「私」を遺書の受け手にふさわしい人物として成長させたと述べる。このようにして、「もう一人の「私」のなかに「私」は生き続け、「私」は「私」によって更新され、引き継がれていく」ことがこの小説の語りの構造であるとする。

本文を詳細に深く読み込もうとする姿勢に支えられて魅力的な〈読み〉が展開されている。氏が、「先生」は意図的に「私」の父親が亡くなりそうな時期を選んで「私」に電報を打ったと捉えた経緯は、二〇〇六年発表の前掲論文に詳しく書かれている。それによると、「先生」は「父の病気」のことを熟知しているのに加えて、五回にわたって「私」の父親の病状を尋ねているにもかかわらず、帰省中の「私」に東京に来られるかという電報を打った際に「あなたの御父さんの事を忘れていた」（下一）と自己弁明するのは、「不自然」に見えるということである。しかし、筆者なりに、「先生」が「私」に父親の病状を尋ねる五つの場面をすべて検討してみたところ、いずれも「先生」は「私」が父親の亡くなる前に財産を円滑に相続できるかどうかを心配していたために父親の病状を尋ねたと考えられた。つまり、「私」の帰省以前における「先生」の懸念は、「私」の財産相続に向けられていたと言える。しかし、「私」の帰省後は、明治天皇の崩御、乃木希典の殉死を契機として「先生」の意識の向かう先も変わってくる。「私」から東京における就職の斡旋を依頼する手紙が「先生」に届いたときには、まだ自殺の決意は固まっていなかったにせよ、「自分を何うすれば好いのか」（下一）という思いで頭が一杯になっており、「私」の就職「それ所の騒ぎではなかつた」（下一）と「先生」は言う。つまり、この時点で、以前「先生」が心配していた「私」の財産相続の問題は関心外に追いやられている。「其後私（「先生」の意―筆者注）はあなたに電報を打」（下一）ったが、このときのねらいは、会って「過去を貴方のために物語」（下一）ることであった（そして、この時「先生」は「私」の「御父さんの生死を忘れて」（下一）いたと弁明する）。この時点で「過去」を「物語」る決意をしたということは、「自殺する決心」（下五十六）を固めたことを意味する。それは、乃木殉死を告げる新聞報道から「二三日」（下五十六）後であり、実際に、「私」は故郷で乃木殉死を悼む雰囲気がまだ残っている頃に「先生」から出郷を促す電報を受け取っている。このように「私」が就職の依頼をした手紙を書いたのが「八月の半ばごろ」（中六）であり、その手紙を受け取った時、「先生」は既に「私」のことは「殆ど存在してゐなかつた」（下一）と述べる程、自己の身の処し方に意識が集中していた。そして、九月半ばの乃木殉死の二、三日後に自殺の決意を固め、「私」の父のことを忘れたまま、「私」に出郷を促す電報を打つ。こうした経緯を確認すると、八月半ば以降から九月半ば頃にかけて、状況の変化とともに、「先生」の意識の集中する対象が、「私」の財産相続から自身の最期のあり方へと変化し、さらに、死に向かう意識が強まっていった様子が窺える。したがって、氏が、「先生」が「私」に出郷を促す電報を打った際に「私」の父親を忘却していたことに「不自然」さを覚えて、そこを端緒として「先生」は意図的に「私」の父親が命尽きようとしているときに電報を打ったと捉えるならば、状況の変化による「先生」の関心の変化と、死に向かう意識の深まりという解釈可能性を否定する論拠が必要となる。

また、氏が、手記における「私」の語り方から、「私」が「先生」の意志を読みとったと判断する点についても興味深く思われた。小説の読者には、確かに「私」が「先生」に過去を打ち明けるように迫ったことが結果的に「先生」の死に繋がったことが見えているけれども、果たして「私」はそう自覚していたか、という作中人物の意識を問題にすることは重要と思われる。

土佐朋子『『こころ』の「過去」――「想起」される「死者」』（『東京医科歯科大学教養部研究紀要』第四三号、二〇一三年）においても、「先生」への一体化を求めるような「私」の「恋」は、「先生」の死によって成就したという指摘がなされる。そして成就はしたが、「先生」は自死してしまったので、「私」は「先生」を自分から切り離して「「死者」として相対的に位置づけること」をしなければ生きていかれなくなるとする。それが、手記を書く、すなわち「過去」を再構築することなのだと言う。ここで小此木啓吾氏の「喪の仕事」という概念、死者に対する思いを適切な相手に語ることを援用し、「私」は肉親たちとの対話を通じてこれに成功することができたとする。一方、「先生」には、喪った「K」に関する過去を再構築する過程において対話者がいなかったため、「喪の仕事」に失敗したと指摘する。

氏は、「残された「私」が生きるために（中略）「先生」を自分から切り離し、「死者」として相対的に位置づけ」たと捉える。つまり、氏は、「先生」をめぐる「私」の語りには、自らが「生きるため」という目的があったとする。氏の論では、「私」にはそうした目的があり、その目的を「私」が意識していることが前提になっているため、この前提そのものを論証することが必要で、これがあると説得力が増すように思われた。さらに、手記冒頭における「余所々々しい」（上一）という用語をめぐる記述により、氏が「相対的」であることと「批判的」であることの違いに敏感である様子が窺えた。しかし、「私」が「生きる」ことを目的にしているとすると、「私」が「先生」のことを「死者として」認識することと自体にあるいは「死者として」という言い回し自体に「先生」を批判する意識がつきまといはしないであろうか。

肉親たちとの対話が「私」に何をもたらしたのかについて論究しているのが、石川則夫「夏目漱石『こころ』「中・両親と私」・消滅する〈書き手〉の行方」（『國學院大學教育学研究室紀要』第四九号、二〇一五年）である。氏は、「上」「中」における「私」のあり方として、「〈書き手〉」として読者に働きかける側面と「〈登場人物〉」として過去を再現する側面があるが、「中」においては「〈書き手〉」として「先生」のことを対象化して叙述しようとする意思がなくなり、父の死を書くことによって「〈登場人物〉」としての存在に埋もれてしまったと捉える。この事態に陥った背景には、帰省した「私」の目前に「先生」がいない一方、家族・親戚はいるという状況により、これまで対面的コミュニケーションによって培ってきた「先生」と「私」の関係性に第三者が侵入してきて、それにより「先生」の過去を知りたいという熱情が干からびていったことを挙げている。

氏は、「先生」の過去を知りたいという「私」の熱情は、「まだ四ヶ月に満たない時期」に「「かつて」と想起されるほどの過去へ追いやられ、「全く無用」と切り捨てられるほど、既に干涸らびてしまっていた」とする。氏がこう捉える根拠は、「其時の私の知らうとするのは、たゞ先生の安否だけであつた。先生の過去、かつて先生が私に話さうと約束した薄暗いその過去、そんなものは私に取つて、全く無用であつた。」（中十八）である。しかし、この引用箇所は「私」がただ「先生」に生きていてほしいと願う思いの強さを語っている場面であるように思われる。「私」は、「先生」から届いたぶ厚い手紙の「最初の一頁」（中十七）から、この手紙の内容は自身が「先生」に迫った「過去」に関するものであることを知る。胸騒ぎを覚えた「私」は手紙を一頁ずつめくっていき、ふいに結末あたりで「此手紙があなたの手に落ちる頃には、私はもう此世には居ないでせう。」（中十八）という死を予告する一節が目に入り、「先生の安否」を「知らうとして」頁を逆にめくり返すのであった。ゆえに、この時「私」が直面しているのは、「先生」が死んでしまったかもしれないという不安である。そのような状況にある「私」にとっては、「先生の過去」よりも「先生の安否」の方がはるかに知りたい情報であることは当然のことである。ここで「私」が「先生の安否」と「先生の過去」を並置し、「先生の安否」に比べて「先生の過去」を「全くの無用」としたのは「先生」の手紙に書かれていた枠組みに沿ったに過ぎない。ゆえに、「私」が「先生」の過去を知りたい熱情が「干涸らびてしまっていた」という〈読み〉は一考を要すると思われる。

語りは、語りの主体による認識の歪曲性から決して解放されないことに着目した論が、鈴木恵美「大江健三郎『水死』論――漱石『こころ』の受容をめぐって」（『社会文学』第三七号、二〇一三年）、「大江健三郎『水死』論――〈救い主〉としてのアカリ」（『日本女子大学大学院文学研究科紀要』第一九号、二〇一三年）である。氏は、人間が言語によって認識したものは、決してありのままではなく「〈自己欺瞞〉」（サルトル）が生じているとする。「先生」の生き方は、その「〈自己欺瞞〉」に塗りこめられているが、「先生」の分身的な存在である大江『水死』の主人公古義人は、その「先生」の悲惨な生き方を反転させたとする。それを成し遂げた要因は、周辺の女性たちが、アカリに「暴言」を吐いたことによって罪悪感という「〈自己欺瞞〉」に囚われた古義人を自殺させまいとして徹底的に批判したこと、そして、古義人が遺書代わりに書こうとした「〈自己欺瞞〉」的な小説が、知的障害のため「〈自己欺瞞〉」から解放されているアカリには通じないことが挙げられている。

土佐論では、「先生」が亡くなった「K」に関して「喪の仕事」を行おうとした際に適切な他者が不在であったために、「先生」における「K」の再構築が「先生」の主観に閉ざされてしまうことになり、結果的に「先生」は「喪の仕事」に失敗したとされていた。鈴木氏が「〈自己欺瞞〉」というサルトルの語を用いて「先生」を撃ったものと、土佐氏が「先生」の主観に内在するものとした病弊は、同一のものであるように思われた。また、両氏がその病弊を超克するのに他者を必要としている点においても、相同性を確認することができる。

2. 三角関係

第二は、「先生」・「K」・静による三角関係に関する論である。山﨑正純氏は、「漱石「心」私論――ゲームと贖罪」(『LIBRARY iichiko』No. 127 二〇一五年)において、大澤真幸氏の『思想のケミストリー』(紀伊國屋書店、二〇〇五年)に依拠しつつ、「先生」が「K」を下宿先に同居させたのは、「K」と静をあえて接近させることによって、静が愛するに値する女性かどうかを確認するためだったと捉える。つまり、この「競合関係」は愛がない点において「椅子取りゲームの類に等しい児戯」だとする。そして、「先生」は結婚後に静への愛が欠如していることに気が付くが、遺書にはこの事実を記すことができなかったとする。

そもそも、山﨑氏が踏襲した大澤氏の著書の内容を確認しておくと、大澤氏は「先生のお嬢さんへの愛は、Kの同じお嬢さんへの愛に先立たれなくては、決して成り立ちえなかった」と指摘している。つまり、大澤氏は「先生のお嬢さんへの欲望というのは実はKの欲望だった」と捉えていることになる。大澤氏は、これと同様の見解を作田啓一氏がルネ・ジラールの考えを踏まえながら展開していると言う。大澤氏によれば、作田氏は「先生」が「K」を下宿先に呼んだ理由として「お嬢さんが(中略)愛するに値するような女性であるということをKに承認してもらうためではないか」と捉えていることになる。したがって大澤氏は、自身の見解と作田氏の見解は軌を一にするものだと見なし、こうした見解は『こゝろ』の読解としてはすでにステレオティピカルなものですら」あると述べる。しかし、このような見解に対しては、石原千秋氏が「先生はKの来る以前に結婚さえ考えている(下十六)」(「眼差としての他者――『こゝろ』」『東横国文学』第一七号、一九八五年)ことを指摘し、それを以て作田氏のような見解を明確に批判している。

さらに進んで、「先生」が、静が愛するに足る女性か否かを見極める上で「K」の承認を欲した理由を追究したのが、大澤真幸「喉に引っかかった魚の小骨のような疑問」(石原千秋編『文芸の本棚 夏目漱石『こころ』をどう読むか』河出書房新社、二〇一四年)である。氏は、「1(人)と2(人)の間をめぐる一般的な存在論」によって、この理由に迫る。氏によると、「1」であることには実のところ「余剰x」が含まれていて、これは「余剰的な他者」であるため、「自分の分身のような他者」すなわち「もうひとつの1」に置き換えないではいられないものとなる。要するに、「1+x」は「1+1」に転換されるようになるということである。この転換に当たるのが、「先生」が下宿先に、親友「K」を住まわせるという行為であるとする。

つまり、大澤氏は、「先生」における「自分の分身のような他者」として「K」を捉えている。しかし、大澤氏は「K」と「先生」のどのような点に同質性を見出したのであろうか。「先生」自身が「Kと私とが性格の上に於いて、大分相違のある事」（下二十四）を自覚していることを考えると、氏が見出した「先生」と「K」の同質性の内実を明らかにすることが必要と思われる。

三角関係における問題の中心は、「K」に遅れを取った「先生」が、「K」を出し抜くようにして静との結婚を「奥さん」に申し出ることである。この「先生」の行為について、安倍＝オースタッド・玲子「「心」を攪乱する情動――『彼岸過迄』をヒントに『こころ』を読み直す」（『文学』第一五巻第六号、二〇一四年）は、従来、「模倣的な欲望」（ルネ・ジラール）に由来するとされることが多かったが、むしろ「情動」が優先されてきた結果であるとする。氏は、「情動」という観点に立つことによって、これまで小説内の悲劇が主に先生の「内面」や「自我」に起因すると見てきたために抜け落ちた部分に光を当て、小説内における個人と「社会性」の関係性、それらの境界線のあり方について新たに考察を深めることができると言う。氏は、ジョナサン・フラットリーの「感情は［心の］中で起こったことが、外に向かい表現化されるようなものを暗示するのに対して、情動とは［外の］関係性の中で生じ、何かを動かしたり変えたりする力のあるもの」という定義を踏まえて、「情動」を、「喜び、驚き、怒り、悲しみ、怖れ、恥じ、愉快／不快など、身体に直接働きかけるような生の動力」であり、「外の世界からの刺激によって動く」ので「主体の認知作用や意志」に比較的左右されず、なおかつ「特定の個人の「内面」に根ざしていない、いわば表面の現象」と捉える。「先生」があのような行動に出たのは、外見や性格、学力などにおいて「K」に劣っていると感じていた「先生」に見られる「僻みと羨望の入り混じった情動」が、いわゆる「価値の時間割引」という原理をなぞるかのように、未来における「K」との関係よりも、静を「K」にとられるかもしれないという今の恐怖心を優先させたとする。そして、この時点では、「先生」の気持ちに偽りはなかったはずだと「先生」を擁護する。

「情動」という観点を導入することによってどのように従来の〈読み〉が更新されるのかが期待されたけれども、安倍氏が「先生」に「K」を出し抜く行為をさせた原因と捉えている「僻みと羨望の入り混じった情動」は「僻み」「羨望」

が存在するのだからそれは感情と言えるものではないか、という疑問を覚えた。そもそも氏は、「情動」を、「喜び、驚き、怒り、悲しみ、怖れ、恥じ、愉快／不快など、身体に直接働きかけるような生の動力」と捉える一方で、「特定の個人の「内面」に根ざしていない、表面」的な現象と捉えている。この捉え方も含めて筆者の理解力では、氏の言う「情動」と「感情」の違いが明確には伝わってこなかった。

3．三者関係における静

第三は、この三者関係における静の扱いに関する論である。姜尚中『NHK「100分de名著」ブックス　夏目漱石　こころ』（NHK出版、二〇一四年）では、静は「先生」と「K」にとって「共通の敵」のようになっていて一人だけ取り残されていると言う。荻上チキ「見過ごされてきた門番」（石原千秋編『文芸の本棚　夏目漱石『こころ』をどう読むか』河出書房新社、二〇一四年）も、「先生」と「K」の仕打ちには「静を生死の問題に関する部外者」と見做している痕跡があるとする。この見方に関しては、「先生」と「K」が残した手紙を見ると、確かに静を「部外者」として排除している様子を確認できる。

4．静から見た「先生」の変容

ならば、静は「先生」をどのように見ていたのか。これが第四の問題である。高田知波「研究ノート『こゝろ』の「先生」は大学を卒業したか」（『駒澤國文』第五二号、二〇一五年）は、静にとって「頼もしい人」（上十八）であった「先生」が変容していく契機を、大学の学年試験の放棄に見ようとする冒険的な試みをしている。学生の「私」と違って卒論を課せられていなかった世代である「先生」は、最終学年において週二十時間以上講義を履修し、さらに学年試験に全科目及第しなければならなかった。しかし、「先生」は、この試験勉強をしなければならない時期に、「K」の自死を受けて旧居を処分し、新居を探して購入するという作業をしなければならなかった。また、「先生」自らが、書物を読んで勉強できるようになるまで「K」の死から「一年」（下五十二）は必要であったと告白していることを根拠に、学年試験の頃は、勉強に集中できる状態ではなかったとする。にもかかわらず、「先生」は遺書の中で「無事に大学を卒業しました」（下五十一）と記していることに注目し、氏はこの一節を「偽りのフレーズ」と捉え、挿入した理由についてスリリングに推論を重ねていく。

氏は末尾において『こゝろ』の「先生」が大学を卒業していなかったと主張したいのではない。（中略）これまで自明のものとされてきた「先生」の卒業を再検討してみるという作業を通じて、作品世界のあらたな読みの可能性を探るためのノートである」と述べている。「研究ノート」として発表されたためか、大胆な試みが見られる。

5. 静は策略家かという問題

第五は、静は策略家かという問題である。策略家説に立つのが、石原千秋「漱石と日本の近代《第二十六回》「利子と物語——『こころ』」②」（『波』第四九巻第八号、二〇一五年）である。氏は、「策略」の語を「煮え切らない「先生」を思い切らせるために、Kにやさしく振る舞って「先生」の嫉妬心を煽って結婚の申し込みをさせたこと」の意で用いている。小説において、「先生」は、「K」の同居以後、静の「若い女に共通な私の嫌なところ」（下三十四）が目につき始めたことについて、「Kに対する私の嫉妬に帰して可いものか」（下三十四）「私に対する御嬢さんの技巧と見傚して然るべきものか」（下三十四）というように二者択一の問題として悩む。これについて氏は、「「御嬢さんの技巧」が「Kに対する私の嫉妬」を引き起こしたと考えるのがふつうではないだろうか。これが「御嬢さん策略家説」としての読み方である」と述べる。そして、氏は、「自伝」とは、「自己再帰性」（平林美都子）、すなわち自らの過去の再現と語っている現在の自己に関する考察を行うことが同時に生じるものであり、「先生」はメタレベルにおいて、無意識のうちに「遺書を書くいまの私も自分自身がわかってはいない」と告白しているのと同義と捉える。別言すると、「「自分が自分にとってわからない他者になること」と「Kに対する私の嫉妬」と「御嬢さんの技巧」とが不可分に結びついている」と言う。

氏の論拠の取り方が注目される。氏は、「「御嬢さんの技巧」が「Kに対する私の嫉妬」を引き起こしたと考えるのがふつう」と述べる。しかし、「ふつう」と捉えることを支えている論拠をより一層明確にする必要がある。さらに、平林氏がレジーネ・ハンペルの考えを踏まえつつ指摘した「自己再帰性」という「自伝」の構造上の原理を導入して自説の論理の補強を行うが、「現在の自分を考察」するという「自伝」の構造上の原理が、「先生」をメタレベルにおいて「遺書を書くいまの私も自分自身がわかってはいない」と「告白しているようなもの」に導いたと捉えることには、一考を要する。というのは、氏は、その根拠に「先生」が自ら「不可思議な私」（下五十六）と述べていることを挙げているが、この「先生」の言の意味を確認する余地があるからである。小説には、「私に乃木さんの死んだ理由が能く解らないやうに、貴方にも私の自殺する訳が明らかに呑み込めないかも知れませんが、もし左右だとすると、それは時勢の推移から来る人間の相違だから仕方がありません。或は箇人の有つて生れた性格の相違と云つた方が確かも知れません。私は私の出来る限り此不可思議な私といふものを、貴方に解らせるやうに、今迄の叙述で己れを尽した積です。」（下五十六）とある。つまり、「先生」に乃木の死んだ理由が明確にはわからないように、「先生」と青年の「私」の間には、「時勢の推移から来る人間の相違」「或は箇人の有つて生れた性格の相違」があるため、青年の「私」には「先生」のことが「不可思議な私」に見えるだろうという意味に捉えられる。つまり、この「不可思議な私」とは、青年の「私」にとってよくわからない存在という意味であり、「先生」自身が自分自身を実存的にわからないという意味で用いているのではないと考えられる。ゆえに、「遺書を書くいまの私も自分自身がわかってはいない」と捉えるならば、その見解を支える論拠を新たに補強することが望まれる。

　この二者択一の問題について、石原氏と対蹠的な見方をしているのが、姜尚中氏である。前掲書において、静が「先生」にとって「嫌な例の笑ひ方」（下三十四）をするのは、特段何か「意趣」があるわけではなく、単に「天然」だからとする。ただし、姜氏の前掲書は研究書ではないので、この認識に関する論証はなされていない。

　また、静ならびに「奥さん」は策略家ではないという立場に立って論証するのが、柳澤浩哉『『こころ』の真相　漱石は何をたくらんだのか』（新典社、二〇一三年）である。本書は、『こころ』における矛盾や不可解な部分、すなわち「不合理」の解明こそ『こころ』研究の最優先課題となるべきにもかかわらず、先行研究がそれを回避してきたことに「大きな疑問」を覚えた、として書かれたものである。そして、本書の結論として「『こころ』における不合理は、そのほとんどが解決可能」と断言する。分析対象を「下」に限定し、「先生の言葉を鵜呑みにしない」こと、「本文の矛盾・不可解な箇所に目をつぶらない」ことの二点を前提事項に掲げた上で精読を試みている。それにより、「物語の真相」、すなわち物語内で実際に起きていたことを明らかにしようとしている。

　氏の考察内容は、「Kはなぜ自殺に追い込まれたのか　自殺未遂の真相」（第二章）、「Kはなぜ自分の恋を告白したのか」（第三章）、「Kはなぜ自殺したのか」（第四章）、「静はなぜ男たちを翻弄したのか」（第五章）、「先生はなぜ殉死したのか」(第六章)、「『こころ』のテーマと動機」(第七章)である。

第五の問題に関わる第五章を除いて、各章の概要を紹介することとする。第二章では、「K」が初めて自殺を試みたときのことについて、「恋のために簡単に道を捨ててしまった自分」に愛想を尽かし、道を究めることの不可能性を痛感したために、道が「人生の全て」であった「K」は自殺を試みたと述べる。

第三章では、「K」が「先生」に静への恋心を告白したのは、何か目的があったわけではなく、「何も私(「先生」の意―引用者注)に隠す必要はない」(下三十九)と考えていたためとする。

第四章では、一度目の自殺の試みで「K」が死ねなかったのは、「K」の中で価値観が変動したからだとする。つまり、これまでは道の探求が「K」の価値観の中核を占めていたが、静との恋愛がその座を占めるようになったから死ねなかったのだと言う。二度目の自殺の試みは、道を三度も冒涜した自分は、今後においても絶対に道を究めることはできないと絶望したからだと捉えている。

第六章では、「先生」は「K」に対する罪悪感では死ねなかったと捉えている。その理由は、「先生」が自分の罪を「人間の罪」(下五十四)として「一般化・抽象化」することにより、「K」の苦悩を直視せずに済んだことにあるとする。氏は、「先生」が罪悪感に囚われ苦悩し続けたことは間違いないとしながらも、「その罪悪感は驚くほど軽い」と述べる。また、先行研究で「先生」の自殺の原因として捉えられることが多いと氏が指摘する「淋しさ」についても、「孤独感も先生を自殺させる力を持ってはいない」と記す。氏によれば、孤独感だけではなく、「静から離れないKの恐怖、Kに対する罪悪感も先生を絶望させる強い力を持っていたはずで、これらが複合して死を確信させて行ったと考えるべき」ということである。そして、「先生」が殉死というスタイルをとった理由について、氏は、殉死は「自分にとって絶対的な人に準じる」ことであるため、「先生」の「冷静な思考を納得させる自殺の典型」だったことを挙げる。さらに、氏は「冷静な思考を納得させることさえできれば、殉死の対象は明治の精神である必要はなく、さらに殉死という形式である必要もなかった」と分析する。しかしその一方で、氏は、「先生の生活や環境を考えれば、〈明治の精神に殉死する〉という形の他に、彼の思考を納得させる自殺はおそらく存在しなかったであろう」とも述べている。

第七章第一節では、「下」のテーマである「他者理解の困難さ」がそのまま、『こころ』全体のテーマであるとし、第二節では、乃木希典を批判することが『こころ』執筆の動機であった可能性を示している。

今紹介した概要の中で、やや疑問に感じた二点を挙げることとする。氏は、第六章において、「先生」の「K」に対する「罪悪感は驚くほど軽い」と述べる一方で、「淋しさ」が「先生」の自殺の原因となりうるかを検討する際には、「Kに対する罪悪感も先生を絶望させる強い力を持っていたはず」と述べている。この二箇所を瞥見した限りでは、氏の見解が矛盾しているように受け止められてしまうと思われた。同じく、氏は「先生」について「冷静な思考を納得させ」られれば、殉死の対象が「明治の精神」でなくても、そもそも「殉死」しなくてもよかったと述べている。しかしその一方で、「先生の生活や環境を考えれば、〈明治の精神に殉死する〉」以外に選択肢はなかったとも述べる。そうであるならば、「先生の生活や環境を考え」るという行為の内実を提示しない限り、氏の見解に対する根拠の物足りなさを埋めることはできないと考える。

さて、静は策略家かという問題について言及している第五章に触れることとする。氏は、静と「奥さん」ともに策略家ではないと言う。氏は、その理由を四つ挙げている。一つめは、「奥さん」は男らしい性格であるため、陰湿な手段である策略を嫌う筈ということである。二つめは、静は「先生」を「無邪気に」嫉妬させるばかりで何もフォローしていないことである。氏は、一般論として、嫉妬で相手の気を引く場合、相手に嫉妬させせながらも本命であることが伝わるように嫉妬させる程度を調節しなければならないが、静にその配慮はないと判断する。三つめは、「K」を「当て馬」として利用したならば、「K」の自殺に対して罪悪感を抱く筈であるが、静と「奥さん」は、「K」の遺体を見ても「日常的な冷静さ」を保っていることである。四つめは、「先生」の唐突な求婚に対して「奥さん」は驚くなど、自然な反応を示していることである。以上の理由により、氏は、静と「奥さん」ともに策略家ではないと主張する。

では、なぜ静は「先生」を翻弄するような態度を取るのか。氏は、「先生」が静の「プライド」を深く傷つけてしまったからだと論じる。「先生」、静、「奥さん」の三人で反物を買いに行ったところを級友に見られ、「何時妻を迎えたのか」(下十七)とからかわれたことを「先生」は「奥さん」と静に話した。そのとき、「先生」は静の結婚問題について「奥さん」の意中を静の目の前で尋ねている。これによって、氏は、「奥さん」と静は「先生」からの求婚を期待したと捉える。ゆえに、「奥さん」は静の結婚問題について自分の考えを正直に語り、静については、石原千秋氏の指摘に同意して、「先生」と静の重ねられた着物に触れ、その姿を「先生」に見せることによって、自らの結婚に関する意思表示をしたと捉える。しかし、「先生」は静の思いに気が付かず、結果的に静は「先生」によって「プライド」を踏みにじられたことになったと氏は主張する。それが「先生」への「復讐心」になったと言うわけである。つまり、氏は、静が「先生」を嫉妬で苦しめたのは「プライド」を傷つけられたことへの「復讐」のためであり、「K」は恋愛と無縁の存在と信じていたので安心して「K」に「好意」を示したと考えている。

「先生」と自身の重ねられた着物に触れる姿を「先生」に見せるという静の行為に、「先生」との結婚を望む静の思いを捉えることについては、確かにそのとおりと思わされた。しかし、その静の思いが「先生」に伝わらなかったことによって、静が「プライド」を傷つけられ、「先生」に「復讐心」を抱いたと捉える点については、「先生を嫉妬させる静の振る舞いは明らかにやり過ぎ」であり、「この過激な振舞いを支えるには（中略）復讐のような攻撃的で確固たる動機が必要」という柳澤氏の認識が論拠になっている。つまり、静の行為がもたらした「先生」に対する心理的負担がどの程度かをめぐって、氏の個人的な感度が論拠になっているように窺えるため、それ以外の論拠を補強することが望まれる。

また、氏は静を「男を翻弄せずにはいられない性格」と見なし、「天性のコケット」と受けとめている。そうであるならば、静が「先生」を「翻弄」するのは生来の性質ゆえということになるため、氏が先に述べた「プライド」を踏みにじられたことに起因する「復讐心」という心理的要因との関係性はどうなるのであろうか。「復讐心」とは、生来の性質を超えて特別な意思をもったことを意味するため、「復讐心」と「天性のコケット」を結びつけるものを明らかにする必要がある。

6. 相続

第六は、相続に関する論である。橋元志保「夏目漱石『こゝろ』論――遺書を視座として――」（『教養・文化論集』第八巻第一号、二〇一三年）において、氏は、「先生」が故郷を捨て両親の墓にも行かないことに対して、家督相続に伴う義務の放棄を指摘する。一方で、「先生」は「K」の墓参りを欠かさない。ゆえに、氏は、「先生」は死者を悼んで祀る行為を家制度から切り離して「極めて個人的な営為に変容せしめた」と捉える。『こころ』にはこうした死生観の変容が見られるのであり、それは、「いのちの流れ」から切り離して「個人のものとしての生や死の意味」を問いかけるものだと言う。

氏によれば、「当時の社会状況や死生観」が『こころ』にどのような影響を与えたかという関心のもとに論じられたことになる。確かに、小説内には例えば、「世の中にたつた一人で暮らしてゐるといつた方が適切な位の私」(下一)とあるので、氏が、個人という単位で生きた先生の特徴が死生観にも及ぶことにしたのは、確かにそのとおりと思われた。しかし、論文の読者としてみれば、作中人物の死生観とそれに対する影響を明らかにすることに、どのような意義があるのかをより鮮明に打ち出してほしかったとの思いを抱いた。

戸松泉「遺産を「凡て金の形に変へて」――『こゝろ』の先生の金銭問題」(『文学』第一五巻第三号、二〇一四年)は、「先生の金銭問題」、すなわち「「先生」にとっての遺産とは」何かを中心的に論じたものである。その結論は、「先生」にとって遺産とは戸主としての責務を伴わない「金銭に置き換え可能なものに過ぎ」ないということである。氏は、若き日の「先生」が遺産を売り払っても東京で学問修業を続けてきたのは、遺産を当てにせずに自らの才覚で生き抜くことを説いた「〈父の戒め〉」を守る行為に該当すると捉えている。「先生」は、教育による立身を漠然と思い描いていたからである。しかし結局のところ、「先生」も、「先生」や「K」とほぼ同世代の『道草』の健三も、将来を託した学問修業を欲する心が「空洞化」してしまったとする。その代わりに、「先生」が最初にして最後の世間への働きかけをしたのは、「自叙伝」を書くことであったと言う。

氏によれば、「「先生」にとっての遺産とは」という問いに対する答えは、戸主としての責務を伴わない「金銭に置き換え可能なもの」ということであった。この結論はやや淋しく感じられた。そのことから、逆に、「先生の金銭問題」すなわち「「先生」にとっての遺産とは」何かという問題意識で論じることの難しさが浮かび上がったように思われた。

遺産相続とはいえ、金銭の相続ではなく「「真実」の相続」に着目したのが、石原千秋『『こころ』で読みなおす漱石文学　大人になれなかった先生』(朝日新聞出版社、二〇一三年)に収録されている「第4章」である。氏は、漱石は「遺産相続をめぐる物語」をよく書いたが、遺産相続には三種類あるとする。「家督相続」「趣味の相続」「「真実」の相続」である。そして、『こころ』では、「先生」から「私」に対して、「先生」の命と引き換えに遺書を通じて「「真実」の相続」がなされたと捉える。フーコーの「近代とは性に関わる言説が真実の言説となった時代」という認識を踏まえて、その「真実」とは女性に関わることであり、「先生」の遺書からの「メッセージ」は「静を読め」ということであったとする。

　筆者には、いくらフーコーの言説を取り入れたとしても、遺書における「先生」から「私」へのメッセージを「静を読め」ということに特化する理由が判然としないように思われた。その特権化の背景には、氏が静を策略家として捉える前提が関わっているように考えられ、前提そのものに検討の余地が感じられた。

7．反体制的側面

　第七は、反体制的な側面に関する論である。小森陽一「帝国大学と『こころ』」（『kotoba 多様性を考える言論誌』第一二号、二〇一三年）は、『こころ』を「反「帝国大学令」小説」と位置づける。氏は、一八八六年に勅令として公布された帝国大学令に則すと、帝国大学卒業生は国家のために世に出て働くことが要請されると言う。しかし、世間に対して「働らき掛ける」（上十一）ことを拒み「個人だけに重きを置く」「先生」や帝国大学の卒業前に自殺をした「K」は、帝国大学令に反する生き方をしたと捉えている。そして、氏は、その生き方は「私」にも受け渡されたと述べている。

　帝国大学令が国家に有用な人材として実社会で活躍することを要求するものであるとき、確かに「K」自裁後の「先生」と「K」は、さほど国家を思わず、世に出ようともしないため、それにそぐわない生き方を最終的に示したことになると考えられる。

　また、平岡敏夫「『こゝろ』を『坊っちゃん』から読む——「明治の精神」と「佐幕派の精神」」（『群馬県立女子大学国文学研究』第三五号、二〇一五年）においては、「先生」「K」「私」の生き方に「〈この世で支配的な価値観〉」（盛忍氏）に従属的ではない要素が確認しうるため、『こころ』にも「藩閥政府、明治国家に敵対する佐幕派の精神」が伏在しているとする。そして、氏は、「先生」が殉じた「明治の精神」は、藩閥政府の支配する価値観＝〈この世で支配的な価値観〉であるはずがないと主張する。すなわち、『坊っちゃん』以来の「〈この世で支配的な価値観〉」に抗する価値観＝「佐幕派の精神」というべき実態を有する「明治の精神」に殉じたと述べる。

　先生は学生時分であった頃、学問に励むことによって立身出世を夢見ている。その点においては、まさに近代日本の柱というべき「〈この世で支配的な価値観〉」に属していたことになる。ゆえに、氏が「先生」を「〈この世で支配的な価値観〉」に抗っていると捉えるとき、その「先生」とは「K」

自裁後の「先生」に限定されることになる。しかし、「先生」の生き方における前半と後半の変容は捉えられないままでいいのであろうか。氏は、「「自由と独立と己れ」の、いわば「自己本位」の精神が〈この世で支配的な価値観〉につながる精神とすれば、このような支配的な価値観に同じえないことで寂寞に襲われざるを得ず、孤独に生きるしかない先生が殉死しようとするのは「淋しい『明治の精神』に対してということになろう。先生がこの二つの矛盾する「明治の精神」を抱いて淋しく生き、二つの精神の劇が先生とKの間に起こった悲劇云々というところまで桶谷氏は踏み込んでいるが、本稿ではそこまでは立ち入らないでおくことにする」と述べている。平岡氏は、桶谷秀昭氏が「二つの矛盾する「明治の精神」」にまで踏み込んで論じているのを確認しつつも、「そこまでは立ち入らない」という態度を表明する。しかし、なぜ「立ち入らない」で済まされるのか、については言及していないため、その点に唐突の感を覚えた。

8．テーマ

第八は、テーマに関する論である。姜尚中氏は前掲書において『こころ』を孤独の果てにある「死」を徹底的に突き詰めた「デス・ノベル」と捉える。柳澤浩哉氏は先述したように前掲書において「他者理解の困難さ」がテーマであるとする。奥泉光氏もこれらに類似する指摘をしている。氏は、いとうせいこう氏との対談（「文芸漫談…シーズン4――⑨　夏目漱石『こころ』を読む」『すばる』二〇一四年一月号、二〇一三年）において、周囲との関わりを強く望みながらも「コミュニケーションに失敗する人間の孤独」が描かれていると捉える。いずれも穏当な指摘と思われる。

そして、石原千秋「村上春樹と夏目漱石　国民作家のまなざし」（『文藝春秋』第九一巻第六号、二〇一三年）では、「誤配」（ジャック・デリダ）をテーマとする点が『ノルウェイの森』と『こころ』の共通点であると指摘されている。氏は、本来は静に対して書かれるべきであった「先生」の遺書が「私」のもとに「誤配」されてきたために、「私」は「先生」の遺書を「正しい宛先」である静に届けることを目的として「手記」を書いたとする。また、氏は、「子供を持つた事のない其時の私は」（上八）を根拠に、この「手記」を書いている「私」には子供がいると判断する。そして、氏は、小森陽一説に則り、静との間にできた子供と捉える。これを以てして氏は、「先生」が自分のところへ「誤配」された静を「正しい宛先」に届けたと見なす。

刺激的な〈読み〉である。石原氏が、手記執筆時の「私」

には静との間に設けた子供がいると判断したのは、小森論を踏まえてのことであった。小森陽一「『こころ』を生成する心臓《ハート》」（『成城国文学』第一号、一九八五年）においても、同じ箇所を根拠に、手記執筆時の「私」には「貰ッ子」（上八）ではない子供がいるとされている。また、小森氏は、「私」が「「頭《ヘッド》」ではなく「心臓《ハート》」」で関わってきた「「奥さん」—と—共に—生きること」を選んだと捉えており、その子供が静との間にできた子供であることを匂わせている。確かに両氏が根拠とする記述からは、「其時」（上八）という過去においては子供がいなかったが、手記を執筆している現在は誰との間に設けた子供であるかは空白となっているが、子供がいるということは考えられる。両氏と同じ論法を用いると、「其時の私には奥さんをそれ程批評的に見る気は起らなかつた」（上二十）という箇所からは、手記執筆時の現在において「私」は静を「批評的に見」ている、すなわち「頭」で捉えていることとなる。そうであるならば、小森氏が、「私」は「「奥さん」—と—共に—生きること」を「「頭《ヘッド》」ではなく「心臓《ハート》」」で関わってきたがゆえに選んだと主張する場合、「私」が「頭」で「批評的」に静を見始めたのは、静と共に生きることを「心臓」で選んだ後のこととなる。とすれば、何を契機に「私」の目線は「心臓」から「頭」へと変化したのであろうか、そういう疑問を抱いた。

9.「K」のモデル問題

第九は、「K」のモデル問題に関する論である。姜尚中氏は前掲書において「K」と藤村操は、優秀な若者が哲学的な煩悶によって命を絶つという点において共通すると見なしている。佐藤優氏は、「ベストセラーで読む日本の近現代史　新聞再連載が評判を呼ぶ不朽の名作の深層を探る　第十二回　こころ　夏目漱石」（『文藝春秋』第九二巻第一一号、二〇一四年）で、「K」が「道のためには凡てを犠牲にすべき」（下四十一）と考えて徹底的に「精進」（下十九）していく姿に、キリスト教プロテスタンティズムのピューリタニズムの主張との一致を見る。また、藤井淳氏は、「夏目漱石『こころ』——百年の謎を解く（一）——」（『駒澤大學佛教學部論集』第四五号、二〇一四年）、「夏目漱石『こころ』——百年の謎を解く（二）——」（『駒澤大學佛教學部研究紀要』第七三号、二〇一五年）、「夏目漱石『こころ』——百年の謎を解く（三）——」（『駒澤大學佛教文學研究』第一八号、二〇一五年）において、漱石が「K」のモデルとして清沢満之を想定していたことを論証する。そして、氏は、漱石が、清沢満之に深い関わりのある真宗大学の学校騒動の結末（明治四十四年（一九一一）に京都再移転）から、仏教の近代化に生涯を賭けた清沢の遺志の破綻を看取し、乃木の殉死とは異なる、「もう一つの「明治の終わり」」を感じ、それが『こころ』執筆の動機になったと主張する。氏によれば、「K」と清沢満之には禁欲生活を送っていたという共通点があることになる。氏は、二人が属する浄土真宗の教義では、二人が試みた肉欲を否定する禁欲生活は否定されるとし、浄土真宗と禁欲生活が相容れないという関係にあることを以て「K」と清沢は一致すると述べる。さらに、氏は、「精神的に向上心のないものは馬鹿だ」（下四十一）という「K」の言葉は、清沢の主張した精神主義と深く関わっているとする。清沢の論文「精神主義」が掲載された雑誌『精神界』創刊号の「後記」に、「現代の我が青年学生の間に、精神的向上の趨勢有之候と見て、竊かに歓喜に不堪候」とあるからである。また、清沢の精神主義の論理と「K」の論理は「現実と理想」（下五三）という観点から捉えると、同じ自己矛盾の構造をもっているとされている。その他に、氏は、『こころ』と漱石の所有する『清沢先生信仰座談』（無我山房、明治四十三年（一九一〇））には、表現や内容面における一致が見られると言う。

藤井氏の論には学ばされるところが多い。氏は、漱石が、明治末年に起こった真宗大学の京都再移転に、清沢満之の遺志の破綻を見い出して「明治の終わり」として受け止めたことが『こころ』の執筆動機と捉えている。しかし、清沢の遺志の破綻が、漱石にそこまでの強い衝撃を与えたことを後押しするさらなる証拠の提示がほしいように思われた。その一方で、そもそも、「K」のモデルを突き止めることが〈読み〉にどのようなことをもたらすのかという思いも抱いた。

10．西洋文学からの影響

第十は、西洋文学の影響に関する論である。宮崎かすみ「「身代わり」の文学——オスカー・ワイルドから漱石の『心』へ」（『和光大学表現学部紀要』第一五号、二〇一五年）では、漱石文庫には所蔵されていないものの、オスカー・ワイルド「W・H氏の肖像」と『こころ』は構造的に類似しているとする。それは、作中人物における自殺の連鎖、死者からの手紙を読むことになる点などを指す。また、氏は、オスカー・ワイルド『ドリアン・グレイの画像』とは、表現上の類似が見出せると言う。さらに、氏は「W・H氏の肖像」に見られる「芸術が個人の経験の代わりをする」という認識こそ、『こころ』に影響を与えたものと捉えている。具体的には、「先生」が「私」に宛てて書いた遺書が該当するとして、「私」は「先生」の遺書という命を賭けた芸術作品を「読む」

ことが「生きる」ことの代わりとなり、そのおかげで「先生」と同じ轍を踏むことを免れたと指摘している。

ワイルド「W・H氏の肖像」における「芸術が個人の経験の代わりをする」という認識が『こころ』に影響を与えたとする氏の見解になるほどと思いながらも、その一方で、先達の残したものから自分の糧となるものを学び取って同じ失敗を繰り返さないという思考のあり方は、それほど特殊なものではなく、ワイルドに限らずに一般的に見られるように思われた。『こころ』の展開が、ワイルド「W・H氏の肖像」からの影響に由来すると限定するためには、一般に分類されてしまう痕跡ではなくそれと特定できる痕跡を挙げる必要があるように思われる。

11. 読者層

第十一は、読者層に関する論である。石原千秋『『こころ』で読みなおす漱石文学　大人になれなかった先生』（朝日新聞出版社、二〇一三年）に収録された「第5章」では、漱石自身が自らの小説の読者として「教育ある且尋常なる士人」（「彼岸過迄に就て」）、すなわち当時における「山の手に住む中流階級の男性」を想定していたが、『こころ』の読者層も同様であろうとされている。また、松岡譲『漱石の印税帖』（朝日新聞社、一九五五年）をもとに、大正六〜十二年（一九一七〜一九二三）までに売れた漱石作品は合計で「約五十四万部」であり、そのうち、『吾輩は猫である』『坊っちゃん』『草枕』といった「「前期の花形」三作品が三十五パーセント」を占めることが指摘されている。つまり、氏は、決してこの時期までは漱石は「『こころ』の作家ではなかった」と捉えている。その後、漱石作品は飛躍的に売れ始め、『こころ』も昭和二十七年（一九五二）に岩波文庫における累計売上部数の第三位に入るなどの「大躍進」をしたと言う。その一方で、旧制高等学校の学生たちは、戦前から『こころ』をまるで「エリートに「青年期」特有の悩みを教えた教科書」のようにして読んでおり、『こころ』は旧制高等学校の教養主義を支える中心的な役割を担ったと述べる。

『こころ』の読者層や『こころ』の売れ行きの変遷などの『こころ』に関する外側の要素を知ることができる点において有益な論と見なされる。

12. 翻訳

第十二は、翻訳に関する論である。英語訳、中国語訳、ベトナム語訳のあり方を検討する論文が計六本確認される。徳永光展、小河賢治「英文・夏目漱石『心』の研究——Meredith Mckinney訳の評価をめぐって——」（『社会環境学』第二巻第一号、二〇一三年）は、三種類あると言う『こころ』の英訳のうち、「未だ本格的には研究がなされていないMeredith Mckimneyによる新訳」を対象に、「複元翻訳」を試みたものである。「〈付表〉複元翻訳を行った文章一覧表」も掲載している。

徳永光展、李暁東「夏目漱石『心』中国語訳の考察――林少華訳の評価をめぐって――」（『社会環境学』第三巻第一号、二〇一四年）は、林少華による翻訳を対象にして、それを日本語に再翻訳し、その上で漱石の原文との比較考察を行ったものである。その結果、林少華による翻訳は、比較的原文尊重主義に立っていることが判明し、本論においては、訳文尊重主義の姿勢に立って提案翻訳文を提示したとする。

ブイ・フン・マィン、徳永光展「翻訳における質の批評――夏目漱石『心』のベトナム語版を例として――」（『総研大文化科学研究』第一〇号、二〇一四年）は、主に、「Eugene Nidaの動的等価（Dynamic equivalence）、並びにJean-Paul VinayとJean Darbelnetによる7つの方略を継承し」、翻訳の質に関する批評基準を打ち立てることを目的にした論文である。分析対象は、ハノイの文学界出版社から二〇一一年に出版されたドー・カン・ホアン、グェン・ツォン・ミンによるベトナム語訳である。「付録1：夏目漱石『心』「中　両親と私」の9～13節、ベトナム語翻訳版の考察・分析表」、「付録2　夏目漱石の『心』の「中」批評事項詳細と筆者の提案翻訳」、「付録3：日本語作品ベトナム語訳一覧（一部）」を収載している。他に、次の三件の論文、徳永光展、ホ・ティ・タン・トゥ「夏目漱石『心』「中　両親と私　1～4」ベトナム語訳改訳の試み」（『社会環境学』第三巻第一号、二〇一四年）、徳永光展、グエン・ティ・トゥ・チャン「日越翻訳の問題点――夏目漱石『心』「中　両親と私　5～8」を例として――」（『社会環境学』第三巻第一号、二〇一四年）、徳永光展、グエン・クオン「夏目漱石『心』「中　両親と私　14～15」ベトナム語訳改訳の試み」（『社会環境学』第三巻第一号、二〇一四年）も、分析対象は先の論文と同じであるため、この四本の論文を通読すると、「中　両親と私」の「一～十五」までのベトナム語訳を検討することができる。いずれも、原文（日本語）、訳文（ベトナム語）、訳文の意味、提案訳文（ベトナム語）、提案訳文の意味が記されている。

以上、二〇一三年一月から二〇一五年八月までに刊行された夏目漱石『こころ』に関する論文、随想の一端を紹介してきた。その際、可能な限り慎重に読み取ることを心がけてきたが、論文や随想の内容を正しく受け取ることができていないものもあると思われる。それはひとえに筆者の力不足であり、お詫び申し上げたい。

Reading Kokoro: An Anthology of Critical Essays from a Global Perspective

Edited by Sachio KOBAYASHI

Naoshige NAGAO (Head of Sophia Research Organization)

Angela YIU

Book Abstract: A collection of critical essays based on an international symposium sponsored by the Sophia Research Organization to commemorate the centennial of the publication of *Kokoro* at Sophia University, Tokyo, in November 2014. This anthology introduces the multiple readings of *Kokoro* from scholars in different parts of the world and explores the possibility of positioning *Kokoro* as world literature.

Abstracts of Full-Length Essays

Part 1 The Structure of *Kokoro*

◎ Angela YIU, "*Kokoro* and Repetition"

This essay explores the meaning of repetition based on the theory of repetition in the writings of Plato, Nietzsche, Kierkegaard, Proust, Deleuze, and J. Hillis Miller. The essay examines the diverse forms of repetition in the structure of *Kokoro*, and focuses on the importance of "repetition without an origin" in the act of reading featured within the text and undertaken by generations of readers.

◎ Sachio KOBAYASHI, "The Brooding Man and the Slow Man: Reading Sōseki's *Kokoro*"

The interpretation of *Kokoro* often focuses on Part Three, "Sensei's Testament," which includes details leading to K's death but not its aftermath. Sensei's married life following K's death is recorded in Part One, "Sensei and I." Examining the living Sensei, the young man, and Sensei's wife Shizu in Part One will provide the key to understand more fully the narrative of Sensei and Shizu in Part Three.

◎Yumiko SEKIYA, "*Kokoro*—For a Romantic Strangeness"

Published as a monograph in September 1914, *Kokoro* was divided into three parts: "Sensei and I," "My Parents and I" (labeled here as Notebook A), and "Sensei's Testament" (Notebook B). While acknowledging Sōseki's intention, this essay transforms the first two chapters in Notebook B into a preface that forms a separate notebook, resulting in a new tripartite structure that consists of Notebook A, Preface, and Notebook B. Through this new structure, this essay attempts to unearth the hidden story of "K and I" in *Kokoro*.

◎Dennis WASHBURN, "Placed in the Abyss: 'A Bowl of Millet Gruel' and Sensei's Letter"

This essay examines the meaning of Watanabe Kazan's painting in Sensei's Letter and compares it to images in *Citizen Kane* and *Sanshirō*. Through the use of the visual effect of *mise en abyme*, Sōseki creates an endless replication of an image in *Kokoro*. This essay attempts to analyze the boundless regrets that dominate Sensei's story with reference to the recursive mode of visual presentation.

◎Hirotsugu AIDA, "About General Nogi's *junshi* and Sensei's Death—the Meaning of Dying for the Spirit of Meiji" (column)

Part 2 *Kokoro*—Reading Between the Lines

◎Kyoko KURITA, "Sōseki's Everlasting Narrative: *Kokoro*'s Place in the 21st Century"

Kokoro is read not only in Japan but throughout the world, mainly through an English translation by Edwin McClellan. This essay argues that the concepts of time and history underwent certain fundamental changes during the Meiji Period, and Sōseki creates an enduring continuity that resembles a Möbius strip in the narrative—the beginning alludes to the end and the end leads to the beginning—to reflect the temporal and spatial changes in Meiji.This narrative scheme allows the reader to discover why "I" starts reading the long letter from "Sensei" backward from the end.

◎Stephen DODD, "*Kokoro* as a Queer Text: Through the Lens of Translation Studies"

This essay explores *Kokoro* as a queer text through translation theory. Based on the

translation theories by Walter Benjamin and Paul Ricoeur, this study re-examines male same-sex love in *Kokoro*. The ongoing questions of homosexuality in *Kokoro* and its linguistic expressions constitute in part the afterlife of the work.

◎Reiko ABE-AUESTAD, "*Kokoro* and Heart: An Affective Encounter with *Kokoro*"
In *Bungakuron* (Theory of Literature), Sōseki argues that fiction is an affective vehicle of words that arouses feelings, and the reading of a text changes depending on the reader's experience and state of mind. Inspired by this theory of reading, the author of this essay attempts to match the multiple readings of *Kokoro* to her personal history of affect. At the same time, this essay traces the general reception of *Kokoro* and explores its connection to the power of affect.

◎Chinami TAKADA, "A Curse Called 'For the Sake of the True Way'"
Since K exists only in the *écriture* of Sensei's testament, the reader has no way to access him directly, nor is it clear whether he is really in love with Ojōsan. This essay begins with re-examining two unsolved mysteries in the text: 1.Why K initially refuses material assistance from Sensei when he is willing to cheat on his foster parents so long as it leads him to "the true way," 2. Why, after a year and a half, K willingly relies on Sensei fully for tuition and livelihood? In examining these questions, this essay attempts to provide a new reading of the internal process that leads to K's suicide.

Part 3 A Hundred Years of *Kokoro*

◎Mariko NAKAMURA, "The *Asahi* Centennial Serialization of *Kokoro* and the *Kokoro* 'Boom'"
In the spring of 2014, *Asahi Shimbun* serialized *Kokoro* again to commemorate the centennial of its initial serialization. Thanks to the positive response, this was followed by the second serialization of *Sanshirō* and *Sorekara*. As a person in charge of the project, Nakamura discusses the lingering impact of Sōseki's career in the 21st century through interviews and news coverage.

◎Naoshige NAGAO, "Reflections: 'Re-reading Sōseki's *Kokoro* after a Century—an International Symposium at Sophia University" (column)

◎ Tatsuya INAI, "Teaching *Kokoro*: A Critical Review of the Use of *Kokoro* as Textbook and its Pedagogy"

This essay delineates the history of the use of *Kokoro* as a teaching text in Japanese high school and examines questions of interpretation and pedagogy. It problematizes the positioning of *Kokoro* in the philosophy of Japanese textbooks and raises questions about the practicum of teaching *Kokoro*.It concludes with a list of issuesand anticipations for the use of *Kokoro* as a teaching text amidst current trends of "global education" and "active learning."

◎ Michio HAYASHI, "A Detour to Catastrophe: Images and Sōseki"

The relation to paintings and visual images plays a vital role in Sōseki's works. Based on the concept of "images" and focusing on *Kusamakura*, *Sanshirō*, and *Sorekara*, this essay analyzes the depiction of the subjectivity that experiences the impact of images. This provides a clue to understanding the characteristics of *Kokoro* as a text. This essay also re-examines Sōseki's idea of *shasei* (sketching).

◎ Takako HARA, "*Kokoro*—A Critical History, 2013-15"

It is well known that there is a daunting amount of critical texts on *Kokoro*. This essay surveys monographs, articles, and essays on *Kokoro* between January 2013 and August 2015. The bibliographical search is conducted through the homepages of the Diet Library and the *Kokubungaku kenkyū shiryōkan*. This essay focuses on the following themes in the 40 articles and 4 books surveyed: issues of narration, inheritance, anti-establishment, triangle relationships, Shizu's role in the text, K's model, influence from Western literature, readership, translation, etc.

執筆者一覧（掲載順）

アンジェラ・ユー　小林幸夫　関谷由美子
デニス・ワッシュバーン　会田弘継　栗田香子
スティーブン・ドッド　安倍＝オースタッド・玲子
高田知波　中村真理子　長尾直茂　稲井達也
林　道郎　原　貴子

【アジア遊学194】

世界《せかい》から読《よ》む漱石《そうせき》『こころ』

2016年1月31日　初版発行

編　者　アンジェラ・ユー　小林幸夫　長尾直茂
上智大学研究機構

発行者　池嶋洋次
発行所　勉誠出版 株式会社
〒101-0051　東京都千代田区神田神保町3-10-2
TEL：(03)5215-9021(代)　FAX：(03)5215-9025
〈出版詳細情報〉http://bensei.jp/

印刷・製本　㈱太平印刷社
装丁　水橋真奈美（ヒロ工房）

ISBN978-4-585-22660-4　C1395

192 シルクロードの来世観

193 中国リベラリズムの政治空間

188 日本古代の「漢」と「和」　―嵯峨朝の文学から考える

189 喧嘩から戦争へ　―戦いの人類誌

アジア遊学既刊紹介